DÉCLIC MORTEL

ANTHONY HOROWITZ

JAMES BOND

DÉCLIC MORTEL

INCLUANT DES NOTES DE IAN FLEMING

Traduit de l'anglais (Royaume-Uni)
par Annick Le Goyat

IAN FLEMING PUBLICATIONS LIMITED

calmann-lévy

IAN FLEMING PUBLICATIONS LIMITED

James Bond and 007 are registered trademarks of Danjaq LLC, used under licence by Ian Fleming Publications Ltd.

The Ian Fleming logo is a trade mark owned and used by The Ian Fleming Estate and used under licence by Ian Fleming Publications Ltd.

L'édition originale de cet ouvrage a paru chez Orion Books, an imprint of The Orion Publishing Group Ltd, an Hachette UK company, sous le titre :

Trigger Mortis

Trigger Mortis © Ian Fleming Publications Limited and The Ian Fleming Estate 2015.

The moral rights of the author have been asserted.
Les droits moraux de l'auteur ont été établis. Tous droits réservés.

Notes sur *Murder on Wheels* (*Meurtre sur roues*), de Ian Fleming, © The Ian Fleming Estate, 2015.

www.ianfleming.com
www.anthonyhorowitz.com

Couverture : © Jarrod Taylor / adaptation : Alistair Marca
Photographies : personnage : © Franck & Helena / Corbis
voiture : © Klemantaski Collection / Getty Images

Traduit de l'anglais (Royaume-Uni) par Annick Le Goyat.

© Hachette Livre, 2015 – © Calmann-Lévy, 2015, pour la traduction française.
Hachette Livre, 58, rue Jean Bleuzen, CS 70007, 92178 Vanves Cedex.
Calmann-Lévy, 31 rue de Fleurus 75278 Paris Cedex 6.

ISBN 978-2-7021-5863-0

PROLOGUE

C'était ce moment de la journée où le monde commence à fatiguer. Le soleil se posait sur l'horizon. Un faisceau rougeoyant rampait à la surface des vagues et, sur le ciel vide, un vol d'oiseaux dessinait des motifs aléatoires. Le vent était tombé et la chaleur de l'après-midi était devenue oppressante, emprisonnée dans une brume de poussière et de vapeurs d'essence. Au milieu de cette brume, le break Crosley bleu sombre se retrouva soudain seul sur la Route 13, en direction de l'intérieur des terres.

La Crosley était une vilaine voiture avec un nez proéminent et une cabine rectangulaire, sa carrosserie déjà attaquée par la rouille. Le conducteur, penché sur le volant et les yeux fixés sur la route, l'avait achetée trois cents dollars à un marchand d'occasions qui avait juré qu'elle consommait six litres au cent et montait jusqu'à quatre-vingts kilomètres-heure. Bien entendu il mentait, avec le sourire chaleureux et la denture parfaite de tout bon arnaqueur de petite ville de province. La Crosley gagnait péniblement de la vitesse lorsque la route dévalait une pente, or ici, sur la côte Est du Maryland, le paysage était désespérément plat.

Le conducteur aurait pu être un professeur, ou un bibliothécaire. Il avait l'air d'un homme qui passe sa vie enfermé :

le teint pâle, les doigts tachés par la nicotine, des lunettes qui, au fil des années, s'étaient incrustées sur son nez jusqu'à devenir un élément permanent de son visage. Ses cheveux clairsemés dévoilaient des taches brunes sur le haut du front. Il s'appelait Thomas Keller. Bien que désormais porteur d'un passeport américain, il était né en Allemagne. Sans lâcher le volant, Keller tourna le poignet pour regarder sa montre militaire Elgin 16-rubis achetée chez un prêteur sur gages de Salisbury, probablement abandonnée par un GI dans une mauvaise passe. Keller était pile à l'heure. Il mit son clignotant en voyant l'embranchement. Il se dit que, d'ici une heure, il aurait assez d'argent pour s'offrir une voiture convenable, une montre convenable – de fabrication suisse évidemment –, une Heuer, ou bien une Rolex. Et une vie convenable. Enfin.

Il se gara devant un petit restaurant : une sorte de longue boîte argentée qui ressemblait à une remorque de camion déposée sur le bord de la route. L'enseigne, Lucy's, s'étirait en lettres de néon rose au-dessus des quatre spécialités culinaires qui définissent l'essentiel de la cuisine américaine pour la grande majorité de la population, quel que soit l'État où l'on se trouve : Hamburgers, Hot Dogs, Milk-Shakes, Frites. Il descendit de voiture, sa chemise restant brièvement collée à la garniture de vinyle du siège, et prit sa veste sur la banquette avant. Il demeura un instant immobile dans l'air chaud, écouta les bribes de musique qui s'échappaient d'un juke-box, et songea au long voyage qui l'avait mené jusqu'ici.

Thomas Keller venait d'obtenir une licence de physique et un diplôme d'ingénieur lorsqu'il avait découvert ce qui allait devenir la grande passion de sa vie. Cela se passait au cinéma Harmonie de Sachsenhausen où il était allé avec une jolie fille voir un film de Fritz Lang, *Frau im Mond,* « La Femme sur la Lune ». Au bout de cinq minutes de film, il avait oublié et la fille et son espoir de la peloter plus tard dans le parking du cinéma. Sur l'écran, l'image d'une fusée à étages quittant l'orbite terrestre avait éveillé en lui quelque chose qui, dès cet instant, l'avait littéralement consumé. On pourrait dire qu'il fut propulsé avec la même force irrésistible d'abord à l'université de Berlin, puis au Verein für Raumschiffahrt – l'Association pour les Voyages dans l'Espace –, et, finalement, sur la côte de la mer Baltique et le port de Peenemünde.

À l'époque, la recherche allemande sur les fusées était déjà bien avancée car les phénoménales restrictions imposées par le honni traité de Versailles au développement de l'armement excluaient les voyages spatiaux. Cela fit le jeu des militaires allemands qui comprirent très vite que les fusées à carburant liquide, lancées depuis des plates-formes de fortune, pouvaient voler plus loin et plus vite que n'importe quel projectile d'artillerie et transporter leur charge explosive dans toutes les grandes villes d'Europe.

Keller avait vingt-six ans lorsqu'il rencontra le responsable du programme spatial allemand, le spécialiste des fusées (et accessoirement *Sturmbannführer* SS) Wernher von Braun. Fils d'un baron prussien, von Braun descendait d'une famille qui livrait des batailles depuis le XIIIe siècle, et il n'avait rien perdu de sa prestance aristocratique. Il pénétrait à grands pas dans une pièce, aboyait sur quiconque le contredisait, et affichait une morgue glaciale quand il était de mauvaise humeur. Mais il se consacrait entièrement à son travail, et se montrait aussi exigeant envers lui-même qu'envers les autres. Keller le craignait autant qu'il l'admirait.

Entre-temps, bien entendu, un certain caporal autrichien était arrivé au pouvoir, et l'Allemagne était entrée en guerre. Mais tout cela préoccupait assez peu Keller. Comme la plupart des savants et physiciens qui constituaient son cercle d'amis, il se désintéressait du monde qui l'entourait, et si Hitler se proposait d'injecter des fonds – onze millions de deutschemarks affectés à la Luftwaffe et à l'armée – dans les intercepteurs à moteur-fusée et les missiles balistiques, il fermerait volontiers les yeux sur les autres préoccupations moins reluisantes des nazis. De fait, lorsqu'il fut basé à Peenemünde et que les premières fusées V-2 furent lancées pendant l'été 1944, jamais il ne songea à la mort et à la dévastation que transportaient les bombes d'une tonne. Il était un artiste, et c'était sa toile. Assister aux lancements était pour lui un moment de pure extase : les nuages de fumée blanche emplis de minuscules étincelles au moment de l'allumage qui s'embrasaient soudain toutes ensemble dans une flamme rouge étincelante, les câbles qui tombaient de la mince et élégante créature propulsée vers le ciel. Les vibrations lui parcouraient le corps. Sa peau semblait devenir vivante, et un frisson le saisissait à la pensée qu'il faisait partie de la poignée de techniciens qui avait œuvré à sa création, que les moteurs produisaient une puissance de huit cent mille chevaux-vapeur, et que la fusée atteindrait bientôt cinq fois la vitesse du son. Les habitants de Londres n'avaient aucune idée de la perfection, du génie absolu de l'arme qui les détruisait. Souvent, Keller ne pouvait se retenir de verser des larmes de joie.

La guerre prit fin et, pendant un bref moment, Keller se demanda si la défaite aurait sur lui certaines répercussions.

Il était présent lorsque von Braun se rendit aux Américains, qui lui imposèrent l'interrogatoire réservé aux personnalités de la Liste Noire, nom de code désignant les savants et ingénieurs allemands éminents. Mais les inquiétudes de Keller étaient infondées. Ce que von Braun et son équipe avaient inventé avait trop de valeur pour les Alliés, et Keller comprit que, d'une manière ou d'une autre, ils poursuivraient leur tâche. Il avait raison. Ils furent tous deux relâchés le même jour. Puis, avec une dizaine d'autres scientifiques et techniciens, ils quittèrent l'Allemagne par le même avion à destination de Fort Bliss, une base militaire américaine proche d'El Paso où, sous les ordres de nouveaux maîtres et – pour certains – de nouvelles identités, ils reprirent leurs travaux exactement là où ils les avaient arrêtés avant d'être si impoliment interrompus.

Keller avait à présent cinquante ans, et sa carrière touchait à sa fin. Il vivait aux États-Unis depuis douze ans mais personne ne l'aurait pris pour un Américain. Il avait le physique et la stature d'un étranger, lent et lourd. Son phrasé empesé et son accent épais trahissaient ses origines germaniques dès qu'il ouvrait la bouche. C'était sans importance. La guerre était assez loin, maintenant. Plus personne ne s'en souciait. D'ailleurs, à ses propres yeux, il s'était assimilé dans des domaines qui lui importaient beaucoup plus et qui lui donnaient entière satisfaction. En effet, trois ans après son arrivée aux États-Unis, il avait épousé une serveuse de bar américaine rencontrée à El Paso, et s'était installé avec elle dans une maison typiquement américaine à Salisbury, dans le Maryland. Keller travaillait comme directeur général pour le Naval Research Laboratory, le laboratoire de recherche de la marine des États-Unis, sur la base de lancement de fusées de Wallops Island. Il avait quitté son bureau là-bas moins d'une heure plus tôt.

À présent il était arrivé.

Il entra dans le petit restaurant et sentit aussitôt la fraîcheur de l'air climatisé. Le juke-box entonna un tube des Everly Brothers.

Bye bye love
Bye bye happiness.

Keller ne s'intéressait pas à la musique américaine mais il aurait été impossible d'échapper à cette chanson qui passait sur les ondes depuis des mois. Les paroles lui apparurent étrangement inopportunes. Car il était venu ici dans l'espoir et l'attente de l'exact opposé.

L'homme avec qui il avait rendez-vous l'attendait à l'endroit annoncé, à la table de la fenêtre d'angle. Il portait un costume Brooks Brothers, une chemise boutonnée et des mocassins, sa tenue habituelle. Il était arrivé en avance. Un journal était posé devant lui et il en avait en partie complété la grille de mots croisés. Keller le connaissait sous le nom de Harry Johnson mais il était quasiment certain que ce n'était pas son véritable nom. Un peu gêné, il leva une main en signe de reconnaissance, puis il traversa la salle dallée de carrelage rouge et blanc et se glissa sur la banquette en face de Johnson. Au dernier moment, il s'aperçut qu'il avait oublié d'enfiler sa veste. Trop tard. Bien décidé à ne pas paraître gauche ni nerveux, il la posa à côté de lui.

— Comment allez-vous, monsieur Keller ? demanda Johnson avec son accent new-yorkais.

— Très bien, merci.

Harry Johnson avait dix ou quinze ans de moins que Keller et pourtant il semblait plus vieux, avec son visage interminable et creux, ses joues ridées et ses cheveux gris coupés court. Il faisait tourner un stylo-bille entre ses doigts. À l'annulaire, il portait une chevalière en or.

— Quelle est la capitale du Venezuela ?

— Pardon ? sursauta Keller, pris de court.

— Neuf, vertical. La capitale du Venezuela. Un mot en sept lettres commençant par C.

— Je ne sais pas, répondit Keller, irrité. Je ne fais pas de mots croisés.

— Hé... tout va bien. C'était juste une question, dit Johnson en levant les yeux de la grille. Alors ? C'est fait ?

Cette fois, Keller savait de quoi il parlait.

C'était leur quatrième rencontre. Keller se rappelait la première, apparemment fortuite, dans un bar du centre-ville de Salisbury. Johnson s'était trouvé là, sur le tabouret voisin. Impossible de dire à quel moment il était entré. Ils avaient bavardé. Johnson s'était présenté comme un homme d'affaires, ce qui était probablement vrai mais ne signifiait pas grand-chose. Il avait paru fasciné d'apprendre que Keller était un spécialiste des fusées et, après une deuxième tournée – que Johnson avait insisté pour payer –, il avait posé une série de questions intéressées mais inoffensives, qui n'avaient rien d'alarmant. Évidemment, tout était prévu. Johnson savait tout sur Keller avant même qu'ils aient échangé un seul mot. À la fin de la soirée, ils étaient convenus de se revoir. Pourquoi pas ? Johnson était de bonne compagnie et, au moment de partir, il avait vaguement mentionné une proposition qu'il pourrait faire à Keller. « Ça peut vous rapporter un peu d'argent. Juste une idée, comme ça. On en reparlera la prochaine fois. »

Or, la fois suivante, il n'y avait pas fait la moindre allusion. Ils avaient comparé leurs épouses, leurs familles, leurs salaires, leurs aspirations. Une banale conversation entre hommes, surtout alimentée par Keller. C'est seulement à leur troisième rencontre que Johnson lui avait fait part de sa proposition. Et là, Keller aurait dû aller voir la police ou, mieux, le service de la Sécurité Navale, dont le bureau se trouvait près de l'enceinte sud de Wallops Island.

Évidemment, il ne l'avait pas fait. Johnson, ou les gens qu'il représentait, avaient choisi Keller précisément parce qu'ils savaient qu'il ne le ferait pas. Ils l'évaluaient sans doute depuis plusieurs mois. Mais qui étaient-ils exactement ? Keller s'en moquait. Il manifestait la même myopie que durant la guerre. Il n'éprouvait pas le besoin de voir le tableau d'ensemble. Ce n'était pas important. Il se focalisait simplement sur la proposition et les deux cent cinquante mille dollars exonérés d'impôts qu'on lui verserait s'il obtempérait. Il accepta presque aussitôt et une autre rencontre suffit pour discuter des détails. L'idée était extrêmement simple. Mais ce qu'il avait à faire ne l'était pas. Cela exigeait une connaissance approfondie de la mécanique du solide et de la contrainte de traction, domaines qui relevaient de sa compétence. Une fois qu'il aurait déterminé le calibrage précis, resterait la question de la mise en œuvre. Au mieux, il disposerait de quatre ou cinq minutes. Le risque était considérable, mais la récompense aussi. C'était ce qui avait emporté sa décision.

— Alors c'est fait ?

— Oui, acquiesça Keller. La tâche s'est révélée finalement plus facile que prévu. J'ai pu entrer dans le hangar de montage pendant un exercice d'incendie.

Il marqua une pause. En se laissant aller ainsi à son enthousiasme, il courait le danger de minimiser son action.

— Bien sûr, j'ai dû travailler très vite – ils renforcent toujours la sécurité à l'approche d'un lancement – et prendre beaucoup de précautions. Il y a toujours le risque, vous comprenez, d'une inspection de dernière minute. Mon intervention devait être... *unsichtbar*. (Il chercha un instant le mot en anglais.) Invisible.

— Le moteur va tomber en panne.

— Non. Mais il manquera d'efficacité. La quantité de combustible pompée dans la chambre d'explosion sera insuffisante. Comme je vous l'ai expliqué. Le résultat sera exactement celui que vous espérez.

Les deux hommes se turent quand la serveuse apporta le café et l'eau glacée. Deux menus, fermés, étaient posés devant eux. Ils n'avaient pas l'intention de manger.

— Et en ce qui concerne le compte à rebours ? demanda Johnson.

Keller haussa les épaules. Il n'aimait pas le café. Combien de litres en avait-il consommé depuis son arrivée en Amérique, en fumant et en travaillant des nuits entières ? Il repoussa sa tasse.

— Le lancement est toujours prévu dans douze jours. J'ai vérifié les prévisions météorologiques. Elles sont bonnes. Mais on ne peut jamais être sûr. Le cisaillement du vent est très important et si les conditions ne sont pas favorables... (Il laissa traîner sa voix.) Mais ce n'est pas mon affaire. J'ai fait ce que vous m'avez demandé. Vous avez l'argent ?

L'autre homme ne disait rien. Ses yeux étaient fixés sur l'Allemand. Enfin il leva une main pour prendre ses lunettes de soleil accrochées à sa poche de poitrine. C'était le signe que le marché était conclu.

— Il y a un attaché-case sous la table.
— Et l'argent ?
— Tout y est.

Johnson s'apprêtait à partir mais Keller l'arrêta.

— J'ai quelque chose à vous dire. C'est important.

Il avait répété son laïus. Il était assez fier de la formulation à laquelle il avait abouti, et du soin qu'il avait apporté à examiner les moindres détails.

— Je ne vais pas compter l'argent. Je suppose que le compte y est. Néanmoins, je dois vous avertir. Je ne sais pas qui sont vos employeurs et ça m'est égal. De toute évidence, vous travaillez pour des gens sérieux. Mais un quart de million de dollars, c'est une grosse somme. Un investissement important. Et il est possible que, pour votre propre sécurité, vous décidiez de me réduire au silence. Ce ne serait pas difficile… *nein* ? Par exemple, il pourrait y avoir un engin explosif dans la mallette, et je serais mort avant même de rejoindre ma voiture. Ou bien un accident sur l'autoroute.

» Je tiens donc à ce que vous sachiez que j'ai mis par écrit tout ce qui s'est passé entre nous et tout ce que vous m'avez demandé de faire. Non seulement je vous ai décrit, mais j'ai pris une photo de vous. Vous me pardonnerez, j'espère, cette petite ruse, et je suis certain que vous comprenez ma position. J'ai aussi noté la marque de la voiture que vous conduisez et la plaque d'immatriculation. Tous ces renseignements sont chez un ami à moi, qui a pour instructions de les remettre aux autorités dans le cas où il m'arriverait quelque chose de suspect. Vous comprenez ce que cela implique ? Il n'y aura pas de dysfonctionnement de fusée. Et même si la police met du temps à vous retrouver, elle ne vous lâchera pas.

Johnson avait écouté en silence. Keller se tut et l'observa avec incrédulité. C'était la première fois qu'il le voyait manifester une réelle émotion.

— Pour qui nous prenez-vous ? Pour des gangsters ? Vous lisez trop de mauvais livres, Keller. Nous vous avons demandé de nous rendre un service. Vous nous avez rendu ce service et vous êtes payé. D'ailleurs, vous faites erreur. Un quart de million de dollars, ce n'est pas une si grosse somme au vu de l'enjeu. Vous n'entendrez parler de nous que si vous n'avez pas respecté notre accord, et c'est vrai, alors, que votre vie sera en danger. Mais si vous vous méfiez de nous, de notre côté, nous avons une foi totale en vous.

Johnson jeta quelques pièces sur la table pour payer le café, roula son journal et se leva.

— Au revoir.

— Attendez, dit Keller, un peu mal à l'aise. Caracas.

— Pardon ?

— Votre grille de mots croisés. La capitale du Venezuela. C'est Caracas.

Johnson hocha la tête.

— Oui, bien sûr. Merci.

Keller le regarda s'éloigner. Son petit discours avait été un peu mélodramatique, il en convenait, inspiré par certains des films qu'il avait vus avec sa femme. De plus, il avait menti. Il n'avait rédigé aucun rapport, pris aucune photo, et aucun ami n'avait pour instructions de contacter la police. Il avait simplement pensé que cette menace suffirait à le protéger en cas de besoin. Avait-il eu tort ? S'était-il ridiculisé ? Il se souvint de l'argent. Il tâtonna sous la table et sa main rencontra une mallette posée contre le mur. Il la souleva, fit glisser les fermoirs, et l'entrouvrit juste assez pour y jeter un coup d'œil. Tout semblait en ordre : des liasses de billets de cinquante dollars alignées en piles bien nettes. Il referma l'attaché-case, enfila sa veste et sortit en hâte. Plus aucun signe de Harry Johnson sur le parking. Il regagna sa voiture, jeta la mallette sur la banquette avant et se mit au volant.

Il lui fallait vingt minutes pour rentrer chez lui, où il savait que sa femme l'attendait. La pensée de Gloria le fit sourire et il se détendit un peu. Au bout du compte, tout ce qu'il avait fait, c'était pour elle.

Gloria avait quinze ans de moins que lui. Petite, potelée juste comme il fallait, sa poitrine et ses hanches bataillant contre le tissu de ses vêtements. Elle était toute jeune lorsqu'il l'avait rencontrée, et ce qu'il lui avait raconté sur son travail l'avait émoustillée. Voilà un homme qu'on avait arraché à l'Europe et qui travaillait dans un centre de recherche « secret défense » construisant des fusées. L'histoire ressemblait à ce qu'elle lisait dans les romans de gare qu'elle affectionnait, et le fait que Keller fût allemand, sans charme, et qu'il eût parfois des exigences un peu douloureuses ne semblait pas la rebuter. Les débuts de leur mariage avaient été heureux, et ils avaient pris ensemble la décision de venir s'installer plus au nord, à Salisbury, à proximité de Wallops Island. Ils avaient acheté une maison et choisi les meubles. Mais, depuis, leur relation s'était dégradée. Ils ne pouvaient pas avoir d'enfant. Gloria s'ennuyait à la maison et dans son travail de gérante de restaurant. Elle ne s'animait un peu que le week-end. Elle ne voulait plus entendre parler de fusées et, depuis quelque temps, elle rechignait même à venir assister aux lancements. Pourtant, Keller l'aimait toujours. Il la désirait. D'une certaine façon, il la considérait comme son signe extérieur de réussite, la justification d'une vie de travail. Gloria était son épouse américaine. Il la méritait.

Il lui avait parlé de son nouvel ami, Harry Johnson, et de sa proposition. Jamais il n'aurait accepté sans l'approbation de Gloria. Il était heureux de l'avoir fait. L'enjeu était de taille. Il s'apprêtait à commettre un crime qui, s'il était découvert, pourrait lui valoir une inculpation pour haute trahison. Mais, depuis le début, Gloria s'était montrée encore plus déterminée que lui, l'encourageant lorsqu'il se sentait vaciller. Voilà des semaines qu'ils parlaient de l'avenir qui les attendait, de ce qu'ils feraient avec l'argent, du soin qu'ils prendraient à ne pas en dépenser trop ni trop tôt. Keller avait l'impression que sa femme était transformée. Il la revoyait telle qu'elle était lorsqu'il avait pour la première fois posé les yeux sur elle. Toute son énergie et sa *Lebensfreude* étaient revenues. Et elle manifestait au lit un appétit renouvelé, se donnait avec le même abandon que lors de leur nuit de noces.

Gloria l'attendait à la porte de leur bungalow de bois. C'était une maison sortie tout droit des catalogues de vente, avec sa fenêtre panoramique, sa porte de garage à bascule, son petit jardin propret et sa clôture de piquets de bois blancs. Keller gara la voiture dans l'allée et se dirigea vers sa femme, l'attaché-case à la main. Ils s'embrassèrent sur le seuil. Gloria était vêtue d'une robe à fleurs serrée à la taille. Ses cheveux blonds tombaient en boucles sur ses épaules. À cet instant, Keller la désira plus que jamais.

— Tu l'as ?
— Oui.
— Tu as compté ?

— Non. C'est inutile.
— Tu aurais dû.
— On peut vérifier.

Ils entrèrent dans le living-room et comptèrent les billets, Gloria entre ses bras, pressée contre lui de tout son corps. Une fois certains que le compte était bon, elle se tourna pour l'embrasser sur la joue.

— J'ai mis du Champagne au frais, dit-elle.

Il la suivit dans la cuisine et attendit pendant qu'elle fouillait dans le tiroir.

— Je ne parviens pas à trouver ce satané tire-bouchon.

Il s'approcha et c'est seulement en arrivant derrière elle qu'il se souvint qu'on n'avait pas besoin de tire-bouchon pour ouvrir une bouteille de Champagne. C'est aussi à ce moment que Gloria pivota et qu'il sentit quelque chose s'enfoncer en lui. Il baissa les yeux et vit, médusé, la poignée du couteau sortir de son estomac. Ce devait être une erreur. Ce n'était pas possible. Pourtant, quand il releva les yeux et rencontra le regard de Gloria, il comprit que c'était vrai. Il voulut parler mais son sang s'échappait déjà de lui. Et avec lui son souffle, sa vie. Il tomba à genoux. Gloria s'écarta et il bascula en avant. Gloria frissonna. C'était la vue du sang se répandant sur le linoléum qui la dégoûtait. Et le souvenir des mains de son mari sur sa peau, l'odeur aigrelette de son haleine.

Il lui restait peu à faire.

Elle s'était déjà procuré l'essence. Elle en aspergea le cadavre de Keller, la cuisine, le living-room, l'escalier. Puis elle prit la valise où elle avait rangé quelques affaires et y fourra tout l'argent. Enfin, elle gratta une allumette.

Elle sortit en courant et monta dans le break Crosley. Il était moche, mais il la conduirait jusqu'en Californie, où elle comptait entamer sa nouvelle vie. Elle quitta l'allée et tourna dans la rue sans même un regard en arrière. Elle ne vit pas les premières flammes jaillir, ni la fumée monter dans l'air du soir.

① CE QUI MONTE...

I

RETOUR AU TRAVAIL

James Bond ouvrit les yeux. Il était sept heures précises. Il le savait sans avoir besoin de regarder le réveil posé à côté du lit. Le soleil se faufilait déjà dans la chambre à travers l'entrebâillement des rideaux. Il avait la bouche pâteuse, signe certain d'un excès de whisky la veille au soir. À quelle heure s'était-il couché ? Largement après minuit. Et se coucher ne signifiait pas dormir.

— Quelle heure est-il ?

La femme allongée près de lui se réveillait. Sa voix était douce et ensommeillée.

— Sept heures.

Bond tendit la main pour caresser les cheveux courts et noirs sur sa nuque, puis laissa doucement descendre ses doigts.

— Oh non, James. J'ai besoin de dormir un peu. Il est bien trop tôt.

— Pas pour moi.

Bond se leva et marcha à pas feutrés jusqu'à la salle de bains. C'était l'une des singularités de l'appartement qu'il habitait dans la maison de ville Regency, à deux pas de King's Road, dans le quartier de Chelsea. La salle de bains principale, carrelée de blanc, avait la même superficie que la chambre. Peut-être que l'une était trop grande et l'autre trop petite, mais Bond s'y était habitué, et il ne voyait pas l'utilité de tout chambouler, de perdre du temps avec des architectes et des entreprises simplement pour respecter les conventions. Il entra dans la cabine de douche vitrée et tourna le robinet. D'abord de l'eau très chaude, puis de l'eau glacée pendant cinq minutes, comme chaque matin.

Après quoi il se drapa dans une serviette et vint se placer devant le lavabo. Dans un monde où rien n'était prévisible, où la vie elle-même pouvait être menacée ou s'achever sans avertissement, ce rituel matinal comptait beaucoup pour lui. Il trouvait agréable de commencer chaque journée avec le sentiment que tout était à sa place. Il se rasa en utilisant le savon orange-bergamote qu'il achetait chez Floris dans Jermyn Street, puis se rinça le visage. Le miroir était embué, et il passa le plat de la main dessus pour découvrir les yeux gris-bleu, le visage allongé et les lèvres minces qui pouvaient si facilement devenir cruelles. Il tourna la tête pour examiner la brûlure, sur sa joue droite, provoquée par une balle tirée de près dans un Stratocruiser au-dessus de l'Atlantique. Par chance, la marque s'était presque estompée. Bond avait déjà une cicatrice permanente sur le visage et, si une blessure pouvait résulter d'un manque de chance, deux susciteraient inévitablement des commentaires peu souhaitables au regard de sa profession.

Il enfila un caleçon court Sea Island avant de revenir dans la chambre. Le lit était vide, les draps encore tièdes du souvenir de la nuit. Il ouvrit la penderie et choisit un costume sombre, une chemise de soie blanche et une mince cravate en satin gris. Il s'habilla rapidement tout en remarquant, avec plaisir, l'odeur de café qui montait de la cuisine. Enfin, il chaussa une paire de mocassins en cuir noir, glissa son porte-cigarettes gris acier dans sa poche intérieure. Il était un peu plus de sept heures et demie.

Pussy Galore l'attendait dans la cuisine, vêtue en tout et pour tout d'une large chemise d'homme. En l'entendant arriver, elle pivota et leva vers lui ses extraordinaires yeux violets, qui avaient tant fasciné Bond lors de leur première rencontre dans l'entrepôt de Jersey City, à peine plus de deux semaines auparavant. Elle dirigeait alors une organisation de lesbiennes, les Cement Mixers, engagée par Auric Goldfinger pour l'aider à réaliser le casse du siècle. Les circonstances avaient voulu que Bond et elle se retrouvent alliés, puis, inévitablement, amants. Cette conquête avait été particulièrement satisfaisante pour Bond, qui avait détecté instantanément en elle cette qualité intangible : le refus d'être aimée. Il l'avait désirée dès le premier regard, en la voyant avancer vers lui vêtue d'un costume bien taillé, très à son aise dans une pièce remplie de truands. Il l'observa. Les cheveux noirs à la coupe parfaite, les lèvres pleines, les pommettes fermes. Difficile de croire que cette fille n'avait éprouvé que méfiance et haine envers les hommes avant de le rencontrer.

Elle remplit deux tasses de café – le mélange extrafort De Bry préféré de Bond –, puis apporta un seul œuf coque sur la table.

— Voilà pour toi, dit-elle. Trois minutes et trente secondes de cuisson, comme tu aimes.

Elle-même n'en mangeait pas. Elle s'était déjà servi un Bloody Mary avec une bonne rasade de vodka Smirnoff White Label, et assez de Tabasco pour enflammer les parois de son estomac. Elle s'assit devant son verre et remua distraitement le cocktail avec un bâton de céleri.

— Quel est ton programme, aujourd'hui, Bond ? Déjà au bureau à huit heures et demie ? Dans ma branche, on ne se lève jamais avant dix heures. Il y a des foules de choses à faire avant le petit déjeuner, selon la personne avec qui on est. À New York je descendais dans des taules huppées et, tu peux me croire, avec moi le « service en chambre » prenait tout son sens. Mais tu es différent, pas vrai ? Toi, tu sauves le pays trois fois avant le déjeuner...

En réalité, Bond avait réservé une séance d'une heure au pas de tir situé dans les sous-sols de son bureau. Il consacrerait ensuite le reste de la journée à trier la paperasse accumulée pendant son absence, et prendrait peut-être une pause pour déjeuner avec Bill Tanner, chef d'état-major et son meilleur ami dans le service. Mais il n'en dit rien à la jeune femme. Ce qui se passait derrière les murs de l'immeuble de neuf étages près de Regent Street ne devait pas filtrer à l'extérieur, ni être discuté avec quiconque en dehors du métier. Au bout du compte, il était beaucoup plus facile de ne rien dire du tout.

— Et toi ? demanda-t-il.

— Je n'ai encore rien décidé. (Le bâton de céleri effectua un autre tour dans le verre.) J'adore ta ville. Franchement. Tout ce que tu m'as montré, la Tour, le Palais, les Maisons de je ne sais plus quoi... Jamais je n'aurais eu l'idée de venir à Londres mais maintenant je comprends pourquoi, vous autres Britanniques, êtes si contents de vous. Je pourrais peut-être vivre ici. Chercher un appartement. Qu'est-ce que tu en dis ?

— C'est une idée.

— Une mauvaise idée. On ne me l'autoriserait pas. Qui voudrait d'un escroc comme moi ? À part toi, bien sûr, et pour les mauvaises raisons. (Elle poussa un soupir.) Je ne sais pas. Je ne suis pas d'humeur à faire du tourisme. Pas toute seule.

— Je ne peux pas m'absenter plus longtemps de mon travail.

— OK. J'irai faire les magasins. C'est ce qu'une fille est censée faire à Londres, non ? Je vais acheter un chapeau.

— Tu aurais l'air ridicule avec un chapeau.

— Qui te dit que c'est pour moi ?

— Je ne rentrerai pas tard. On pourrait sortir, ce soir. Je réserverai une table chez Scott.

— D'accord. (Elle paraissait saisie d'ennui.) Du moment que tu ne me fais plus manger d'huîtres. Je me passerais volontiers d'une soirée avec ces trucs gluants dans la bouche.

Elle attendit que Bond eût terminé son œuf et alluma deux cigarettes – non pas les Morland spécialement faites pour lui, mais ses Chesterfield. Elle en donna une à Bond, qui inhala profondément la fumée, en se disant que la première cigarette de la journée était décidément meilleure quand elle venait des lèvres d'une jolie femme.

Ils demeurèrent silencieux un moment. C'était un silence gêné, rempli de noires pensées et de non-dits. Bond but son café et jeta un coup d'œil à la une du *Times* que Pussy était allée ramasser sur le perron. Rien sur les règlements de comptes en Amérique. Le sujet avait rétrogradé dans les pages intérieures. Un article sur l'apartheid. Le Conseil de la Recherche médicale affirmait avoir découvert un lien entre le tabac et le cancer du poumon. Bond regarda le bout incandescent de la cigarette dans sa main gauche. Il n'avait jamais fumé en pensant que c'était bon pour sa santé, et si le cancer avait l'idée saugrenue de le tuer, il lui faudrait prendre sa place dans la file d'attente. En face de lui, Pussy avait terminé son Bloody Mary. Bond écarta le journal, se leva, et l'embrassa brièvement sur les lèvres.

— À plus tard.

Mais soudain elle s'agrippa à lui et un éclat dur brilla dans ses yeux.

— Tu sais, Bond, si tu veux que je m'en aille, il te suffit de le dire.

— Je ne veux pas que tu t'en ailles.

— Non ? En tout cas, n'oublie pas que c'est toi qui m'as invitée ici. Je vivais très bien sans toi, alors ne va surtout pas croire que tu m'es indispensable.

— Ôte tes griffes, Pussy. Je suis heureux que tu sois là.

L'était-il vraiment ? Tout en roulant silencieusement à travers Hyde Park au volant de sa Bentley 4½ Litre, Bond réfléchissait à ses propres paroles et se demandait s'il était sincère.

Ce qui avait débuté comme une enquête de routine sur un trafic d'or s'était transformé en l'une des missions les plus périlleuses – et les plus fantastiques – de sa carrière. Il s'était retrouvé au cœur d'un complot réunissant l'élite des syndicats du crime américains, dont la Machine, l'Unione Siciliano et les Cement Mixers de Pussy Galore. C'est à cette occasion qu'il avait fait la connaissance de Pussy. Celle-ci avait fini par se ranger à ses côtés quand il avait affronté Goldfinger et contraint son Boeing Stratocruiser à effectuer une descente spectaculaire. En vérité, Pussy l'avait peu aidé, mais savoir qu'il avait une alliée dans le camp ennemi l'avait encouragé à entreprendre sa terrifiante évasion.

C'est seulement plus tard que la question s'était posée. Que faire d'elle ? Il avait quitté l'Amérique en coup de vent, harcelé par la presse. Le FBI et le Pentagone étaient en alerte rouge. Le fait que Goldfinger eût failli utiliser une arme chimique sur le sol américain avait causé un choc et une humiliation dans les hautes sphères du pouvoir. Goldfinger avait affirmé à Bond avoir tué les quatre principaux chefs de gangs mais cela restait à vérifier. Pendant ce temps, leurs complices étaient pourchassés à travers tout le pays et certains arrêtés. Pussy Galore avait joué un rôle dans le complot. Criminelle notoire, elle avait débuté sa carrière dans le cambriolage avant de gravir les échelons dans le crime organisé. Elle était impliquée dans le meurtre de Mr Helmut

M. Springer, du Purple Gang. Il s'en était fallu d'un cheveu, et les Américains n'étaient pas d'humeur à faire des exceptions. Si Pussy tombait entre leurs mains, c'en était fini pour elle.

Au vu des circonstances, Bond n'avait pas eu le choix. Il l'avait emmenée avec lui et justifié sa décision en déclarant (de façon purement fictive) qu'elle avait accepté de coopérer et livrerait des informations susceptibles d'aider la Banque d'Angleterre à retrouver la trace de l'or dérobé. Pussy Galore ne connaissait pas Londres. Elle n'avait aucun point de chute. Il avait paru raisonnable à Bond de l'installer chez lui le temps que les choses se calment et qu'ils décident de la suite.

Il le regrettait déjà. Pussy avait besoin de lui. Or la simple idée qu'on eût besoin de lui le révulsait. Sortie des rues de Harlem, Pussy était comme un poisson hors de l'eau. Déjà leur relation commençait à perdre de son attrait, un peu comme un costume affectionné mais porté trop souvent.

Bond se savait injuste, mais partager sa vie avec une femme l'incommodait. Il se souvenait de sa liaison avec Tiffany Case, de leurs disputes inutiles, chacun aboyant sur l'autre, jusqu'à ce qu'elle s'installe dans un hôtel et qu'ils finissent par rompre. Il désirait encore Pussy Galore mais il ne voulait pas d'elle. Même l'œuf à la coque qu'elle lui avait préparé pour le petit déjeuner l'avait irrité. Oui, il avait ses manies. Il aimait que les choses soient faites d'une certaine façon. Mais il n'aimait pas qu'on le lui rappelle et le léger ton de moquerie qu'il avait perçu dans sa voix l'avait agacé.

Il ne savait que faire d'elle. Ils avaient passé quelques jours merveilleux ensemble, visité les sites touristiques de Londres, et elle s'était enthousiasmée de tout, avec cet abandon enfantin qui se manifeste lorsqu'on est enfin hors de danger. Elle avait même insisté pour faire une promenade en bateau sur la Tamise. Assis côte à côte sur le pont en regardant les ponts défiler, ils ressemblaient à n'importe quel couple, un homme et une femme profitant de la compagnie l'un de l'autre, avant de jouir l'un de l'autre, plus tard. Pourtant cela ne pouvait pas durer éternellement. Bond, déjà, éprouvait un sentiment d'embarras. La veille au soir, en croisant par hasard une de ses connaissances au Savoy, il avait vu non sans plaisir le regard de l'autre homme s'arrêter sur la superbe femme qui était à son bras. Mais celle-ci avait tout gâché en se présentant. Pussy Galore[1]. Ce nom, qu'il avait d'abord trouvé à la fois provocateur et approprié quand il l'avait rencontrée au congrès de truands à Jersey City, paraissait immature, presque puéril, dans un hôtel chic de Londres.

Il se félicitait que May, sa vieille gouvernante, se fût absentée un mois pour aller soigner sa sœur malade à Arborât. Qu'aurait-elle dit de la nouvelle venue ? Bond pouvait presque entendre sa voix. C'était comme si May était assise à côté de lui dans la voiture. « C'est vous qui voyez, monsieur James. Vous faites à votre guise et c'est pas à moi de vous dire autrement. Mais si vous voulez mon avis, vous feriez mieux de trouver une gentille jeune fille anglaise pour veiller sur vous. Ou mieux encore, une Écossaise. Vous connaissez le dicton. Choisis ta femme quand elle a son bonnet de nuit ! Vous devriez en prendre de la graine... »

Deux heures plus tard, l'odeur de cordite encore prégnante sur lui, Bond sortit de l'ascenseur au cinquième étage du quartier général, et marcha jusqu'à la dernière porte à droite. Celle-ci ouvrait sur un vestibule où une jeune femme était occupée à trier du courrier. Elle ne leva pas les yeux à son entrée, signe

---

[1]. Pussy Galore, en anglais, signifie littéralement « Chatte à gogo ». (*Toutes les notes sont de la traductrice.*)

de mécontentement. Loelia Ponsonby était en tout point la parfaite secrétaire. Discrète, loyale, efficace, elle était en outre d'une beauté saisissante – Bond ne pouvait pas imaginer travailler avec une femme quelconque ou peu attrayante. En temps normal, elle l'aurait accueilli avec empressement, aurait pris son manteau et lui aurait raconté les derniers potins de couloir. Mais elle avait tapé ses rapports et découvert ses arrangements pour son retour d'Amérique. Elle n'avait donc pu manquer de remarquer qu'il n'était pas rentré seul et qu'une certaine P. Galore avait emménagé à Chelsea.

Loelia Ponsonby n'était pas jalouse. Ce n'était pas dans son caractère. Mais elle avait passé tant de temps dans un monde composé de services et de secrets (au sens littéral du terme), qu'un peu de l'austérité de cet environnement avait fini par déteindre sur elle, et elle désapprouvait qu'un agent – surtout un agent de la section 00 – batifole avec une personne qui pouvait être au mieux une distraction, au pire un risque pour la sécurité.

— Des messages ?

— Mr Dickson a appelé. Il sera à Londres la semaine prochaine et aimerait vous voir au Swinley.

Bond esquissa un sourire. Dickson était l'un des noms utilisés par l'agent 279 qui opérait à la section H de Hong Kong. Chaque année, il venait passer une quinzaine de jours en Angleterre pour échapper à son bureau étouffant et sans fenêtre situé sur le front de mer. Cela faisait partie de son rituel d'inviter Bond à une partie de golf, bien que Dickson fût l'un des pires joueurs de la planète. Il frappait le haut de la balle, l'envoyait vriller à droite ou à gauche en déversant un déluge de jurons obscènes. À sa décharge, il n'y avait qu'un seul golf à Hong Kong. « … et le gazon a été importé d'Afrique !

Incroyable, non ? » Dickson aimait changer de décor. Ici, il se sentait chez lui.

— Autre chose ? demanda Bond.

— De la paperasse, c'est tout.

Une pointe d'excuse perça dans la voix de Loelia Ponsonby. Elle savait à quel point il détestait cela.

Bond entra dans la pièce dotée de trois bureaux – dont deux étaient, comme toujours, inoccupés – et s'assit. Loelia Ponsonby avait empilé des dossiers bruns sur l'un d'eux, et il savait qu'elle avait placé les plus urgents sur le dessus. Il ouvrit son étui à cigarettes, alluma la cinquième de la journée, inhala profondément la fumée et prit le premier dossier de la pile.

Il l'avait à peine ouvert que le téléphone sonna. Le grelot puissant était presque indécent dans la pièce lambrissée de bois. C'était le chef d'état-major.

— Vous pouvez monter ? M veut vous parler.

C'était tout. Sept mots qui pouvaient signifier n'importe quoi : une modification du tableau de service, une invitation, un arrêt de mort. Bond tira une dernière bouffée sur sa cigarette avant de l'écraser dans le cendrier et sortit à la rencontre de son destin.

II

INCERTITUDE DE LA COURSE

Le centre des communications occupait le septième étage de l'immeuble des services secrets, après en avoir longtemps occupé le sous-sol. Son déménagement forcé fut l'une des premières directives de M dans la semaine de sa prise de fonction à la tête des services de renseignements. M souhaitait intégrer au moins une partie de l'entraînement physique des agents dans les murs du quartier général et il avait fait pression sur l'administration pour financer une salle de tir moderne et sophistiquée, ainsi que du personnel permanent. Comme on lui faisait observer que le centre des communications occupait l'espace qu'il désirait, il avait répliqué par une de ses reparties laconiques qui allaient devenir sa marque : « Déplacez-le. » Ce qui fut fait.

Clin d'œil au passé peut-être, le centre des communications conservait un peu de sa nature souterraine. Les stores étaient toujours fermés et, malgré la présence de plafonniers, l'éclairage était délibérément tamisé, comme pour mieux épouser le travail secret qu'on y effectuait. Les opérateurs – en majorité des femmes – préféraient le faisceau plus concentré des lampes à tube flexible fixées à leur bureau. Le seul bruit constant de la salle venait des rangées de téléscripteurs volubiles disposés le long des murs. Une table circulaire occupait l'extrémité de la salle, et c'est là que l'officier de permanence lisait les messages entrants, avant de les expédier aux sections concernées. Près de lui, une panoplie de tubes pneumatiques conduisait aux différents bureaux et, de temps à autre, quand les dépêches lui parvenaient, il donnait l'ordre de les rouler, de les mettre dans un cylindre et de placer le cylindre dans l'un des tubes qui s'ouvraient et se fermaient avec un chuintement. Une copie de chaque transmission restait sur sa table.

La veille au soir, alors que Bond quittait l'immeuble, l'une des opératrices avait remis à l'officier de permanence un message qu'elle venait de décrypter.

— Ça vient encore de la Station P, monsieur.

Henry Fraser, l'officier de permanence, était un bel homme ténébreux aux épaules carrées et aux traits solides de joueur de rugby. Il avait d'ailleurs obtenu sa première sélection à l'âge de dix-neuf ans. Plus tard, il était devenu un agent apprécié de la section 00, jusqu'à ce qu'une mission à Lisbonne tourne mal. Il en était revenu avec une balle dans la colonne vertébrale. Désormais, il se déplaçait en fauteuil roulant. Les services secrets britanniques ne sont pas compatissants envers leurs agents blessés, et le premier réflexe des huiles avait été de l'envoyer à la retraite, quelque part hors de vue. Mais M leur avait tenu tête et, une fois de plus, il avait obtenu gain de cause. À présent, Fraser était un membre précieux de l'équipe, un homme plein de ressources, qui n'avait rien perdu de sa séduction. Toutes les filles brûlaient d'envie de le materner, et certaines nourrissaient des pensées plus ambiguës.

Fraser lut le message et ses lèvres s'arrondirent en émettant un petit sifflement. Il hocha la tête, et l'opératrice roula le papier pour le glisser dans un tube pneumatique.

— Ça va jeter un sacré pavé dans la mare, dit Fraser.

Un nouveau chuintement, et le rouleau disparut pour la deuxième étape de son voyage qui le transporta, en quelques secondes, au neuvième étage.

Vingt-quatre heures plus tard exactement, Bond suivit le même chemin le long du couloir anonyme menant au bureau de M. Il n'y avait personne alentour. L'épaisse moquette absorbait le bruit de ses pas. Il s'arrêta devant une porte verte, l'avant-dernière, et l'ouvrit sans frapper. La porte donnait sur le bureau de Miss Moneypenny, la secrétaire personnelle de M. Celle-ci était occupée à arroser une plante en pot, un aspidistra pour être précis, une récente acquisition. Elle leva les yeux et sourit. Elle avait beaucoup de sympathie pour Bond et ne cherchait pas à le cacher.

— J'ignorais que vous aviez la main verte, Penny.

— Je le regrette, croyez-moi, répondit-elle d'un air grincheux. C'était mon anniversaire, la semaine dernière. Je remarque au passage que je n'ai eu aucun cadeau de vous.

— Que peut-on offrir à une fille qui a tout ?

— En tout cas pas une plante verte. Quelques-unes de mes collègues secrétaires se sont cotisées, et je me suis sentie obligée de la mettre ici pour le cas où elles passeraient me voir. J'espère qu'elle va crever.

— Dans ce cas pourquoi l'arrosez-vous ?

— J'essaie de la noyer. Mais elle a l'air de s'en moquer.

Miss Moneypenny posa le petit arrosoir et ajouta :

— Vous pouvez entrer directement.

Bond ouvrit la porte adjacente et la referma derrière lui. M était penché sur son bureau, une pipe dans une main, un stylo-plume dans l'autre. Il paraphait bruyamment le bas d'une feuille de papier de couleur rose (synonyme de tâche urgente). Il n'était pas seul. Bill Tanner, le chef d'état-major, fit un hochement de tête à l'adresse de Bond – signe peut-être que ce n'était pas un cas de vie ou de mort. Que la guerre n'avait pas été déclarée. L'atmosphère dans la spacieuse pièce carrée, avec sa moquette vert foncé et son bureau placé au centre, était détendue, presque informelle. Bond y avait connu d'autres ambiances.

— Entrez, 007, grommela M. Prenez un siège. Je suis à vous dans une minute.

Il signa un second document et plaça les deux feuilles dans la corbeille de courrier sortant. Puis, s'apercevant que sa pipe s'était éteinte, il tassa le tabac du bout de son pouce et la ralluma. Enfin il leva son regard gris clair, qui exigeait la plus absolue des loyautés et décelait instantanément le moindre manquement.

— Je crois me souvenir que vous aimez la course automobile. Vous avez couru, récemment ?

Bond fut pris de court, mais s'appliqua à ne pas le montrer. Lorsque M vous posait une question, il attendait une réponse, pas une autre question.

— Rien de sérieux, monsieur, dit-il. Je me tiens au courant des résultats.

— Dans ce cas, vous devez avoir entendu parler de ce bolide que les Russes ont sorti. Je crois savoir qu'ils vont le faire courir pour la première fois sur le circuit allemand, le Nürburgring, pour le championnat d'Europe.

— La Krassny ?

Bond était doué d'une excellente mémoire, partie essentielle de son armure psychologique, et il y puisa ce qu'il connaissait sur le sujet tout en se demandant où cela menait.

— D'après ce que je sais, c'est une sorte de monstre. On l'a surnommé la fusée rouge. Seize cylindres sur deux rangées de huit. Un compresseur deux-étages, des freins à disques, et les tout derniers gadgets. Ça doit valoir le coup d'œil.

— À combien estimez-vous ses chances de remporter le Nürburgring ?

— Eh bien... tout dépend du pilote. Surtout dans une course aussi difficile, avec autant de virages. Je dirais que nous, les Italiens, et peut-être aussi les Allemands sommes les mieux placés. Mais il faut s'attendre à tout avec les Russes. Ils ont du répondant et des atouts cachés.

— Exact. Et ils n'aiment pas les échecs publics.

M souffla une bouffée de fumée, et Bond reconnut le parfum du Capitan Nagy Flakes, le tabac que M fumait depuis toujours, plus précisément depuis l'époque où il servait comme jeune officier dans les Dardanelles. Les volutes grises s'enroulaient autour de sa tête.

— Cela vous surprendrait de savoir que le SMERSH a été appelé à la rescousse pour essayer de favoriser les chances des voitures russes ?

SMERSH. *Smiert chpionam*. « Mort aux Espions », en russe. C'était un département secret du gouvernement soviétique, que Bond connaissait bien. Combien de *konspiratsia* avaient vu le jour au deuxième étage de l'immeuble terne de l'ulitsa Sretenka, à Moscou ? Tout ce qui en sortait semait la mort et la ruine. Pourtant il était difficile d'imaginer le SMERSH s'infiltrer dans le monde rutilant et moderne de la course automobile. Cela apparaissait comme un véritable choc de cultures.

— Le SMERSH, monsieur ? s'exclama Bond. Que vient faire le SMERSH là-dedans ? Saboter les véhicules de tous leurs adversaires ?

— C'est une curieuse affaire, admit M. Apparemment, l'équipe russe s'entraîne en Tchécoslovaquie, et une curieuse atmosphère de clandestinité plane autour de leur camp de base. Aucun journaliste n'est admis dans les parages. Les pilotes sont sur la piste dès l'aube. Ils ont davantage l'air de se préparer pour la guerre que pour une course.

— Nous avons reçu un message d'un mécanicien de stand, intervint Bill Tanner, le chef d'état-major. Il a combattu ici avec la RAF pendant la guerre. Ce qui se passe là-bas l'a intrigué. Il est entré en contact avec la Station P.

— Et il a découvert que les Russes sont très déterminés à gagner le Nürburgring, reprit M. Ils ont étudié le terrain et ils sont à peu près certains de battre tous les autres concurrents sauf le nôtre, le champion britannique Lancy Smith, au volant de sa Vanwall. C'est de bonne guerre, et je suppose que ce sont les rumeurs qui circulent habituellement sur les circuits. Mais notre source, ce Tchèque, s'est intéressé à un pilote en particulier. Numéro Trois. Ce n'est pas un membre habituel de l'équipe russe. Pourtant c'est lui qui fait la pluie et le beau temps, et tout le monde semble avoir peur de lui. À juste titre.

— Qui est-ce ?

— Ivan Dimitrov, dit Tanner en sortant un dossier.

Une photographie y était agrafée, prise par un appareil caché. On y voyait un homme au visage émacié, renfrogné, debout à côté d'une voiture, un bras levé. Ses yeux étaient deux fentes noires qui regardaient droit vers l'objectif.

— C'était un pilote de premier ordre, jusqu'à ce qu'il soit interdit sur les circuits, il y a deux ans, poursuivit Tanner. Il a délibérément fait sortir un concurrent de la piste en le poussant dans un virage. Il a prétendu que c'était un accident mais les officiels ne l'ont pas cru. L'autre pilote a fini à l'hôpital dans un état critique. Il a eu la chance de s'en tirer. Depuis, Ivan Dimitrov n'a plus couru.

— Et quel est le lien avec le SMERSH ?

— Moscou a fait pression sur la FIA pour qu'elle autorise le retour de son coureur, répondit M. Ils n'ont pas fait ça par caprice. Ce n'est pas tout. Notre ami tchèque a envoyé son dernier rapport il y a trois jours. Il disait avoir vu Dimitrov mettre en scène des accidents, et il était persuadé que les Russes projettent de mettre Lancy Smith et sa Vanwall hors de course. Il voulait se rapprocher du pilote, Numéro Trois, pour en apprendre davantage sur son compte. J'étais enclin à me désintéresser de cette histoire. Moi aussi, je trouvais que ça ne ressemblait pas au SMERSH. Seulement voilà, nous avons reçu un autre message hier soir. Notre ami tchèque est mort. Tué dans un accident de voiture. La police locale a conclu à l'acte d'un chauffard, mais il est difficile de croire à une coïncidence. J'estime que nous devons accepter l'idée que Lancy Smith puisse être une cible. (M se tut un instant.) Qu'en pensez-vous ? Vous croyez possible d'arranger un accident à de telles vitesses ? Peut-on faire ça sans éveiller les soupçons ?

Bond prit le temps de réfléchir.

— Il y aurait plusieurs façons de procéder, monsieur. Mais ce n'est pas simple. Smith a remporté le prix de Monaco l'année dernière. Et Monza. Il ne va pas se laisser manœuvrer facilement.

— Quelle est l'hypothèse la plus plausible, selon vous ? demanda Tanner.

— Dimitrov pourrait essayer de coincer Smith dans un virage, mais il a déjà tenté le coup et c'est trop visible. Mieux vaudrait s'approcher de Smith par-derrière au moment où il aborde un virage à une vitesse moyenne, disons cent trente ou cent quarante. Et le faire au début de la course, quand toutes les voitures sont groupées et à la lutte pour se positionner. S'il touche la roue arrière de Smith au moment où celui-ci amorce le virage, il l'oblige à trop braquer et Smith est fichu.

Bond secoua la tête en imaginant l'impact, les tête-à-queue, les dégâts possibles.

M posa la main qui tenait sa pipe sur le bureau. Un instant, ses yeux restèrent fixés sur le tabac incandescent et la fumée comme s'il pouvait y lire l'avenir. Son visage ne livrait rien, mais Bond savait qu'il pesait toutes les éventualités. Les Russes allaient-ils provoquer un accident, entraîner peut-être la mort d'un champion automobile, sans parler de celle de spectateurs innocents, dans le seul but de démontrer la supériorité des ingénieurs soviétiques ? Pour Bond, cela ne faisait pas de doute. Ce n'était qu'un nouvel exemple de leur nature impitoyable et arrogante.

— Et j'imagine, 007, que pendant que ce Dimitrov essaiera de mettre Smith hors de course, un homme à nous, au volant de la voiture adéquate, pourrait lui rendre la politesse...

— ... le sortir avant qu'il ne sorte Smith, acheva Tanner.

Cette fois, Bond comprit où ils voulaient en venir. Et il n'hésita pas.

— Oui, ça pourrait marcher. Avec le bon pilote et la bonne voiture.

M et Tanner échangèrent un regard, mais leur opinion était déjà faite.

— Je crois me souvenir que vous avez concouru avec votre vieille Bentley, dit Tanner. Vous croyez que vous seriez de taille avec une voiture moderne ?

— Aujourd'hui elles roulent deux fois plus vite, remarqua Bond. Mais si vous pensez à une Vanwall ou à une Ferrari, les mesures de sécurité augmentent avec la vitesse. Freins plus performants, meilleure direction, meilleurs alliages dans le châssis. Avec un peu d'entraînement, et de la chance, je suppose que je pourrais tenir sur une certaine distance.

— Vous aurez besoin de plus que de la chance, grommela M. La course a lieu la semaine prochaine, et je veux que vous suiviez un entraînement sérieux. Nous avons quelqu'un qui est prêt à nous aider. Un pilote professionnel, Logan Fairfax, qui travaille sur un circuit près de Devizes.

— Vous pourrez vous entraîner trois ou quatre jours, poursuivit Tanner. Ce n'est sûrement pas suffisant, mais c'est mieux que rien. Et si, comme vous le dites, Dimitrov tente quelque chose au début de la course, vous apprendrez peut-être une astuce ou deux pour vous maintenir dans le groupe au départ. De toute façon, l'important est de protéger Lancy Smith. Il est une sorte de héros national, et aussi le chouchou de la presse. Il a un peu le panache des pilotes de chasse, pendant la guerre, qui ont marqué nos mémoires. Et franchement, par les temps qui courent, nous avons bien besoin de héros. Vivants et en bonne santé.

Tanner sourit et ajouta :

— Il paraît que les filles lui tournent autour comme des mouches.

Cette dernière remarque permit à M de dévier habilement sur un autre sujet.

— D'après mes renseignements, 007, vous accueillez toujours chez vous cette jeune femme, dit-il sans chercher à masquer le ton bourru de sa voix.

Pour M, les vies privées de ses agents ne regardaient qu'eux, sauf si elles avaient des incidences sur les rapports qu'il recevait sur son bureau.

— Miss Galore ? s'étonna Bond d'un air innocent. J'ai cru de mon devoir de la loger quelque temps, jusqu'à ce qu'elle y voie plus clair, monsieur. Elle m'a été très utile.

— Oui, j'ai lu le rapport. Mais les Américains sont très remontés. Hier, j'avais deux employés de l'ambassade dans ce bureau. Du moins, c'est ainsi qu'ils se sont présentés. La CIA, évidemment. Ils ont quelques questions à poser à Miss Galore, et je ne suis pas sûr que nous puissions la protéger encore s'ils veulent la rapatrier.

— Je lui parlerai.

— Oui, je crois que vous devriez, 007. Cette dame est un membre patenté d'une organisation criminelle, ne l'oublions pas. Il serait sûrement judicieux pour elle de prendre d'autres dispositions.

— Oui, monsieur.

Bond était agacé. Mais en redescendant à son bureau, il fut bien obligé de reconnaître la sagesse de la position de M, et pesta contre lui-même d'avoir emmené Pussy Galore. Chose étonnante, Loelia Ponsonby semblait déjà savoir de quel côté soufflait le vent. Peut-être le téléphone arabe, ce réseau d'information illicite qui prenait sa source dans les vestiaires des filles. En tout cas, elle se montra encore plus attentionnée que d'habitude et, à mesure que s'écoulait la journée, Bond eut l'agréable sentiment que tout était à sa place. C'était son univers. Tout ce qui comptait à ses yeux. Le reste – l'amitié, même l'amour – y était étranger. Lorsqu'il regagna sa voiture pour traverser Londres dans l'autre sens, en début de soirée, sa décision était prise. Il avait un travail à faire, et la fille devait partir. L'heure était venue.

Pourtant, dès qu'il poussa la porte de chez lui, il changea d'avis. Pussy Galore l'attendait, vêtue d'une petite veste ajustée et d'une jupe courte. Il la retrouva telle qu'il l'avait vue la première fois en Amérique. Elle avait préparé deux whiskies-sodas avec beaucoup de glaçons.

— Je ne poserai aucune question sur ta journée, dit-elle. Je sais que tu ne me répondrais pas. Alors voici la mienne. J'ai fait un tour chez Fortnum & Mason, puis j'ai déjeuné au Ritz. L'après-midi, je suis allée voir cette exposition dont on parle dans tous les journaux. Sur ce peintre, Klein. Je n'ai rien compris, si tu veux la vérité. Il adore le bleu et il en colle sur toute la toile. N'importe qui peut en faire autant. Bref, je suis restée là-bas environ une heure. (Elle s'interrompit pour allumer une cigarette.) Ce n'est pas tout. Il y a une chose que tu dois savoir…

— Laquelle ?

— Ce n'est peut-être rien, mais deux hommes attendaient devant le musée. Je les ai repérés aussitôt. On a l'œil exercé dans ma… branche d'activité. Et ces deux singes puaient à un kilomètre. Costume bon marché, mine patibulaire, américains. C'est moi qu'ils attendaient, c'est évident. Ils se sont redressés en me voyant sortir et l'un d'eux a jeté sa cigarette.

— Qu'est-ce que tu as fait ?

— Pendant une fraction de seconde, j'ai envisagé de m'occuper d'eux moi-même. Ça n'aurait pas été sorcier, même sans arme. Mais j'ai pensé que tu n'apprécierais pas que je te laisse deux macchabées sur le pavé de Londres. (Elle esquissa un sourire dédaigneux.) Alors j'ai fait semblant d'avoir oublié quelque chose. J'ai ouvert mon sac, regardé dedans, puis j'ai fait demi-tour pour revenir dans le musée. J'y avais déjà passé un sacré moment, et j'avais repéré une sortie de l'autre côté. J'ai filé par là. Mais s'ils savaient que j'étais là-bas, ils me trouveront sûrement ici.

— Qui sont ces types, à ton avis ?

— Le gang de la Machine ? La Mafia ? Le choix est large. On a laissé quelques mécontents en quittant New York, et un paquet de gangsters morts. Mes filles doivent se demander pourquoi je me suis enfuie, et elles ne sont pas les seules. Elles ont peut-être envoyé des gros bras pour obtenir des réponses à leurs questions.

— Je ne pense pas que tu aies des soucis à te faire de ce côté-là, répondit Bond, en se souvenant de ce que lui avait dit M sur les agents de la CIA venus le voir dans son bureau.

C'étaient peut-être les mêmes.

— Personne ne tentera rien contre toi à Londres, et il y a probablement une explication parfaitement innocente. Mais je vais en toucher un mot à mes collègues pour m'assurer qu'ils gardent un œil sur toi. (Il marqua une pause.) Je dois quitter Londres quelques jours.

— Ah oui ?

Un éclair de colère traversa ses yeux violets.

— Le travail. Ce n'est pas loin, et je te laisserai le nom et le numéro de mon hôtel. Je suis désolé, mais c'est comme ça.

Elle s'apprêta à argumenter, puis se ravisa. Elle haussa les épaules et parvint à sourire.

— D'accord. Compris. On va servir sous le drapeau britannique pendant que la gentille petite femme reste à la maison. C'est ça ? (Elle souffla un rond de fumée et écrasa sa cigarette dans le cendrier.) Bien. Tu as promis de m'emmener dîner et j'ai un appétit de loup. Finalement, tu pourras te commander encore des huîtres. Je crois me souvenir que c'est aphrodisiaque, alors je veux t'en voir manger au moins deux douzaines.

Ils quittèrent la maison peu après. Peut-être Bond avait-il autre chose en tête, en tout cas il ne vit pas l'Austin grise garée dans l'ombre. Mais ses occupants les repérèrent aussitôt, lui et la fille. Ils s'étaient préparés à l'attente. Leur heure viendrait, ils le savaient.

III

RETOUR À L'ÉCOLE

Bond regarda l'aiguille du compteur atteindre le cent soixante, enivré de se retrouver soudain seul sur la longue ligne droite qui l'invitait à pousser sa voiture à son maximum à travers les collines des Hampshire Downs. Il avait acheté la Bentley Mark VI quelques jours après avoir perdu son ancien modèle, écrasé sous quatorze tonnes de journaux imprimés, dernière flèche revancharde de Hugo Drax alors qu'il le poursuivait sur les coteaux boisés du Kent.

Il n'avait pas encore eu le temps d'ajouter le compresseur Amherst Villiers qu'il affectionnait, ce qui avait sans doute fait plaisir à Cromwell, l'ancien mécanicien de chez Bentley qui s'occupait des voitures de Bond avec un soin de propriétaire et qui dénigrait les ventilateurs. « Oubliez toutes ces fioritures, monsieur Bond. Ces turbocompresseurs ! Ils ne font que sucer, presser, claquer et souffler. Qui a besoin de ça ? » Bond ne put retenir un sourire en se rappelant l'aphorisme du mécanicien. Qui a besoin de ça, en effet ?

Pourtant, sitôt après avoir acheté la nouvelle Bentley, il avait dû l'abandonner pendant une semaine aux mains de la section Q, chargée de l'agrémenter de quelques accessoires de son cru. C'était une manie de M. Si une pièce d'équipement faisait défaut à l'un de ses agents, il examinait avec une attention sévère ce qui s'était passé, puis s'assurait que cela ne se reproduise plus jamais. C'était la raison pour laquelle Bond avait dû renoncer à son cher Beretta .25, après que celui-ci se fut enrayé une seule fois.

La section Q avait installé un bouton d'alarme – qui transmettait sa localisation précise en même temps qu'il lançait un signal d'alerte –, des pneus à roulage à plat, et un compartiment secret à l'intérieur de la boîte à gants pour y dissimuler une arme, particulièrement pratique quand on franchissait des frontières. Bond l'avait ouvert et découvert un Walther PKK qui n'attendait que lui, sans doute fourni par le major Boothroyd, le maître-armurier des services secrets. Si la Bentley possédait d'autres dispositifs de sécurité, Bond les ignorait. Après tout, c'était sa voiture personnelle, et non une voiture de travail.

Il arriva à un rond-point et rétrograda ; le changement de vitesse glissa souplement sous ses doigts. Le trajet l'avait conduit à deux heures de Londres. Il était parti à l'aube, avait pris l'autoroute et roulé dans une campagne qui, dans les années d'après-guerre, était devenue vaniteuse, avec ses cottages à toit de chaume et ses pelouses à croquet, ses résidences de banquiers, de magistrats et de généraux en retraite qui ne se contentaient pas de vivre dans la région : ils l'avaient totalement investie. Tout à coup, le terme de « comté » ne signifiait plus un lieu de vie mais un mode de vie. On avait conseillé à Bond, pour se repérer, de chercher une église, normande comme il se doit, et il la vit, en effet, accotée à son petit cimetière propret abritant au bas mot neuf générations, toutes décédées sans doute confortablement pendant leur sommeil. Plus loin, un panneau indicateur FOXTON HALL – 2 MILES émergeait d'une haie piquetée de coquelicots.

Une route étroite serpentait vers une vallée entourée de bois, un endroit presque secret, à l'abri du monde moderne. S'il y avait eu un manoir ici, il était depuis longtemps tombé en ruine, et ses maîtres, les Foxton, avec lui. Mais le nom de la famille était resté attaché au terrain d'aviation construit là juste avant la Première Guerre mondiale, et qui avait servi de base à trois escadres de chasseurs bombardiers Hawker Typhon pendant la Seconde. Après quoi l'armée l'avait déclassé et cédé à une gestion privée. Le terrain servait désormais d'école d'entraînement pour les pilotes automobiles en herbe, mais aussi, et bien plus, de lieu de rendez-vous pour les passionnés qui venaient y régler leurs voitures et perfectionner leurs performances loin de la pression des circuits de Grand Prix.

Bond franchit le portail du terrain d'aviation. Sur un côté, il remarqua une rangée de hangars et, de l'autre, une bâtisse de plain-pied en brique qui avait dû abriter autrefois le mess des officiers. Deux mécaniciens travaillaient sur une voiture qu'ils avaient tirée au soleil. Bond reconnut immédiatement le nez levé et la solide carrosserie de la Cooper-Climax T43, qui avait fait ses débuts sur les circuits quelques mois auparavant. Celle-ci n'irait nulle part. Ses entrailles étaient éparpillées sur l'herbe, et les deux hommes bavardaient en fumant, visiblement peu pressés de tout remettre en place. Bond gara la Bentley, en descendit et alluma tranquillement une cigarette, sa première depuis son départ de Londres.

Au même moment, il entendit le vrombissement rageur et familier d'un moteur, et il aperçut une voiture qui filait sur la piste périphérique le long de la clôture d'enceinte du terrain d'aviation. C'était une Maserati 250F rouge vif, une voiture née pour devenir un grand classique. Elle était pilotée par un expert, cela se voyait tout de suite. Des bottes de paille et des bidons d'huile avaient été disposés pour accentuer les virages et former des chicanes, que la conductrice abordait avec agressivité, en ralentissant à peine. Comment Bond devinait-il que c'était une femme qui tenait le volant ? À cette distance, il ne pouvait pas la distinguer, d'ailleurs on ne voyait pas grand-chose d'elle, assise dans le cockpit derrière son écran panoramique Perspex, le visage masqué par un casque en cuir et de grosses lunettes. Mais il y avait de la légèreté dans sa façon de conduire. Dans le virage, elle toucha à peine l'apex. On aurait dit qu'elle enlevait d'une pichenette une cendre sur l'épaule d'un homme. Seule une femme était capable de piloter ainsi.

Bond s'approcha à pas lents du bord de la piste et attendit que la voiture ralentisse puis vienne s'arrêter en frémissant devant lui. C'était réellement une machine superbe, avec son capot allongé, son arrière haut, ses courbes douces ; il n'y avait pas un seul panneau droit apparent. Immédiatement reconnaissable, c'était le type même de voiture que n'importe quel collégien rêvait de conduire. Même le son du moteur était parfait ; il évoquait celui d'une grande bande de calicot qui se déchire sans fin. Bond adorait la couleur. Il n'imaginait pas une Maserati autrement que de ce rouge flamboyant, exultant et exaltant. Tout à coup, sa mission lui apparut alléchante. Au diable le SMERSH et ses desseins maléfiques. Au diable les Russes et leur pathétique quête de domination dans tous les secteurs de l'activité humaine. Il ferait ce qu'il avait à faire mais, pour une fois, il le ferait avec jubilation. Il allait piloter cette voiture au Nürburgring et il y prendrait plaisir.

La conductrice avait coupé le moteur et s'était extraite du cockpit. Bond avait remarqué les rondeurs de la poitrine, les hanches pleines, les jambes et les bras musclés. Peut-être était-ce sa façon de conduire, son affinité avec cette superbe voiture, mais il la trouva instantanément désirable, avant même qu'elle eût ôté son casque pour libérer ses cheveux châtains qui tombèrent souplement sur ses épaules, puis les grosses lunettes qui révélèrent ses yeux sombres, d'autant plus attirants qu'ils regardaient Bond avec dédain. Elle sentait la transpiration et une forte odeur d'essence ; le vent et le soleil avaient hâlé ses pommettes. Âgée d'environ trente ans, elle possédait le tranchant et la confiance en soi d'une femme qui évolue dans un monde d'hommes.

— Vous avez une cigarette ? demanda-t-elle sans préambule.

Bond lui tendit son étui, mais elle n'attendit pas qu'il lui offre du feu. Elle sortit un Zippo de sa poche de poitrine.

— Bond ?

— Oui.

— Je suis Logan Fairfax. On m'a prévenue de votre arrivée. Il paraît que vous êtes une sorte de policier.

— En effet.

— Et vous allez courir au Nürburgring. Pour la première fois. C'est exact ?

— Oui.

— Alors vous êtes un policier stupide. Et probablement bientôt un policier mort.

Elle commença à se diriger vers le hangar. Bond réprima un sourire en la suivant. Tous les signaux corporels qu'envoyait Logan Fairfax annonçaient les ennuis. Cette façon désinvolte de lui tourner le dos, sa démarche, le balancement naturel de ses hanches. Ils dépassèrent les deux mécaniciens qui levèrent brièvement les yeux, puis entrèrent dans le hangar où un bureau de fortune avait été installé derrière deux voitures de course – une vieille 8CTF et une Aston Martin qui éveilla aussitôt l'intérêt de Bond –, des moteurs désossés, des pneus, des pièces détachées de carrosserie et toutes les sortes de débris habituels du monde des courses. Logan Fairfax ôta son blouson, sous lequel elle portait une chemise en jean délavée, le col déboutonné. Si elle n'avait aucun bijou, Bond remarqua une montre automatique Omega Gold Semestre sur un bracelet en cuir brun. Exactement le type de montre qu'il s'attendait à voir au poignet d'un pilote professionnel, pas d'une femme.

Elle s'assit dans un vieux fauteuil à bascule et examina Bond d'un regard froid.

— Vous avez déjà couru ?

— Oui. À Good Wood et Silverstone. Et aussi à Albi, dans le sud de la France.

— Albi ? On l'appelle le « Circuit des planqués ». Avez-vous une idée de ce dans quoi vous mettez les pieds ? On vous a déjà parlé du Nürburgring ? (Elle souffla un nuage de fumée qui resta en suspension entre eux.) On le surnomme l'enfer vert. Vingt-deux kilomètres huit cents. Vingt-deux tours. Cent soixante-dix virages et seulement huit mètres de large. Le Nürburgring ne vous lâche pas une seconde. Il ne vous laisse aucun répit. Vous croyez que quelques tours effectués ici en Maserati suffiront à vous préparer ? Vous devrez connaître chaque bosse, chaque courbe, chaque montée, chaque côte aveugle, et ça ne suffira toujours pas. Les collines de l'Eifel ont leur propre météo. Vous pouvez commencer la course avec le soleil dans les yeux, puis tourner un virage et vous retrouver dans la brume ou la bruine. Chaussée sèche, chaussée mouillée. Le Good Wood est un billard comparé au Nürburgring. Fangio, Behra, Schell… aucun n'en est venu à bout et pourtant Fangio est de la race des grands champions. Personne ne peut espérer faire les vingt-deux tours à la perfection. Vous décollez une seconde de trop. Vous retombez dans le manège une seconde trop tard. Vous vous grattez le nez et pendant une demi-seconde vous perdez votre concentration. Vous êtes fini, et le mieux que vous puissiez espérer est de ne pas terminer enroulé autour d'un arbre. Le Nürburgring vous tuera, monsieur Bond. Mais ce n'est pas ce qui m'inquiète. C'est la pensée des gens que vous risquez de tuer avec vous.

Bond prit le temps d'allumer une cigarette avant de répondre.

— Tout d'abord, vous pouvez m'appeler James. Ensuite, vous semblez croire qu'il s'agit d'une sorte de blague. Mais les gens pour qui je travaille prennent les choses très au sérieux, et il y a en effet un risque que quelqu'un soit tué. Du moins c'est ce qui se passera si je ne suis pas là pour l'empêcher. Alors, soyez gentille : cessez de me faire la leçon. Si vous ne voulez pas m'aider, parfait. Mais dites-le tout de suite, parce que j'ai fait une longue route pour venir ici et, si ça ne vous intéresse pas, je vais devoir trouver quelqu'un d'autre.

Logan Fairfax rougit légèrement.

— Bien sûr, je vais vous aider. J'ai accepté dès qu'on me l'a demandé. J'essayais juste de vous faire comprendre ce qui vous attend. Si c'était Silverstone, Monza, ou n'importe quel autre circuit, je vous laisserais y aller sans un mot. Mais pour le Nürburgring, vous devez savoir…

Elle avait repris son air sévère. Elle pivota sur son fauteuil et ouvrit un tiroir, dont elle sortit une épaisse liasse de photos et de dossiers.

— Je veux que vous étudiez tout ça attentivement. Chaque soir, pendant votre séjour ici. Où êtes-vous descendu ?

— On m'a réservé une chambre à l'hôtel Upavon.

— Ce sont des photos du Nürburgring. On y voit chaque détail de la piste, chaque courbe. Il y a aussi un film d'un tour complet. Il a été pris par une caméra montée à l'avant d'une

BRM. Je veux que vous le visionniez encore et encore, jusqu'à ce qu'il soit imprimé dans votre esprit. Mais ça ne sera tout de même pas comme si vous aviez conduit vous-même. Et je veux que vous me promettiez de faire au moins une douzaine de tours avant de participer à une course quelconque. Quand vous serez là-bas, je vous enverrai quelqu'un pour vous guider.

— Je le jure la main sur le cœur, assura Bond en joignant le geste à la parole. Et si ça peut vous éclairer, sachez que, dans mon domaine, je m'arrange pour prendre soin de moi. J'ai tout intérêt à peaufiner ma préparation. Nous pourrions peut-être discuter de certains points pendant le dîner ?

Les yeux gris pesèrent sa proposition un instant, puis la refusèrent. Elle écrasa sa cigarette dans le cendrier.

— Allons voir si vous savez conduire.

*

Quelques minutes plus tard, muni d'un casque et de lunettes, Bond s'installa dans la Maserati. Logan Fairfax se pencha vers lui tandis qu'il se familiarisait avec les divers instruments.

— Vous êtes assis confortablement ?
— Oui.

Bond était même surpris de l'espace dont il disposait. Il avait largement de la place pour ses coudes et se sentait bien, assis très bas.

Rapidement, Logan Fairfax passa en revue les détails pratiques de la voiture. La boîte à cinq vitesses, la prise d'air, tous les indicateurs importants : compte-tours, pression d'huile, température de l'eau. Ses cheveux caressaient la joue de Bond, et il dut faire un effort pour se concentrer.

— Allez-y doucement pour commencer, dit-elle. La Maserati est l'une des voitures les mieux équilibrées que vous conduirez jamais. Sentez-la, et elle ne vous mordra pas. D'accord ? Voyons ce que vous savez faire…

La voiture n'avait pas de démarreur. Les deux mécaniciens du hangar approchèrent pour la pousser. Bond mit le levier de vitesses sur la seconde, puis lâcha l'embrayage. Il entendit le moteur rugir et, aussitôt, la Maserati s'anima, une force vivante la traversa. Bond se souvint d'une remarque de Fangio : « Il ne faut jamais considérer une voiture comme une pièce de métal. C'est un être vivant avec un cœur qui bat. Elle peut se sentir triste ou heureuse. Tout dépend de la façon dont vous la traitez. » La Maserati allait l'accompagner sur le Nürburgring. Ils feraient équipe.

Bond appuya sur l'accélérateur et sentit le monde disparaître derrière lui. Il passa la vitesse supérieure. Le levier glissa sans effort, en émettant à peine un clic. La Maserati avait rejoint la piste. La taille du volant lui plaisait. Il comprit très vite qu'il lui faudrait toute la force de ses épaules et de ses bras pour contrôler la Maserati, surtout sur une longue distance, mais que s'il jouait franc jeu avec la voiture, elle le récompenserait par une totale obéissance.

Logan Fairfax le regarda accélérer. Elle le vit prendre le premier virage en quatrième, trouver le bon axe et contrôler la trajectoire. C'était un bon pilote. Cela ne faisait aucun doute. Mais le Nürburgring… Elle secoua la tête et s'éloigna à pas lents.

IV

LES ÉLUS DU DIABLE

Deux jours plus tard, Bond savait tout ce qu'il y avait à savoir sur le Nürburgring, bien qu'il n'eût jamais osé l'affirmer devant Logan Fairfax. Il avait passé six heures par jour à piloter la Maserati, et six autres à visionner le film, les photos et les descriptions qu'elle lui avait fournies : la portion du circuit de Brünnchen à Pflanzgarten, la courbe vicieuse vers Schwalbenschwanz, le soudain changement de revêtement de la chaussée en haut de la côte de Tiergarten... Désormais, la piste circulaire de Foxton Hall lui paraissait courte et insipide. Mais elle lui avait permis de se familiariser avec la Maserati, de se sentir étrangement en phase avec elle, de la contrôler avec la partie inférieure de son corps, d'interpréter les signaux sans avoir besoin de regarder les cadrans. Le bruit du moteur lui disait exactement à quelle vitesse il roulait, à combien de tours-minute. Il savait anticiper la bonne trajectoire d'un virage longtemps à l'avance. Il comprenait la voiture de façon intime, il commençait à réagir comme elle.

Logan l'attendait après chaque tour. Qu'il eût parfaitement piloté ou qu'il eût commis une erreur, ici ou là, rien ne lui échappait. « Vous devez travailler le double débrayage. Je veux voir moins de dérapages. Vous fatiguez trop la boîte de vitesses

sur la quatrième courbe. Vous voulez arracher la garniture ? »
Les critiques pleuvaient, énoncées avec l'autorité d'un médecin
admonestant un patient particulièrement indiscipliné. Son vocabulaire ne semblait contenir aucun qualificatif élogieux. « Vous
freinez encore trop brutalement. Enfoncez doucement la pédale
et donnez-lui le temps de répondre. »

Mais le regard d'une femme ne ment jamais, et Bond lisait
dans celui de Logan qu'elle était secrètement ravie de ses progrès. Peu à peu, la glace commençait à fondre entre eux et, pour
la première fois, elle avait accepté son invitation à dîner. Elle
était même venue le chercher à l'hôtel dans son Aston Martin
pour l'emmener dans une auberge qu'elle connaissait à Devizes,
où, selon elle, la cuisine prouvait qu'il restait encore quelque
espoir dans la gastronomie anglaise. Sans le dire, ils savaient
l'un et l'autre que l'entraînement de Bond touchait à sa fin, et
il avait déjà prévu son itinéraire sur le continent pour se rendre
en Allemagne. La Maserati partirait avant lui sur une semi-remorque, et elle serait fin prête lorsqu'il arriverait.

Bond avait particulièrement en horreur ces auberges de province anglaises, avec leurs rideaux de dentelle, leurs assiettes
décorées, leurs serviettes de table pliées en formes alambiquées,
et la nourriture aussi chichiteuse qu'archicuite. Les serviettes de
table de *The Star and Garter* étaient en effet pliées en forme de
cygnes, mais l'établissement était dirigé par un jeune couple. La
salle était accueillante, avec un sol dallé de pierre et des fenêtres
en bois à petits carreaux, et Bond fut enchanté de découvrir sur
la carte des vins un château-petrus 1950 – une des meilleures
années pour ce grand cru de pomerol.

Ils commandèrent l'un et l'autre du saumon fumé en entrée,
excellent bien que tranché un peu trop près de la peau, suivi
de succulentes côtes d'agneau d'une ferme de la région, avec

une cuisson rosée parfaite. Les légumes, eux aussi de la région, étaient servis *al dente* dans un grand plat creux. Le vin, d'une profonde couleur rubis, rehaussait idéalement la saveur de la viande. Pour la première fois depuis son départ de Londres, Bond se sentit pleinement détendu.

— J'ai parlé avec l'un des pilotes du Nürburgring, dit Logan Fairfax. Il est d'accord pour s'occuper de vous dès votre arrivée là-bas. Vous avez probablement entendu parler de lui. Son nom est Lancy Smith.

Bond dut réprimer un sourire. Lancy Smith était l'homme qu'il était censé protéger, ce que Logan ignorait évidemment. L'ironie voulait que Smith, justement, eût accepté de l'aider.

— Il vous montrera le circuit et vous présentera à tout le monde, poursuivit Logan. Je ne lui ai pas donné de détails à votre sujet. Il pense que vous êtes un riche play-boy qui cherche à se faire une place dans la course automobile. Il y en a quelques-uns de ce genre, là-bas, et personne ne vous posera de questions.

— Depuis quand le connaissez-vous ?

— Depuis toujours. Tout le monde connaît tout le monde sur le circuit. Les pilotes sont rivaux mais ça ne les empêche pas d'être copains. Lancy était un ami de mon père.

— Alan Fairfax ?

Bond était furieux contre lui-même. Il aurait dû faire le rapprochement dès le début.

— J'ai vu votre père courir à Silverstone. En 52, je crois.

Logan hocha la tête.

— Oui, pour le championnat du monde des pilotes. C'est l'une de ses dernières courses. (Logan leva son verre et huma l'arôme subtil du vin.) Mon père a acheté le terrain juste après ma naissance. Il s'en occupait quand il ne courait pas, et j'ai toujours adoré cet endroit. Il aurait aimé que je m'engage dans la course, moi aussi. Il m'a assise dans une voiture quand j'avais six mois. Vous avez vu la vieille 8CTF derrière le bureau ? C'était la sienne. Quand je revenais de l'école, je l'aidais à la démonter. Mais ma mère ne supportait pas l'idée de me voir sur un circuit et elle a tapé du poing. Elle disait que c'était trop dangereux. Évidemment, le temps lui a donné raison.

» Mon père est mort au Mans il y a deux ans. Il ne pilotait même pas. Il était là-bas en tant que spectateur, et la malchance a voulu qu'il soit assis dans la grande tribune quand Pierre Levegh et Lance Macklin se sont percutés à deux cents à l'heure. Je suis sûre que vous avez lu ça dans les journaux et vu les images des actualités filmées. La Mercedes de Levegh est retombée sur un parapet et a explosé. Le capot et le moteur se sont détachés et abattus sur la foule, tuant toute une rangée de spectateurs, l'un après l'autre. Ils ont été littéralement coupés en deux. Des pièces du moteur ont volé dans tous les sens, suivis d'une grande boule de feu. Quatre-vingt-trois personnes sont mortes ce jour-là, et une centaine d'autres ont été blessées. Mon père en faisait partie. Il a été conduit à l'hôpital, mais on ne pouvait plus rien pour lui. Il est mort le lendemain.

— Je suis désolé.

Qu'y avait-il d'autre à dire ?

— Normalement, ce jour-là, j'aurais dû l'accompagner, mais j'étais restée ici pour travailler. Après sa mort, j'ai continué. Ma mère ne vient plus jamais. Elle ne supporte plus la vue des voitures de course. (Logan reposa son verre.) Y a-t-il vraiment un risque que quelqu'un soit tué au Nürburgring ?

— C'est possible.

— Empêchez ça, James. Les pilotes sont des types courageux, vous verrez. Veillez sur eux et... prenez soin de vous.

Tout à coup, Bond eut envie d'être plus proche de Logan. Elle était intelligente, attirante, audacieuse, mais il émanait surtout d'elle quelque chose qui agissait sur lui comme un aimant : le besoin d'être aimée. Et il se demandait pourquoi elle était seule. Il avança une main et la posa sur la sienne.

— Merci, Logan. Vous avez fait du bon travail avec moi. Si nous faisions une pause, ce soir ? Ne parlons plus de course automobile. Vous avez sûrement d'autres passions.

Elle retira sa main.

— Oui, beaucoup d'autres. J'aime les longues promenades à pied, la bonne cuisine, l'odeur de l'herbe fraîchement tondue, les couchers de soleil. Mais ce n'est pas à ça que vous pensez, n'est-ce pas ? La plupart des personnes de mon entourage sont des hommes, et tous ont la même idée. Vous le découvrirez vite quand vous serez en Allemagne. Il y a des tas de filles qui se jettent à la tête des coureurs automobiles. Vous les verrez dans les tribunes. Des blondes décolorées en blouson court et jupe serrée. Les plus désespérées vont d'un circuit à l'autre en espérant mettre le grappin sur un nouveau venu. Je ne suis pas comme ces filles.

— Et moi je ne suis pas un coureur professionnel. Vous avez oublié ? Je suis censé être un riche play-boy qui a plus d'argent que de bon sens. Je dis seulement que, d'ici deux jours, je serai sorti de votre vie. Cela ne signifie pas que nous ne puissions pas profiter de la soirée.

— J'en profite.

Elle le gratifia de son premier sourire authentique. Son visage en fut transformé, son regard illuminé. Elle dégageait une chaleur que Bond n'avait pas perçue jusqu'alors.

— Je ne connais pas grand-chose sur vous. Sinon que vous savez piloter une voiture. Et que vous n'avez visiblement pas peur du danger. Où avez-vous eu cette cicatrice ? Il y a toutes sortes de questions que j'aimerais vous poser, mais je ne crois pas que vous me répondrez.

— Tout dépend de l'insistance que vous y mettrez.

La suite du dîner se déroula agréablement et, lorsqu'ils regagnèrent la voiture, leurs épaules se frôlaient. Logan avait insisté pour venir le chercher, et Bond se réjouissait secrètement qu'elle fût obligée de le reconduire à son hôtel. C'était une bâtisse sans charme particulier, avec de grosses poutres et une grande cheminée à l'ancienne dans le hall d'entrée, des murs irréguliers, un escalier grinçant. Il avait demandé la meilleure chambre et souri en voyant que c'était la suite nuptiale. Cette nuit, il dormirait dans un lit à baldaquin qui s'affaissait un peu au milieu. Et Logan ? Il sentait qu'elle avait envie de rester avec lui, pourtant quelque chose la retenait.

Soudain, alors que la voiture de Logan s'engageait sur l'allée de gravier qui s'incurvait vers l'entrée de son hôtel, l'atmosphère paisible et détendue fut rompue par le démarrage brutal d'une Austin grise. Le conducteur était pressé. Les roues dérapèrent, faisant voler des graviers, et la voiture fit un bond furieux en avant. Il n'y avait pas de passager près du conducteur, mais deux personnes sur le siège arrière. L'une était une femme avec des cheveux noirs et des yeux violets qui étincelèrent brièvement derrière la vitre sous leurs phares. Bond se souvint qu'il avait déjà vu cette voiture auparavant, garée devant sa maison à Londres. La femme n'était autre que Pussy Galore.

Logan Fairfax arrêta l'Aston Martin et Bond ouvrit brutalement la portière.

— Restez ici et laissez tourner le moteur.

— Que se passe-t-il ?

Elle avait perçu la tension dans sa voix et découvert soudain un autre homme : plus froid, plus dur, résolu.

— Je reviens, dit Bond.

Il courut dans l'hôtel. Il n'était pas très sûr de ce qui était en train de se produire. Il avait donné à Pussy Galore le nom et le numéro de téléphone de l'hôtel avant de quitter Londres, mais il ne s'attendait pas à la voir débarquer sans prévenir. En réalité (il l'admettait à présent non sans réticence), il avait vaguement espéré qu'elle ferait ses bagages et quitterait sa maison, qu'elle ne serait plus là son retour. Puis il se remémora ce qu'elle lui avait dit. Deux hommes l'avaient suivie. Or il venait de voir deux hommes dans l'Austin. La CIA ? Bond avait trop vite sauté aux conclusions. Soudain il avait des doutes.

Il s'arrêta devant la réception où était assis un jeune homme revêtu d'un uniforme de groom.

— Cette dame qui vient de sortir, dit Bond.

— Vous l'avez manquée, monsieur ? dit le jeune homme d'un air enjoué agaçant. C'était votre femme.

— Quoi ?

— Mrs Bond est arrivée en début de soirée, monsieur. Elle a dîné seule à la salle à manger. Elle a dit que vous n'alliez pas tarder.

— Et ces hommes ?

— Ils devaient l'attendre quand elle est sortie. Je ne les ai pas vus avec elle, pour être tout à fait honnête. Je les ai juste aperçus qui sortaient il y a un moment. Il y a un problème ?

Mais Bond était déjà de retour à la voiture. Logan l'attendait, préoccupée. Elle avait laissé le moteur tourner comme il le lui avait demandé.

Il ouvrit sa portière.

— La voiture qui vient de partir, vous avez vu quelle direction elle a prise ?

— Oui.

— Il faut la suivre.

Logan ne discuta pas. Elle faisait partie de ces femmes qui savent quand poser des questions, et quand agir. Elle démarra aussitôt, aussi vite que l'Austin mais de façon beaucoup plus contrôlée. Le gravier resta en place.

Ils débouchèrent sur la route principale. Bond pestait contre lui-même. Il avait perdu du temps en entrant dans l'hôtel. Il aurait dû écouter son instinct et repartir immédiatement. Il n'y avait aucun signe de l'Austin. La nuit était noire. Si elle s'engageait dans l'une des nombreuses routes sinueuses de la région, elle s'enfoncerait au milieu des bois denses et disparaîtrait. Logan avait visiblement suivi le même raisonnement.

— Il y a un embranchement à deux ou trois miles d'ici. Avec un peu de chance, on devrait apercevoir leurs feux arrière.

Mais aucune lumière ne luisait devant eux. Il n'y avait que l'épaisse forêt de Wiltshire et le sous-bois touffu. Aucune voiture ne roulait dans l'autre direction. Logan était totalement concentrée sur la conduite et Bond vit l'aiguille du compteur atteindre le cent. Avec n'importe qui d'autre, il aurait été nerveux. La route était étroite, tortueuse, plongée dans les ténèbres. Mais Logan était parfaitement détendue au volant de l'Aston Martin qui filait dans la nuit, et chaque seconde qui s'écoulait les rapprochait de l'Austin, Bond n'en doutait pas.

Pourtant celle-ci demeurait invisible. Au sommet d'une côte, Logan ralentit puis s'arrêta. Ils échangèrent un regard.

— Je ne comprends pas, dit-elle. Ils ont dû bifurquer quelque part. Sinon on les aurait rattrapés. Et s'ils étaient devant nous, on verrait leurs phares.

— On n'a croisé aucune route.

— Il n'y en a pas… Attendez… Si. Il y a un chemin de terre qui s'enfonce dans les bois. Nous l'avons dépassé il y a environ trois miles.

— Où mène-t-il ?

— Nulle part. Il y a une clairière, dans la forêt, avec un cromlech. Vous savez, une enceinte de menhirs. Il ne reste que des vestiges, mais c'est une attraction touristique dans la région. Les gens du coin appellent ces monolithes « Les Élus du Diable », mais ce n'est probablement pas leur véritable nom.

Les Élus du Diable. Bond digéra l'information. Craignant pour sa vie, Pussy Galore avait voulu le rejoindre. Elle était sans doute tombée entre les mains des deux hommes qu'elle avait repérés à Londres. Qui étaient-ils ? Que lui voulaient-ils ? Et comment un cercle de vieilles pierres dressées pouvait-il servir leur cause ? Autant de questions sans réponses. Et le temps filait. Bond devait se décider. Continuer sur la même route ou faire demi-tour ? Un mauvais choix pouvait coûter la vie à Pussy.

— Essayons le chemin de terre. À moins que vous n'ayez une autre idée sur la direction qu'ils ont prise.

— Ils auraient pu aller à Walbury Hill, je suppose. Ou alors ils se sont arrêtés quelque part et ont éteint leurs phares. Ils pourraient être à cinq cents mètres de nous sans qu'on les voie. Mais ils ignoraient qu'on les suivait. Donc ils n'ont aucune raison de faire ça. Je suis d'accord, je crois qu'il vaut mieux retourner sur nos pas.

Logan fit donc demi-tour, et ils revinrent en sens inverse, plus lentement cette fois, en scrutant les ténèbres à la recherche de feux arrière qui trahiraient la présence de l'Austin. Logan n'avait posé aucune question sur Pussy Galore, mais elle devinait probablement la vérité. Du moins en partie. Bond serrait les dents. Il avait le sentiment que tout était sa faute et que les choses allaient très mal finir.

C'est alors qu'il la vit. Si brièvement qu'il aurait pu l'avoir imaginée, sauf que Bond ne laissait jamais le ver dangereux de l'imagination infecter son travail. Il y avait bien eu un bref éclair de lumière entre les arbres. Un éclair blanc, pas rouge comme un feu arrière, et trop petit pour un phare. Une torche !

— Là ! dit-il.

Logan accélérait déjà. Ils atteignirent un chemin de terre qu'ils avaient dépassé quelques minutes plus tôt, mais ignoré parce qu'il n'y avait aucun panneau indicateur et qu'il ne semblait mener nulle part. Or c'était probablement celui que les hommes en Austin avaient emprunté. Logan roulait plus doucement pour que le ronronnement du moteur ne les trahisse pas, car elle savait combien les bruits se diffusent facilement dans le silence de la nuit. Et la voiture jouait le jeu, elle aussi, étouffant les craquements des ajoncs et des pommes de pin sous ses roues.

— Qu'est-ce qu'ils font, à votre avis ? murmura Logan.

— Je ne sais pas. Jusqu'où va ce chemin ?

— Je n'y suis pas venue depuis des années. Pas très loin, je crois.

— Une fois au bout du chemin, coupez le moteur et attendez-moi. Quoi qu'il arrive, ne sortez pas de la voiture.

— Qu'allez-vous faire ?

Bonne question. Bond eut une pensée pour le Walther PPK inutilement enfoui dans le compartiment secret de la boîte à gants de la Bentley garée devant l'hôtel. Combien il regrettait maintenant que Logan fût venue le chercher avec son Aston Martin ! Mais il s'empressa de chasser ses regrets pour se retourner vers la banquette arrière en quête d'une arme improvisée. Car approcher de deux hommes, désarmé, en terrain inconnu, n'était pas une option recommandée, d'autant que, pour aggraver la situation, la lune avait fini par s'extraire des nuages et jetait sur le paysage un éclat argenté. Malheureusement, la banquette arrière n'offrait rien de prometteur : un parapluie, un sac d'épicerie, un journal, et deux ou trois livres. Dans le coffre, peut-être ?

Le chemin prit fin, et ils s'arrêtèrent près de l'Austin garée là, noire et vide. Les monolithes devaient se trouver quelque part devant. Bond scruta les arbres et fut récompensé en discernant un deuxième éclat de lumière. Les deux hommes prévoyaient-ils une exécution ? Était-ce le but de cette virée nocturne ? Bond se crispa en guettant des détonations sèches dans la nuit, mais il n'entendit rien.

— Attendez-moi ici, Logan.
— Bonne chance.

Logan ne paraissait pas avoir peur, mais ses yeux étaient immenses dans la lumière lunaire.

Bond prit ce dont il avait besoin à l'arrière et dans le coffre. Une minute plus tard, il se faufilait dans la forêt ; ses semelles ne faisaient aucun bruit sur la mousse tendre. Un sentier serpentait entre les arbres qui apparaissaient gigantesques et primitifs sous la lune, et il avait la sensation de percevoir l'ancienne magie qui avait conduit ici les druides et autres sorciers pour construire leur cercle de pierres dressées. Il pressa le pas. Les broussailles lui giflaient les jambes. La nuit lui chuchotait de rebrousser chemin.

Il déboucha dans une clairière et comprit que, en dépit des aventures extraordinaires que son métier lui avait fait vivre, jamais il n'oublierait le spectacle, baigné par la lune, qui s'offrait à ses yeux.

Les Élus du Diable étaient sept monolithes géants, pareils à des doigts de pierre rongés par le temps et les éléments. Le sol sur lequel ils se dressaient en un cercle irrégulier était plat et parsemé de plaques d'herbes sauvages. Les arbres environnants semblaient se pencher vers eux, comme complices de ce qui s'y passait. Pussy Galore était debout, entièrement nue. La lune accentuait le dessin de ses épaules, de ses bras écartés, la rondeur de ses seins. Des cordelettes attachées à ses poignets disparaissaient derrière deux des monolithes. Elle jurait, gigotait, mais les deux hommes poursuivaient leur tâche, impassibles.

Ils étaient en train de la tuer. Avec de la peinture d'or.

Bond les observait, incrédule. Chacun était muni d'un pinceau et d'une boîte de peinture dont ils lui recouvraient le corps intégralement. Ses bras et son ventre étaient déjà enduits. Il y en avait aussi dans ses cheveux. La peinture dégoulinait à l'intérieur de ses cuisses, sous son pubis. Pussy lâcha un juron particulièrement obscène, et l'un des hommes la gifla violemment d'un trait de peinture en travers du visage, sur son nez et sa bouche. Elle hoqueta et se tut. Le second homme dit quelque chose, et les deux éclatèrent de rire.

Bond n'avait pas besoin d'explications. Il se souvenait de ce qu'avait subi Jill Masterton, la fille qui l'avait aidé quand il avait rencontré Auric Goldfinger la première fois dans un hôtel de Miami. Pour se venger, Goldfinger l'avait fait peindre avec de l'or, obstruant tous les pores de sa peau. Jill était morte d'asphyxie. Bond était heureux de n'avoir pas assisté lui-même à cette scène atroce. C'était Tilly Masterton, la sœur de Jill, qui la lui avait racontée plus tard. Les deux hommes de l'Austin devaient donc avoir un lien avec Goldfinger. Quelqu'un, quelque part, reprochait à Pussy Galore son rôle dans la chute de Goldfinger et dans l'échec de l'Opération Grand Chelem, et ce quelqu'un avait envoyé ses hommes le venger. Cette mort hideuse, dans un espace ouvert qui portait un nom si opportunément épouvantable (choisi sans doute délibérément), allait faire la une des journaux du monde entier. Et le message serait clair, le lien avec Goldfinger criant. Pussy Galore avait trahi. C'était le prix à payer pour une trahison.

Si Bond ne l'avait pas suivie depuis l'hôtel, elle serait morte avant le lever du jour. Il avait très peu de temps. Le corps de Pussy était presque entièrement recouvert d'or. Il lui serait impossible de l'en laver lui-même, et l'hôpital le plus proche devait être à plus d'une heure. Il devait agir maintenant.

Les deux hommes lui tournaient le dos. Ils n'avaient pas conscience de sa présence, à une cinquantaine de pas, à la lisière de la clairière. Bond avait emporté deux bricks trouvés dans le sac d'épicerie de Logan : du cacao Frey et du sel Cérébos. Deux articles aussi innocents avaient-ils jamais servi à un usage plus mortel ? Bond les avait vidés de leur contenu pour le remplacer par de l'essence du jerrycan que Logan gardait dans son coffre. Il avait également fabriqué deux mèches avec des bandes de papier journal roulées. Celles-ci risquaient de s'enflammer dans ses mains, mais il était trop tard pour s'en soucier. Bond guetta le bon moment. Maintenant. Les deux hommes avaient reculé d'un pas pour admirer leur ouvrage. Pussy Galore était affaissée sur elle-même, entre eux, luisante d'or, la tête pendante, les muscles tendus dans leur effort pour la soutenir. Bond alluma les mèches à l'aide de son briquet et lança ses deux bombes artisanales.

La première échoua. La seconde tomba sur le sol juste à côté du plus proche des deux hommes et explosa. Les flammes bondirent et dévorèrent instantanément ses jambes et son bassin. L'homme hurla. Son compagnon avait été éclaboussé par quelques gouttes d'essence en feu – pas assez pour le mettre hors de combat mais, alors que Bond s'élançait pour couvrir la faible distance qui les séparait, suffisamment pour détourner son attention. Il pivota au moment où Bond approchait – trop tard. Du talon de la main, Bond lui percuta le menton avec une force décuplée par son élan. La tête de son adversaire fut projetée en arrière et sa nuque se brisa net. Bond s'occupait déjà de son partenaire, en proie à des réactions contradictoires qui auraient pu être comiques : ses mains en feu tâtonnaient pour saisir son revolver. Ne voulant pas se brûler en se servant de ses poings, Bond opta pour le judo. Il effectua une pirouette et frappa l'homme avec la semelle de son pied droit. L'homme bascula à la renverse, mais les flammes avaient fait la moitié du travail avant même qu'il ne touche le sol. Il était mourant, ou mort, forme recroquevillée dévorée par le feu.

Bond se précipita vers Pussy Galore pour la libérer de ses liens. Elle tomba contre lui, et il sentit la peinture d'or se coller à ses vêtements. Ce qu'elle venait de subir lui donnait la nausée. Il regrettait de ne pas l'avoir écoutée avec plus d'attention lorsqu'elle lui avait décrit les deux hommes qui la suivaient dans Londres. La CIA, vraiment ? Il la coucha doucement sur le sol et ôta sa veste pour lui couvrir le bas du corps. De ses mains nues, il lui enleva autant de peinture qu'il le put pour, il l'espérait, lui permettre de respirer.

— Que lui ont-ils fait ?

Logan venait d'apparaître derrière lui. Bond leva vers elle un regard furieux.

— Je croyais vous avoir dit de rester dans la voiture.
— En effet, James. Et j'ai décidé de vous désobéir. Pourquoi ne me dites-vous pas ce qui se passe ? Qui est cette femme ?
— Une amie.

Un mot bien vague, comme l'aveu dérisoire d'un mari petit bourgeois pris en flagrant délit d'adultère par son épouse. Tandis qu'il essayait de séduire Logan devant des côtes d'agneau et un grand cru de bordeaux, Pussy Galore subissait le pire.

— Il faut la conduire à l'hôpital, ajouta Bond. Je vais la porter jusqu'à votre voiture.
— Faites vite. Nous allons l'emmener à Marlborough.
— James... ?

C'était le premier mot que prononçait Pussy depuis qu'il l'avait détachée, et Bond crut percevoir de l'hostilité dans sa voix. Elle n'arrivait pas à ouvrir les yeux. La peinture lui scellait les paupières.

— Ne parle pas. Nous allons t'emmener à l'hôpital.

Quelques flammes rongeaient encore l'herbe autour des deux cadavres lorsque Bond transporta Pussy dans la voiture.

V

SANS REGRETS

Marlborough avait un petit hôpital, qui ressemblait davantage à une maison particulière. Bond fut soulagé de voir un médecin et deux infirmiers accourir vers eux, alertés par la vitesse de l'approche de Logan et le crissement de pneus devant la porte. Pussy Galore était allongée sur le siège arrière, à demi couverte par la veste de Bond. Elle avait la respiration courte, les paupières fermées. Bond recula pour laisser les infirmiers la déposer sur un brancard.

— Que lui est-il arrivé ? s'écria le médecin.

Il était jeune, fraîchement sorti de l'école de médecine. Il paraissait davantage scandalisé que choqué. Jamais il n'avait rien vu de tel.

— Je vous expliquerai plus tard, dit Bond.

— Qui lui a fait ça ?

— C'est sans importance pour le moment. Vous voulez bien vous occuper d'elle ? S'il vous plaît.

Le médecin acquiesça.

— D'accord. Et vous, allez vous laver.

Bond avait de la peinture sur les bras et sur la poitrine. Ses mains étaient poisseuses. Il suivit des yeux le brancard que l'on roulait à l'intérieur de l'hôpital. Logan le regardait d'un air bizarre, et Bond se demanda si elle le croyait responsable des malheurs de Pussy.

Il se nettoya du mieux qu'il le put dans les toilettes du rez-de-chaussée, puis il alla s'asseoir dans la salle d'attente avec Logan. Une heure plus tard, le médecin réapparut. Il était minuit passé et il régnait une atmosphère lasse, une étrange sensation de répit comme on en trouve seulement à l'hôpital.

— Elle va bien, dit le médecin. Elle n'a pas été blessée très gravement et je lui ai fait une injection de Pentothal pour la calmer. On l'a débarrassée de la peinture avec de la térébenthine et du lait pour bébé. Le pire, c'était les paupières, le nez et la bouche. Elle aura sûrement des irritations sur les muqueuses, et nous allons la garder au moins vingt-quatre heures. Vous habitez dans les environs ?

— J'ai une maison ici, répondit Logan.

— En tout cas, votre amie a eu de la chance de ne pas être aveugle. Je n'imagine pas qu'on puisse faire une chose pareille à une femme. C'est révoltant. Vous avez prévenu la police ?

— Ils ne vont pas tarder.

Bond avait effectivement utilisé la cabine téléphonique de l'hôpital, mais pas pour appeler la police. Il s'était entretenu avec l'officier de permanence de la section à Londres pour lui faire son rapport, tout en sachant – non sans une certaine angoisse – que cela provoquerait pas mal de remous. M lui avait ordonné de se débarrasser de Pussy Galore – « de prendre d'autres dispositions » selon sa formule – et si Bond avait eu l'intention de lui obéir, il avait laissé traîner les choses. Dieu sait comment le vieil homme allait réagir en lisant les rapports sur son bureau le lendemain matin. D'ici là, Bond imaginait la succession de coups de téléphone et de messages « ultra-urgents » circulant entre les services secrets et Scotland Yard pendant la nuit. Il y avait deux cadavres à expliquer. La présence de Bond lui-même sur les lieux. Une Américaine victime d'une agression bizarre. Ce genre de faits divers se produisait rarement dans les petites villes paisibles du Wiltshire. La presse locale serait aussi en alerte, comme une bande de vautours, et il faudrait fournir des réponses. Parallèlement à cela, la course du Nürburgring avait lieu dans quatre jours et Bond savait que, même s'il était responsable de ce qui venait de se dérouler comme le pensait Logan, il ne pouvait pas se permettre de s'attarder dans le secteur.

Il avait passé la nuit dans un fauteuil du service. De son côté, Logan Fairfax avait veillé au chevet de Pussy. Puis, dans la matinée, elle était rentrée chez elle chercher quelques affaires – des affaires de femme, avait-elle expliqué. Bond avait rejoint Pussy dans sa chambre. L'hôpital disposait de seulement douze chambres. On l'avait mise tout au bout du couloir, aussi loin que possible des autres patients. Il avait fallu lui couper quelques mèches de cheveux. Elle était pâle, sa voix rauque. Mais elle s'assit dans le lit et s'adossa aux oreillers, ses étonnants yeux violets prêts au combat. Pussy était redevenue elle-même.

— Qu'est-ce que tu penses de ça ! lança-t-elle. Pour une fois, le merveilleux James Bond s'est trompé ! Si je me souviens bien, selon toi, je n'avais rien à craindre. C'était le fruit de mon imagination. C'est bien ce que tu disais, non ? Mais avant que tu dises autre chose, explique-moi qui est cette fille avec qui tu étais. Elle est ravissante, avec ses yeux couleur chocolat. Je ne me rappelle pas t'avoir entendu parler d'un dîner en tête à tête dans une auberge huppée pendant ta mission de sauveur du monde.

— Ne sois pas ridicule, Pussy. Logan m'a juste aidé pour mon travail. C'est tout. Maintenant raconte-moi ce qui s'est passé. Comment es-tu arrivée ici ?

— D'accord, dit Pussy en prenant sa respiration. Après ton départ, je ne savais pas quoi faire. Ne va pas imaginer que j'étais comme une petite fille perdue sans toi ! Je m'ennuyais, c'est tout. J'ai traîné dans la maison un moment. J'ai fait un peu de shopping. Je suis allée au cinéma. Pour être franche, je commençais à envisager de retourner aux States. Je ne suis pas habituée à jouer les femmes au foyer, si tu vois ce que je veux dire. Bref, j'étais en train de marcher dans King's Road, près de chez toi, quand j'ai revu les deux types dans une voiture grise. Les mêmes qui m'avaient attendue devant le musée. J'ai compris que j'avais des ennuis. J'ai pensé à te téléphoner, mais je ne suis pas du genre à sauter sur le téléphone dès que j'ai un souci. Quand j'étais à Harlem, j'en ai liquidé, des gros bras. C'est étonnant ce qu'on réussit à faire avec une bouteille cassée et un peu de détermination. Une fille doit savoir se défendre, et me voir rester sans bouger, les genoux tremblants… je commençais à me demander ce qui m'est arrivé depuis que j'ai atterri à Londres avec toi.

» Finalement, j'ai décidé de venir ici. Je pensais te faire une surprise et te laisser régler le problème à ta façon. Ce n'est pas dans mes habitudes, mais je ne voulais pas t'embarrasser. Je suis certaine que tes patrons n'auraient pas apprécié que j'intervienne dans ta mission et que je laisse des macchabées sur ton paillasson.

Ce en quoi elle avait raison, se dit Bond.

— J'ai loué une voiture, poursuivit Logan, et je suis venue dans ta campagne. C'était agréable de sortir de Londres. Je ne sais pas comment ils ont pu me suivre. Crois-moi, j'ai fait attention. Mais c'est peut-être à cause de votre curieuse manie de rouler à gauche, de tous vos ronds-points et de vos encombrements... Ou alors ils savaient déjà où tu étais et ils sont arrivés ici avant moi. En tout cas, ils connaissaient ces menhirs.

Pussy s'interrompit en voyant entrer une femme imposante qui apportait du thé et des biscuits à la noix de coco sur un plateau. Elle y jeta un regard dédaigneux.

— Merci quand même. Vous n'auriez pas plutôt un grand jus de tomate avec une bonne rincée de vodka ?

— Certainement pas, se rembrunit l'infirmière en se retirant.

Bond attendit qu'elle eût refermé la porte.

— Que s'est-il passé ?

— J'ai trouvé ton hôtel et je suis montée dans ta chambre. Je leur ai dit que j'étais ta femme. C'est ce qui m'a semblé le plus simple. Et puis j'ai attendu que tu rentres. Je constate en passant que tu prends ton travail très au sérieux. Ensuite j'ai eu faim et je suis descendue dîner. Atroce, la cuisine. Pendant que j'étais à table, le serveur est venu me prévenir que quelqu'un m'attendait dans le hall. Naturellement, j'ai pensé que c'était toi. Mais je suis tombée sur Abbott et Costello. Avant que j'aie pu faire un geste, l'un d'eux a braqué un revolver sur moi, en le tenant très bas pour que je sois seule à le voir. Il n'y avait rien à faire. De vrais pros... Ça se voyait au premier coup d'œil. Ils m'ont obligée à sortir avec eux et m'ont fourrée dans leur voiture. Tu connais la suite... À toi, maintenant, James. Parle-moi un peu de cette Miss Fairfax. Quel est son rôle dans cette histoire ? Tu es vraiment ici en mission secrète, ou c'était un prétexte pour t'éclipser de Londres ?

— Logan Fairfax est instructeur de course automobile.

— Ça, je le sais.

— C'est compliqué, Pussy. Je ne peux pas te donner de détails sur mon travail, mais disons que je vais devoir participer à une course, et Logan m'apporte son aide.

— Elle m'a bien aidée moi aussi. Très gentille, cette fille. Elle est restée avec moi toute la nuit et, à mon réveil, nous avons discuté. Je vais sortir d'ici en fin de journée et elle m'a proposé de loger chez elle.

— C'est ce que tu veux, Pussy ?

— Ce qui est sûr, c'est que je ne veux pas rentrer à Londres toute seule. Et ton hôtel, tu peux te le garder. Ce n'est pas mon style. En réalité, je ne sais pas vraiment ce que je veux. J'ai besoin d'un peu de temps pour réfléchir. Tu es d'accord ?

— Bien sûr.

En fait, Bond ne revit pas Pussy pendant vingt-quatre heures. D'abord il dut se rendre au commissariat local, où on le fit patienter dans une salle d'interrogatoire vide et nue, avec un inspecteur principal fermement décidé à ne pas se laisser manœuvrer par un gros bonnet de Londres. Par chance, ainsi que Bond l'apprit plus tard, le commissariat reçut un appel téléphonique de Ronnie Vallance, le patron des renseignements généraux. Aussitôt après, Bond fut précipitamment libéré, dispensé de toute tracasserie administrative et expédié hors du bâtiment comme s'il avait contracté une maladie particulièrement contagieuse.

Il rentra alors à Londres en voiture pour s'entretenir avec Bill Tanner, et perdit un après-midi aux sommiers. Les deux agresseurs de Pussy étaient américains – leurs vêtements, leur coupe de cheveux, leurs soins dentaires étaient américains, mais ils ne portaient strictement rien qui pût les identifier. La marque de vrais professionnels. L'un d'eux avait sur l'épaule un tatouage en forme de larme, réalisé non pas à l'encre mais avec du caoutchouc fondu (venant probablement d'une chaussure), ce qui évoquait un tatouage effectué en prison. Des photos et des empreintes avaient été envoyées à New York, mais il faudrait des jours avant de recevoir les résultats.

— M est mécontent, dit Tanner alors qu'ils déjeunaient à la cantine des officiers. Il vous avait dit de vous séparer de cette fille. Il ne s'attendait pas à ce qu'elle ressurgisse au milieu du Wiltshire.

— Moi non plus, dit Bond.

— Et avec la Maserati, ça se passe bien ?

En quelques minutes, Bond lui expliqua ce qu'il avait appris, son plaisir à tirer le maximum de la voiture. Le chef d'état-major ne put retenir un sourire.

— Les jolies filles et les belles voitures. Vous vous êtes peut-être trompé de carrière, James.

Ce soir-là, Bond resta chez lui. Il s'aperçut qu'il était seul pour la première fois depuis des semaines, et cela lui convenait beaucoup mieux. De façon mécanique, sans vraiment y prendre plaisir, il but une demi-bouteille de bourbon Old Grand-Dad, puis se mit au lit. Il eut un sommeil agité, assailli d'images de Pussy, de Logan et, plus bizarrement, de M. C'était cela la cause de son malaise, le mélange des genres. Bond s'appliquait toujours à tenir sa vie et les femmes dans des compartiments bien distincts. Or, pour une fois, il avait dérogé à sa règle.

Il s'éveilla avec la gueule de bois tenace et le sentiment de dégoût qui accompagnent généralement la consommation solitaire d'alcool, se doucha et, après trois cafés serrés, reprit la route de Marlborough. Mais le temps d'arriver à l'hôpital, Pussy Galore était partie. Selon la surveillante, elle avait signé sa décharge vers midi. Elle ne s'était pas montrée à l'hôtel.

Bond se demanda si Pussy était allée chez Logan. Si elle était en colère contre lui. Les deux femmes devaient avoir vu clair en lui et compris qu'il avait joué avec l'une et l'autre. Pour les compartiments séparés, c'était raté. Désœuvré, il feuilleta une dernière fois les photos du Nürburgring. Soudain, il était impatient de quitter le pays.

Il fumait une cigarette, assis dans le hall de l'hôtel, lorsque Pussy Galore entra. Elle portait un imperméable ample et des lunettes noires qu'il ne lui connaissait pas. Les lunettes servaient sans doute à masquer les dégâts causés à ses yeux, mais il eut l'impression qu'elle était habillée pour voyager. Elle s'assit en face de lui.

— Je suis venue te dire au revoir, James.

Cela ne le surprit pas. Il attendit la suite.

— Je rentre à Harlem. J'ai l'impression d'être un canard dans un stand de tir si je reste ici. J'ai besoin de rassembler mon gang – du moins ce qui en reste – et de reprendre mes affaires où je les ai laissées. Une chose est certaine, j'ai eu assez de campagne anglaise pour ma vie entière.

Elle tendit la main pour attraper la cigarette de Bond. Elle tira une bouffée sans quitter son regard.

— Toi et moi avons commis une erreur, James, reprit-elle. Toi en m'invitant chez toi, moi en acceptant. Mais tu sais ce que je dis toujours. Il y a deux genres d'erreurs : les bonnes et les mauvaises. Tu fais partie des bonnes. On s'est bien amusés, non ? Cette affaire Goldfinger était complètement dingue, et je suis heureuse que nous ayons passé un peu de temps ensemble. Au moins j'ai pu voir ce que c'était. Mais notre histoire est sans avenir. Tu le sais, je le sais, et il vaut mieux y mettre un terme avant que ça ne tourne à l'aigre.

— Comme tu voudras, Pussy.

— Ne renverse pas la situation, espèce de salaud ! C'est ce que tu veux, toi. N'imagine pas que je ne le vois pas. Tu sais quelle est la grande différence entre nous deux ? Tu ne peux pas partager ta vie avec une femme.

Elle tira une autre bouffée sur la cigarette avant de la lui rendre.

— Quand pars-tu ? demanda-t-il.
— Il y a un vol ce soir, à Heathrow.
— Laisse-moi au moins te conduire à l'aéroport.
— Ce n'est pas la peine. Je ne pars pas seule.

Son regard dévia vers la porte d'entrée, et Bond aperçut Logan Fairfax dehors, sur le perron. Il y avait dans ses yeux un éclat dont il connaissait la signification. Elle n'avait jamais paru plus heureuse.

— Ouais, je sais, lâcha Pussy. On se connaît à peine. Mais souviens-toi comment je l'ai rencontrée. On a passé une nuit à discuter et... il y a eu un déclic. Nous allons prendre les jours comme ils viennent, l'un après l'autre. On verra bien ! Si on ne vit pas dangereusement, à quoi sert de vivre ? (Pussy se leva et lui tendit la main.) Sans regrets ?

— Sans regrets.

Elle rejoignit Logan, et Bond regarda les deux femmes s'éloigner ensemble.

Il ne lui restait plus qu'à régler sa note et rentrer à Londres.

VI

LE NÜRBURGRING

Douze ans après la guerre, il était encore prématuré de visiter l'Allemagne. Bond se demandait s'il s'y sentirait à l'aise. Les fantômes étaient toujours présents – les vivants et les morts. En traversant ce qui restait du vieux Cologne, il réfléchissait à la folie qui avait saisi une nation et l'avait poussée sur la voie d'une destruction quasi totale. Il était impossible de l'ignorer. La preuve était là, partout, dans les trous béants qui subsistaient dans la ville, dans la cathédrale au style germanique austère, seul édifice laissé intact par la RAF qui l'utilisait comme point de repère. Toutes les reconstructions – le nouveau parc, les lacs, le funiculaire, les horribles immeubles qui poussaient de tout côté – ne pouvaient la dissimuler.

La position de Bond face à cette guerre avait toujours été nette. C'était pour lui une lutte cataclysmique entre le bien et le mal, plus dure et plus simple que toutes les guerres précédentes. Dans les années trente, encore adolescent, il était venu faire du ski et de l'escalade à Kitzbühel, une ville médiévale du Tyrol, et, à son retour à Londres, il avait rédigé de sa propre initiative un exposé minutieux sur ce qu'il avait vu là-bas : avions, mouvements de troupes, activités politiques, qu'il avait ensuite envoyé avec une lettre explicative au ministère des Affaires étrangères.

Quelques années plus tard, avant même le déclenchement des hostilités, il avait menti sur son âge pour s'engager dans la Réserve des Volontaires de la Marine Royale, et il avait été ravi de voir une copie de sa lettre dans le dossier posé devant lui. Ses ennemis n'étaient aujourd'hui plus les mêmes, mais ses convictions étaient identiques.

Nürburg se trouvait à deux cents kilomètres au sud, entourée de prés et de bois qui se déployaient avec exubérance, indifférents à l'histoire récente. La ville serait restée une petite bourgade anonyme, ni laide ni particulièrement attrayante, avec son assortiment de maisons ordinaires, son épicerie et sa forteresse en ruine perchée sur une colline, sans la décision du *Allgemeiner Deutscher Automobil-Club*, trente ans auparavant, d'y faire construire un circuit automobile qui avait enfin donné à Nürburg une raison d'exister. Plus qu'une raison. La course automobile était devenue son cœur et son âme. Le hurlement strident des moteurs transperçait la campagne environnante à des kilomètres à la ronde.

Après le long trajet, Bond n'était pas mécontent de ralentir et de rouler paisiblement devant les hôtels et les pensions de famille qui avaient poussé depuis peu, et qui avaient l'air presque gêné devant l'étonnante exhibition de voitures prestigieuses garées devant leurs portes. Magasins et garages faisaient la réclame pour des dizaines de marques de pneus, de lubrifiants, de joints de culasse, de garnitures et autres accessoires de mécanique. Des visiteurs de toutes les nationalités paradaient dans les rues. Bond se plaisait à les identifier : les Italiens élégants et conscients de l'être, les Français sûrs d'eux et désinvoltes, les Allemands isolés dans leur coin, les Anglais hautains et les Russes... Oui. Il les repéra assez vite, marchant ensemble, les traits tirés par une mauvaise alimentation et le regard terne. Ils formaient un quatuor, tous habillés de vêtements bon marché et trop formels. Bond chercha Ivan Dimitrov. Ses coéquipiers savaient-ils qui il était ? Pas seulement un pilote de course, mais un agent à la solde du SMERSH ? Il ne l'aperçut nulle part.

Bond se rendit à son hôtel, où il se changea et enfila une tenue confortable et adéquate pour le circuit : un pull en laine avec des pièces imperméables sur les épaules et les bras, un pantalon muni de poches sur les cuisses et au-dessus des genoux, des chaussures hautes à lacets garnies d'amiante pour protéger ses pieds de la chaleur véhiculée par les pédales, et une ceinture de force élastique pour cuirasser ses reins contre les chocs de la route. Il emporta aussi un casque, des lunettes de protection, des bouchons d'oreilles et, à la perspective des innombrables changements de vitesse qui l'attendaient, une provision de sparadraps pour ses mains. Il était convenu de retrouver Lancy Smith aux stands de ravitaillement. Après un déjeuner rapide de *Ahle Wurst*, de pain de seigle, et une bouteille de *Gerolsteiner*, l'eau minérale locale, il alla se présenter au coureur anglais.

Ayant déjà vu Lancy Smith aux actualités filmées et dans la presse, il savait à quoi s'attendre. Trente ans, blond, un sourire avenant, et quelques taches de rousseur de collégien. Le portrait idéal pour une affiche sur le sport automobile. À première vue, alors qu'il traversait l'aire de ravitaillement au milieu d'une nuée de mécaniciens et de bolides, Smith irradiait la confiance en soi et l'aura d'un homme qui a vu le jour dans un milieu fortuné. Bond se souvint que les parents du pilote avaient un titre de noblesse et un manoir ancestral quelque part dans le Berkshire. Évidemment, c'était un sport de riches. Une petite voix intérieure préparait Bond à trouver le coureur antipathique, mais son *a priori* s'évanouit dès l'instant où ils se serrèrent la main.

Smith était un homme chaleureux et accommodant, qualité que les photographes n'avaient pas réussi à capter.

— Bienvenue au Nürburgring ! Vous avez fait bonne route ?

— Oui, merci.

— Je crois avoir aperçu votre Bentley en ville. Jolie voiture. Vous avez dû prendre plaisir à venir avec. Bien, si on vous mettait dans le bain…

Autant que pouvait en savoir Smith, Bond était un amateur, un intrus, mais il l'avait accueilli avec gentillesse. Son enthousiasme, son désir de l'aider, n'étaient pas feints. Et si, comme Logan Fairfax, il doutait des capacités d'un conducteur inexpérimenté à s'attaquer au Nürburgring, il l'exprima de façon moins agressive.

— Je sais que vous avez couru sur le circuit quelques fois, dit-il alors qu'ils se dirigeaient vers sa voiture. Goodwood et Silverstone, m'a dit Logan. Comment va-t-elle, à propos ? Une fille formidable, non ? J'ai bien connu son père. Un coureur brillant. Des nerfs d'acier.

Sa voix resta en suspens et, un bref instant, Bond lut le doute dans ses yeux, la certitude que lui, Bond, était un amateur en comparaison de Fairfax. Mais Lancy Smith se reprit.

— Bon, nous allons faire un tour dans ma vieille MG et je vais tâcher de vous montrer quelques-unes des horreurs de la piste. Ensuite, vous pourrez vous exercer et faire autant d'essais que vous en supporterez. Je vous conseille au moins neuf ou dix tours. Demain, ce sont les contre-la-montre. Voyez comment vous vous sentez sur la piste et, si vous avez des questions, revenez me voir plus tard. En général nous buvons une bière au Blaue Ecke. Il y a beaucoup de monde. D'accord ? Allons-y…

Smith conduisait une jolie petite voiture anglaise : une MG A Roadster blanche, avec des sièges en cuir rouge. Un véritable jouet, songea Bond en se réjouissant de nouveau qu'on lui eût confié cette mission. Quelque part à Moscou, quelqu'un avait décidé avec désinvolture de tuer ce jeune pilote anglais, ou tout au moins de l'estropier, dans l'unique but de démontrer les performances de la technologie soviétique. Sans se soucier qu'il eût des amis, des amantes, une vie. C'était un travail comme un autre. Et si cinquante ou cent spectateurs innocents étaient tués ou blessés avec lui, tant pis. C'était typique du SMERSH, cette façon incroyable de tout réduire à l'idéologie. Un jour, les Russes avaient pris Bond pour cible et transformé son existence en une sorte de jeu d'échecs dont le coup final était tout simplement sa destruction. Eh bien, cette fois, cela n'arriverait pas. Il prendrait un plaisir personnel, une fois de plus, à contrecarrer leurs projets et à garder ce jeune homme en vie.

— Paré ? demanda Lancy Smith. C'est parti.

Douze minutes et un tour de piste plus tard, Bond entrevoyait le défi qui l'attendait. Le Nürburgring était un monstre cruel et impitoyable du début à la fin. La MG ne pouvait pas rivaliser en vitesse avec une voiture de course, bien sûr, mais la vue que l'on avait du circuit sur le siège passager faisait paraître les photographies et le film qu'il avait visionnés à Foxton Hall bien loin de la réalité. C'était une lutte interminable, qui mettait à l'épreuve chaque fibre de son être – physique, mental, et jusqu'au tréfonds de l'âme – par une succession de défis terrifiants qui exigeaient une réaction appropriée en quelques fractions de seconde. Cela évoquait à Bond la salle de tir au sous-sol de Regent's Park, où il s'entraînait contre un appareil retors qui répliquait en tirant sur lui. Le Nürburgring lui imposait la même expérience, à cette différence près que, ici, c'était lui le projectile. Lorsque la course commencerait, il serait projeté dans un passage aussi dangereux que le canon d'une arme.

Smith pilotait d'une main experte, prenant les virages à environ cent dix à l'heure, et Bond sentait les forces centrifuges qui seraient quintuplées une fois dans la Maserati. Par moments, ils décollaient de la route tout en fonçant vers le prochain obstacle. C'était sans commune mesure avec Goodwood ou Silverstone. Bond avait roulé sur des routes de campagne en Écosse, et il lui semblait que le Nürburgring possédait la même sauvagerie, donnait la même impression de magnitude. Ici, c'était la route et non la voiture qui régnait en maître. Et il allait affronter des professionnels, des pilotes qui passaient leur vie à relever des défis similaires. Alors que la MG accélérait sur la longue droite menant à la ligne d'arrivée, Bond se demanda pour la première fois si M et lui n'avaient pas été un peu présomptueux.

Smith effectua un second tour, plus lentement cette fois, en commentant le trajet avec des détails confondants. Virages rapides, descentes, coudes bosselés, angles aveugles, chacun exigeant un type de calcul différent. Enfin il regagna les stands.

— Voilà, c'est à peu près tout, dit Smith joyeusement. Bonne chance, mon vieux. J'espère que vous vous amuserez. Vous pilotez une Maserati, n'est-ce pas ? Une sacrée bonne voiture, faite pour la course... Pas une de ces bagnoles bricolées comme on en voit ici. J'aime bien le châssis surbaissé. Ça vous donne un réel avantage d'être aussi bas. Bon, on se revoit ce soir ? En général, tout le monde se retrouve aux alentours de six heures. Ensuite, au lit, avant le grand départ. Content de vous connaître, Bond.

Et ce fut tout. L'homme qui était la cible du complot du SMERSH et que Bond avait été envoyé protéger s'éloigna tranquillement. Resté seul, Bond se dirigea vers les stands de ravitaillement, tout vibrants des rugissements rauques des moteurs que les mécaniciens faisaient chauffer et réglaient. L'air empestait l'essence et le méthanol. Certains pilotes étaient accroupis près de leurs bolides. Plus loin, d'autres, en petits groupes, fumaient une cigarette. Il régnait parmi eux une camaraderie qui, Bond le savait, disparaîtrait dès que le drapeau à damiers serait baissé. Mais, pour l'heure, à la veille de la bataille, tout le monde était détendu.

Non. Un homme se tenait à l'écart. Bond vit d'abord la voiture, une Krassny noire avec un simple chiffre : Numéro Trois, peint sur le carénage. La voiture n'avait en rien l'élégance ni les courbes classiques de la Maserati et révélait tout de suite ses origines : une demi-douzaine de voitures soviétiques abâtardies avait produit cette vilaine créature. Le pilote avait lui aussi allumé une cigarette, et il sembla à Bond que son visage avait exactement la même couleur que la fumée qu'il exhalait. Des paupières lourdes, de maigres mèches de cheveux tombant sur le front haut. Sa bouche était une fente mince, comme une blessure faite par un couteau émoussé. Un bref instant, il leva les yeux et ses yeux froids de serpent happèrent ceux de Bond. Il ne dit rien, ne montra aucune émotion, mais Bond se sentit enregistré. Le Russe avait vu et évalué ce nouveau concurrent, et il avait classé l'information pour l'examiner plus tard.

Bond avait fait la même chose de son côté. Cela lui était utile d'avoir vu son ennemi et la voiture qu'il conduirait. Ils se rencontreraient bientôt mais, pour l'instant, il lui tourna le dos et rejoignit son stand.

La Maserati avait été déchargée le matin même et l'attendait comme une vieille amie. Un homme était penché sur le moteur. Il leva la tête à l'approche de Bond. Pas loin de soixante ans, des cheveux grisonnants, des traits aristocratiques qui dénotaient avec sa combinaison maculée de cambouis.

— Vous êtes James Bond ?

— C'est moi.

— Je m'appelle Bernardo Hertogs. (Il parlait avec un léger accent sud-américain.) Logan m'a appelé il y a quelques jours. Elle m'a demandé de m'occuper de vous... plus exactement de la voiture, ce qui revient au même.

— Vous connaissez bien Logan ?

— J'ai couru avec son père. On a fait la Panamericana, en 51. C'était ma dernière course. À présent, j'aime travailler avec les mécanos dans les stands, pour être près des voitures. (Il essuya ses mains sur un chiffon, et fit un geste vers la Maserati.) On vous a fait chauffer le moteur. Laissez-le refroidir quelques minutes, ensuite vous pourrez y aller. C'est votre première fois au Nürburgring ?

Bond acquiesça.

— On vient de recevoir les prévisions météo, poursuivit Bernardo Hertogs. Il devrait faire beau demain. Mais laissez-moi vous donner un petit conseil. Surveillez bien l'adhérence sur la route. C'est le secret de cette course. Vous ne devez pas faire patiner vos roues. À part ça, allez-y doucement au début. (Il esquissa un sourire rusé.) Si vous donnez l'impression à vos adversaires que vous n'êtes pas à l'aise avec la voiture, ils vous oublieront. Ensuite, quand vous mettrez la gomme, ils ne vous verront pas venir !

Bond attendit que la Maserati fût prête, puis il mit son casque, ses lunettes, ses tampons dans les oreilles, et s'installa au volant. Bernardo et un autre mécanicien le poussèrent et, tout à coup, il n'y eut plus que lui et la Maserati, plongeant dans l'enfer vert...

*

À la fin de la journée, devant son deuxième dry martini, Bond alluma une cigarette et tenta d'évaluer ses chances. Le Nürburgring était aussi redoutable qu'on le lui avait dit, et contre des pilotes hors pair tels que Lancy Smith, l'Italien Luca Franchitti, l'Allemand Klausman, et même le Russe, Numéro Trois, il n'en avait aucune – en tout cas pas sur vingt-deux tours. Son seul espoir était que Dimitrov passe à l'action très vite, pendant le premier ou le deuxième tour. Or tout ce qu'il avait appris rendait ce scénario plausible. Si Dimitrov attendait trop longtemps, une fois le peloton dispersé, ce serait impossible. Dans ce cas, Bond gardait quelques atouts dans sa manche. S'il effectuait un départ correct et se concentrait sur les virages les plus vicieux, il pourrait s'en tirer.

Le Blaue Ecke était une jolie auberge désuète située à un coin de rue – comme son nom l'indiquait. Avec la tiédeur du soir, les consommateurs s'étaient égaillés sur la rue pavée. Il y avait une trentaine d'hommes, et autant de jeunes femmes, qui grouillaient autour d'eux comme des papillons colorés. Hommes rapides, voitures rapides, filles rapides. Bond étant un inconnu, elles le dédaignèrent, mais il remarqua que les coureurs étaient en termes très familiers avec elles ; badinages et plaisanteries scabreuses étaient la règle. Il régnait une atmosphère de complicité et on imaginait aisément le jeu de lits musicaux se disputant d'un pays à l'autre. L'arrivée de Lancy Smith provoqua un regain d'animation. Le pilote anglais n'eut pas besoin de commander à boire : une flûte de Champagne rosé apparut dans sa main avant même qu'il eût atteint le bar.

Il aperçut Bond et vint vers lui.

— Comment ça s'est passé ?

— Je vous remercie de votre aide, dit Bond sans trop s'avancer.

— Vous êtes fin prêt pour demain ?

— Je l'espère.

Bond porta son verre à ses lèvres mais s'immobilisa à mi-parcours. Trois hommes venaient d'apparaître ensemble sur le trottoir opposé. Ils se trouvaient juste dans sa ligne de vision et, même s'il n'avait pas immédiatement reconnu deux d'entre eux, le troisième aurait certainement attiré son attention.

Ivan Dimitrov était le premier. Le deuxième était russe, lui aussi, et il avait probablement fait le voyage depuis Moscou. Bond ne l'avait jamais rencontré personnellement, néanmoins il avait vu sa photo assez souvent dans des dossiers pour reconnaître Vladimir Gaspanov, membre haut placé du SMERSH et possible successeur du colonel-général Grubozaboyschikov, « G ». On avait perdu sa trace à la suite de l'échec désastreux de sa dernière opération quelques années plus tôt, et le voilà qui ressurgissait. Le lien avec le SMERSH était maintenant établi. Mais que diable faisait Gaspanov ici ? Un officier de haut grade ne sortirait pas découvert, en se mettant lui-même en danger, juste pour voir deux bolides entrer en collision.

Bond porta son attention sur le troisième personnage du trio, et il comprit alors que l'affaire dépassait de loin la Krassny. Autre chose se tramait à Nürburg, et il était tombé dessus par hasard. Ce troisième homme semblait en colère. Il parlait sur un débit rapide à Gaspanov, et d'une manière qui aurait pu sonner comme une sentence de mort si le Russe n'avait pas été lui-même un homme de pouvoir bénéficiant de hautes protections. L'instinct de Bond lui criait de prendre une photo, des notes, d'en découvrir davantage.

L'homme était coréen. Bond l'avait d'abord cru chinois, mais il s'était ravisé. Les yeux étaient trop petits et il leur manquait l'épicanthus, ce pli cutané qui recouvre le coin intérieur des yeux de la majorité des Chinois. De plus, il était grand, mince, et doté de longs doigts délicats de pianiste. Sa peau mate était pâle et lisse, totalement dépourvue d'imperfections, comme celle d'une poupée de porcelaine. Tout cela ajouté à ses traits légèrement efféminés rendait presque impossible de lui donner un âge. Bond supposa qu'il avait une trentaine d'années, mais il aurait pu être beaucoup plus jeune, adolescent même. Hormis le léger soupçon de sourcils, il avait le visage parfaitement imberbe. Ses cheveux étaient coupés très court, et il avait une frange raide. Sous la frange, les lunettes cerclées de métal avaient l'air sorties d'une bande dessinée, comme si elles avaient été tracées sur son visage. Les verres inhabituellement épais indiquaient une très mauvaise vue. En parlant, il montrait ses dents, presque enfantines, blanches comme des perles et incongrues entre les lèvres grisâtres à peine esquissées. Le dernier Coréen qu'avait croisé Bond était un type râblé et laid, le genre d'homme qui ne pouvait s'améliorer qu'en étant aspiré par le hublot d'un Stratocruiser, mais celui-ci était relativement séduisant, avec cette aisance altière que confère une richesse considérable. Il était vêtu d'un costume immaculé de soie grise, fait sur mesure, avec une chemise blanche à col ouvert et des chaussures italiennes de cuir noir impeccablement cirées. Il ne cessait de parler tout en agitant une main. Ivan Dimitrov se tenait en arrière, visiblement nerveux.

Lancy Smith avait remarqué le trio, lui aussi.

— Vous le connaissez ? demanda Bond en désignant le Coréen.

— Il se trouve que oui. C'est un passionné des Grands Prix. Je l'ai rencontré à Monaco et à Paris. Un type intéressant à tout point de vue. Son nom est Sin Jai-Seong, mais les gens l'appellent autrement. Dans le monde des courses et des magazines de mode, ils ont inversé et occidentalisé son nom. Jason Sin. Comme le péché. C'est devenu un peu un jeu de mots. Sin de nom, Sin par nature. Ça lui va comme un gant. Ça lui donne du piquant, un petit air d'aventurier, alors qu'il dirige des affaires plutôt ennuyeuses.

— Que fait-il ?

— Il possède une agence de recrutement et des entreprises dans le bâtiment. Siège social en Amérique. Il est paraît-il l'un des plus riches Coréens du pays. Il mène une vie très glamour, avec des résidences un peu partout dans le monde, y compris une près d'ici. Vous la verrez si ça vous tente. Sin organise toujours une grande réception après la course, où tous les coureurs sont invités.

— Vous y allez ?

— Un peu ! Champagne Cristal Roederer, foie gras et caviar en direct de Paris, et des tas de jolies filles. Tâchez de ne pas vous rompre le cou, Bond, et nous nous retrouverons là-bas.

Lancy Smith s'éloigna, et Bond continua d'observer les deux Russes et le Coréen qui échangèrent encore quelques mots avant de se séparer. Bond songea à suivre l'un d'eux, puis il y renonça. Il avait suffisamment à faire, et il ne gagnerait rien à arpenter les rues dans la nuit. Et pourtant. Deux Russes et un Coréen dans une bourgade allemande, ça ressemblait au début d'une mauvaise blague, mais Bond était certain d'avoir déterré quelque chose. Dimitrov et Gaspanov étaient visiblement en lien. Leur conversation avec Sin était-elle pure coïncidence ?

Le soir même, Bond rédigea un câble en utilisant le chiffrage habituel basé sur le jour du mois, et il l'adressa au directeur général de Universal Export, à Londres. Il se disait qu'il allait peut-être un peu vite en besogne mais il n'y avait rien de mal à prendre une longueur d'avance, et si quelque chose lui arrivait le lendemain, le service saurait au moins par où commencer à enquêter. Il demanda un rapport complet sur les antécédents de Sin Jai-Seong, alias Jason Sin, et plus spécialement sur ses liens éventuels avec le SMERSH.

VII

MEURTRE SUR ROUES

La grande tribune était bondée, inondée de soleil.

Ce n'était pas des centaines mais des milliers de personnes qui avaient convergé de toute l'Europe dans la petite ville allemande pour assister à la course. Bond avait conscience de l'étrange atmosphère d'excitation et d'attente qui accompagnait le grondement des moteurs et les vapeurs d'essence. Bien sûr, tous ces gens étaient attirés par le prestige d'un événement international, pourtant il décelait autre chose dans leur regard et leur façon de sourire : la perspective d'un accident mortel. Il gardait en mémoire les paroles du coureur italien Umberto Maglioli qui avait concouru dans dix Grands Prix du championnat du monde. « Les coureurs automobiles sont comme des joueurs de roulette. » Bond avait suffisamment fréquenté les casinos pour connaître l'avidité et la peur, à trois heures du matin, l'estomac noué quand la bille ralentit avant de s'immobiliser dans une case, l'horreur de tout perdre et, en même temps, le besoin d'essayer encore une fois.

Ici, les choses étaient différentes. On disait souvent que les jeunes coureurs présents avaient à peu près autant de chances de survivre que s'ils avaient combattu pendant la guerre. Une chance sur huit, selon les estimations. Quand on atteint deux cent cinquante kilomètres-heure, parfois à quelques centimètres d'un autre concurrent, on dispose à peu près d'un cinquième de seconde pour réagir, pour prendre la décision qui peut vous sauver la vie. Chaque saison, des pilotes commettent des erreurs. Chaque saison, il y a des morts. Le Nürburgring était à lui seul responsable de dix-sept accidents mortels. La foule continuait d'affluer, de s'asseoir sur les gradins, de bavarder en attendant que le drapeau à damier donne le signal du départ. Jason Sin était-il parmi les spectateurs ? Bond chercha vainement le Coréen des yeux. Peut-être avait-il choisi un poste d'observation plus privilégié le long du parcours. Peut-être était-il avec le colonel Gaspanov. Bond se demanda s'il aurait la possibilité de se rapprocher d'eux. Mais comment savoir si l'homme du SMERSH était même resté à Nürburg ?

Bond était l'un des vingt-quatre concurrents. La course allait démarrer avec une formation de trois-deux-trois et, compte tenu de ses piètres essais de la matinée, il était relégué au cinquième rang. Il avait compris très vite qu'il avait raté son contre-la-montre en tentant un maladroit changement de vitesse qui avait brusqué le vilebrequin. Une chance qu'il n'ait pas cassé le moteur. En regagnant le stand, il n'avait pas été étonné de voir Bernardo secouer la tête d'un air de dépit. Mais Bond avait chassé son erreur de ses pensées. N'importe qui peut faire un bon ou un mauvais parcours, et dans son cas mieux valait manquer les essais que la suite du programme. Le moment de vérité – et raison de sa venue au Nürburgring – était imminent. Il avait un objectif qu'aucun des autres coureurs ne connaissait ni ne pouvait deviner. Lui seul ne cherchait pas à remporter la course. Il ne la terminerait même pas. Il allait jouer la partie à sa manière.

Bond vit Lancy Smith marcher à grands pas vers sa voiture tout en adressant un signe de la main à la foule, qui se leva pour l'encourager. Puis il regarda du côté de Dimitrov, entouré de ses équipiers, qui nouait un foulard rouge autour de son cou. Le Russe ne s'était pas rasé, et ses joues étaient recouvertes d'un début de barbe grisonnante. Il ne quittait pas Smith des yeux. Si Bond avait eu des doutes sur ses intentions, ils se dissipèrent immédiatement. Il savait ce à quoi il était en train d'assister. Dimitrov avait exactement le même regard, la même intensité, qu'un assassin derrière sa lunette de visée. Bond connaissait bien cette position du tireur, la joue collée contre le bois de la crosse, son être tout entier concentré sur le réticule de l'arme pointée sur la cible. Il n'existe aucune relation au monde semblable à celle qui se noue entre l'homme qui s'apprête à tuer et l'homme qui va mourir. Le serpent et le lapin. C'était la scène qui se déroulait sous ses yeux.

Bernardo attendait Bond près de la Maserati. Si les autres concurrents s'étonnaient qu'un ancien champion consacre tous ses soins à un coureur totalement inconnu – pire : un playboy venu s'amuser –, aucun d'eux n'avait osé une remarque. Bernardo esquissa un sourire contrit en le regardant s'approcher.

— Vous avez vraiment tout bousillé, ce matin.

— Oui. Mais ne vous inquiétez pas. Je ne referai pas la même erreur. (Le moment était venu pour Bond de jouer son atout maître.) Bernardo, je veux que vous vidiez le réservoir. De préférence à l'abri des regards.

— Le vider ? Comment ça ?

— Je veux démarrer la course avec un quart du réservoir.

— Vous êtes sérieux ? Ça signifie que vous devrez vous arrêter très tôt pour ravitailler. Et vous aurez du mal à remonter.

— Laissez-moi de quoi effectuer deux ou trois tours. C'est tout ce dont j'ai besoin.

— Comme vous voudrez.

Logan n'avait évidemment pas dit un mot de sa mission à Bernardo et, aux yeux de celui-ci, Bond jetait déjà l'éponge. Mais l'heure n'était pas aux discussions. Bernardo appela un autre mécanicien et ils se mirent au travail.

Bond prenait un pari. Il était convaincu que Dimitrov passerait à l'action au début de la course, quand le peloton serait encore groupé. C'était logique. Après deux tours, Lancy Smith prendrait de l'avance et le Russe n'aurait plus l'occasion d'intervenir.

En même temps, Bond s'offrait un avantage considérable. Avec si peu de carburant dans son réservoir, la Maserati serait la voiture la plus légère de toutes, et ce qu'elle perdait en poids, elle le gagnerait en rapidité. Le seul problème était que Bond s'imposait un handicap sur la distance. Si Dimitrov n'agissait pas très vite, Bond devrait s'arrêter pour ravitailler et, ensuite, l'unique moyen de le rattraper serait de laisser filer un tour entier. Non seulement c'était difficile, mais cela attirerait l'attention, chose qu'il ne voulait évidemment pas. D'un autre côté, il savait que jamais il ne pourrait rivaliser avec des professionnels s'il suivait leurs règles. Pour lui, c'était tout ou rien. En termes de roulette, il avait misé tous ses jetons sur un seul numéro.

Bond observa Bernardo tirer un paravent autour de la Maserati afin que les autres concurrents ne puissent voir ce qu'il faisait. Pendant ce temps, il se prépara. Il mit les bouchons d'oreilles, enfila les gants, ajusta les lunettes. Il avait bien réfléchi à ce qu'il avait à faire et, dans son esprit, l'échec était exclu. Il aperçut Dimitrov invectiver le mécanicien penché sur son véhicule. La Krassny grondait déjà, comme pour prévenir ses rivales de rester à l'écart. Un nuage de fumée noire nocive sortait de son pot d'échappement. Les autres voitures prenaient vie tout autour, et le rugissement du peloton enveloppa Bond. Il consulta sa montre. Quatre minutes avant le départ. Il s'écoulerait longtemps avant qu'il ait le loisir de vérifier l'heure.

Bernardo retira le paravent. L'un des mécaniciens s'éloigna rapidement avec deux jerrycans. Bernardo fit un signe à Bond, qui se glissa dans le cockpit de la Maserati, tout en énumérant une check-list mentale. Bien s'installer. Ajuster les lunettes. Attacher la ceinture de sécurité et les sangles d'épaules. S'asseoir près du volant avec les bras fléchis. Combien de fois Logan Fairfax le lui avait-elle répété ? « L'essentiel de la force et de la précision vient de vos bras. Si vous êtes mal installé, vous n'irez nulle part. » Il sentit approcher les deux mécaniciens, chacun d'un côté de la Maserati. Ils le poussèrent en roue libre, et soudain il se retrouva sur la ligne de départ, un œil sur le drapeau mais réfléchissant déjà à la façon de se faufiler au milieu des autres coureurs. Smith était au premier rang. Dimitrov juste derrière lui, sur sa gauche. Les autres concurrents, allemands, italiens, tchèques, français, américains et, bien sûr, anglais, étaient alignés en formation. Il était seul au milieu d'eux. Il sentait le soleil sur ses épaules, tous ses sens étaient déjà assaillis par le vacarme et les vapeurs d'essence. Il guettait le hurlement strident qui ponctuerait le début de la course. Une goutte de sueur roula sur sa joue. Un bref instant, il songea à la piste circulaire de Foxton Hall. Un jardin d'enfants, comparé à ceci. Il se remémora assez brièvement sa conversation avec M, dans le bureau donnant sur Regent's Park. « Vous avez couru, récemment ? » Couru, oui, mais jamais sur une piste pareille. Cette fois, il jouait dans la cour des grands.

Le drapeau à damier s'abattit.

À cette seconde, le temps s'effaça, comme aspiré à l'intérieur de lui-même. Vingt-quatre bolides se mirent à rugir dans un vacarme assourdissant, et l'esprit de Bond fut assailli par des pensées désordonnées qui bondissaient toutes à la fois. Premier changement de vitesse, surface de la route, les roues, le volant, le transfert de poids, la possibilité de se frayer un passage entre les autres voitures sans causer un carambolage dès le départ. Quelque chose en lui le poussait à jeter un coup d'œil au compte-tours. Il devait retenir le moteur à la moitié de sa puissance (quand l'embrayage est revenu, c'est le moment d'accélérer, mais évitez de faire patiner les roues et, pour l'amour du ciel, ne cassez rien dans la transmission !) mais ne le poussait-il pas déjà trop ? L'aiguille avait sans doute dépassé le petit trait rouge. Il ne chercha pas à regarder le cadran. Ses yeux étaient devant, derrière. Il avait conscience de tout ce qui l'entourait. Tout, et rien. Les spectateurs avaient disparu dans une image floue d'où n'émergeait aucune tête, aucun corps. Déjà il était dans la descente de la portion de colline, avec le premier virage en épingle à cheveux qui s'annonçait et la surface de la route qui devenait pavée. Il tourna le volant. *Non, c'est trop... sois plus subtil...* et il se surprit à dépasser une Porsche et deux Cooper. La Maserati faisait la moitié du travail pour lui. Avec son réservoir allégé, rien ne la retenait.

Il était arrivé au premier virage et s'injuriait en silence. *Vas-y, pauvre crétin. Tu as déjà fait ce circuit une dizaine de fois et tu en as étudié chaque détail. Trouve la bonne trajectoire. C'est ça... aussi près que possible de l'accotement.* Tous les schémas et photographies sur lesquels il avait planché dans le Wiltshire s'étaient effacés de sa mémoire, envolés comme autant de feuilles mortes dans une tempête. Il conduisait à l'instinct, luttant contre les forces centrifuges qui menaçaient de le propulser dans le néant, parant leur puissance grâce à l'adhérence des pneus qui le maintenaient sur la route. Tout se passait dans ses jambes, dans son ventre. Cette extraordinaire sensation de ne faire qu'un avec la voiture. Chose incroyable, il se rapprochait de la tête de la course ! Il dépassa deux des Ferrari italiennes. *Adio, signori !* Et maintenant, où en était-il ? Plus exactement, où étaient Lancy Smith et Dimitrov ? Ils étaient partis devant lui. Il lui fallait les rattraper, vite, et faire ce qu'il avait à faire.

Il risqua un coup d'œil au compteur de vitesse et se maudit d'avoir perdu cette microseconde, cet infime instant d'inattention qui lui fit commettre une erreur de calcul devant l'obstacle suivant. La voiture décolla au sommet d'une bosse. Il était en l'air. Alors qu'il aurait déjà dû se redresser et préparer le prochain virage. Au lieu de cela, il retomba brutalement et faillit perdre le contrôle. Il roulait à cent quatre-vingt-quinze kilomètres-heure. Ce n'était pas utile. Pas s'il risquait de se tuer. Il négocia le tournant de justesse. *Aborde la courbe lentement, accélère pour sortir.* C'était l'un des principes de base du manuel de la course automobile, et il avait fait exactement l'inverse. À nouveau, il se sermonna. *Au prochain virage, freine doucement, glisse mais pas trop, et n'accélère pas. Et là, devant, c'est quoi ? Une flaque d'huile. Contourne-la, imbécile.* Ce qu'il fit.

L'un après l'autre, les différents passages du Nürburgring défilaient. Le Pic, la Mine, le Manège, la Petite Fontaine. Des appellations innocentes qui ne reflétaient pas les horreurs qu'elles désignaient. Un virage très serré à droite, puis un virage serré à gauche, suivi d'une soudaine déclivité, puis d'une autre. Une succession d'épreuves à surmonter. Vint un virage aveugle, auquel succédait une descente à vous retourner l'estomac, que Bond ne vit qu'à la dernière seconde car elle était masquée par un pont. Le Jardin, ensuite, faillit lui être fatal. Une nouvelle fois, Bond se retrouva en l'air et, au moment de retomber dans la montagne russe suivante, il sentit la voiture faire une embardée et glisser dans un dérapage mortel. S'il avait freiné à ce moment-là, tout aurait été fini. Il parvint miraculeusement à redresser et à reprendre le contrôle de la voiture. Mais cela lui avait coûté quelques secondes. Lancy Smith et Dimitrov étaient hors de vue.

S'il lui en fallait la preuve, Bond savait maintenant que jamais il n'aurait réussi à tenir les vingt-deux kilomètres. Il avait déjà les muscles des bras et des jambes endoloris à force de maintenir le cap dans chaque virage, et il sentait des ampoules gonfler dans ses mains. Son corps tout entier était pétri par les différentes forces gravitationnelles, et la constante traction centrifuge lui révulsait l'estomac. Bon sang ! Ces coureurs professionnels devaient être en pleine forme physique pour s'infliger pareil calvaire semaine après semaine. Néanmoins, Bond conservait un gros avantage sur eux. Ils conduisaient avec prudence. Ils ménageaient leurs voitures. Lui se moquait de brutaliser la Maserati et d'infliger des dommages au moteur sur le long terme. Il roulait en surrégime. Il freinait brutalement et trop tard, échauffait les tambours. Rien de tout cela n'importait sur un temps court, réduit à deux tours de circuit. C'était tout ce dont il avait besoin. Où étaient-ils ? Là, juste devant lui. Malgré ses erreurs, il avait réussi à les rattraper.

C'est alors que la Maserati toussa. La sueur sur son front et son torse devint soudain glaciale. Il n'allait tout de même pas tomber en panne d'essence si tôt... Si ? Impossible ! Avait-il trop maltraité la voiture, et trop vite ? Ou bien le réservoir presque vide avait-il provoqué une obstruction dans le système d'injection ? Le moteur toussa une deuxième fois. Bond sentit le volant vibrer entre ses mains. Un immense panneau publicitaire passa en un éclair avec ces mots peints en rouge : SPRICH ZUERST MIT FORD. Il avait déjà vu ce panneau. Soit la société Ford avait payé les droits pour deux panneaux identiques, soit il avait achevé un premier tour du circuit et entamé un deuxième. Comment était-ce possible ? Le record de temps par tour sur le Nürburgring était de neuf minutes et quarante et une secondes. Or il n'avait sûrement pas roulé plus de deux ou trois minutes. C'était du moins son impression. En fait, il s'était écoulé beaucoup plus de temps. Décidément, il se trompait sur toute la ligne. Il se voyait déjà obligé de s'arrêter au stand et, pendant qu'il ravitaillait, le Russe éliminait Lancy Smith.

Sa concentration ainsi momentanément perturbée, Bond coupa le prochain virage, mit deux roues sur l'herbe et, pendant une seconde atroce, il perdit toute adhérence au sol. Mais la manœuvre lui fit gagner quelques microsecondes et, mû par une détermination nouvelle, il chassa la pensée du réservoir vide et accéléra. Où était-il à présent ? De hauts arbres verts et des bosquets verts défilaient. Un tunnel vert. Il n'y avait pas de barrières, rien qu'une ligne peinte pour signaler le bord de la route. Il arriva sur une portion rectiligne, qui lui permit de relâcher les muscles de ses bras, de vérifier la pression d'huile, la température de l'eau, et le compte-tours. Tout était en ordre. Il pressa la pédale d'accélérateur. La Maserati, aussi légère qu'elle pouvait l'être, bondit en avant et doubla une autre voiture. Alors, avec un immense sentiment de soulagement, Bond vit la forme noire de la Krassny. Sans savoir comment, et malgré ses erreurs, il avait rejoint les voitures de tête.

Lancy Smith était en pole position. Venait ensuite Dimitrov. Puis Bond. Pendant quelques instants, les trois restèrent séparés des autres coureurs, ne fût-ce que de quelques mètres. Bond se hissa dans le sillage de Dimitrov et tira profit de l'aspiration. Ils étaient incroyablement près l'un de l'autre. Bond serra les dents. Cent quatre-vingts kilomètres-heure. Soit cinquante mètres par seconde. Dix mètres en un cinquième de seconde. À cette vitesse, une infime erreur de calcul les tuerait tous les deux, le Russe et lui. Smith serait sauvé, mais ce n'était pas ainsi qu'il l'envisageait.

Bond vit la main de Dimitrov se lever au-dessus de son épaule, comme s'il rajustait la sangle de sécurité. La seconde suivante, il ne voyait plus rien. Quelque chose l'avait frappé au visage. Ses lunettes se fendillèrent. La Maserati pencha à gauche puis à droite, les pneus hurlèrent. Que s'était-il passé ? Bond batailla avec le volant et parvint à reprendre le contrôle. Il porta une main à son visage, sur lequel coulait quelque chose. Du sang ? Incroyable. Le Russe avait jeté quelque chose… des graviers ou du sable qui, portés par le vent, avaient frappé Bond en pleine face. Sa vision était en partie brouillée par les fissures des lunettes.

Évidemment, Smith et Dimitrov l'avaient distancé aussitôt, et Bond comprit, avec un nœud au creux de l'estomac, que c'était l'endroit où le meurtre allait avoir lieu. Cela expliquait pourquoi le Russe avait voulu l'éloigner. Il n'y avait aucun spectateur sur cette portion. La route était bordée de part et d'autre par des arbres touffus. Centimètre par centimètre, Dimitrov se rapprochait de Smith. La Krassny hurlait, monstre noir jailli de l'enfer. Bond était trop loin. Il écrasa la pédale d'accélérateur en espérant qu'il restait suffisamment du précieux carburant dans le réservoir pour le propulser vers l'avant. Il n'avait pas d'autre solution.

Le Russe gagnait du terrain sur Smith. Il avait diminué de moitié la distance qui les séparait, sans se soucier des marges de sécurité, et exécutait précisément la manœuvre que Bond avait décrite à M. Ses intentions ne laissaient pas le moindre doute. Il n'allait pas doubler Smith. Il allait lui donner la petite poussée fatale qui le projetterait hors de la route, et Bond était trop loin pour faire quoi que ce fût. À la toute dernière seconde, Smith s'aperçut que le Russe se rapprochait trop. Il effleura son volant pour se déporter sur le côté. Dimitrov se trouva soudain trop loin, désaxé. Il fut contraint de se repositionner, ce qui offrit à Bond l'occasion qu'il cherchait. Bond donna un nouveau coup d'accélérateur et, peut-être pour la dernière fois, la Maserati répondit avec fougue.

C'était le moment. Bond se dégagea comme s'il allait doubler le Russe. Pendant deux secondes, peut-être trois, il fut à la même hauteur, le nez de la Maserati à mi-longueur de la Krassny. Dimitrov tourna la tête, comme s'il pressentait la catastrophe. Trop tard. Bond se rapprocha encore et le pneu avant gauche se trouva juste à côté du châssis de la Krassny, à quelques centimètres du siège de Dimitrov. Très précisément entre les roues avant et arrière droites de la Krassny. Bond freina alors brutalement. Son pneu avant et le pneu arrière du Russe entrèrent en contact.

Le monde entier tourbillonna. Jamais il n'avait ressenti une impression semblable. Sa voiture partit en zigzaguant et, s'il ne s'y était pas préparé, il aurait eu le corps brisé en mille morceaux. Il eut l'impression que son cou et sa colonne vertébrale se déformaient brusquement, soumis à des forces contradictoires, ses yeux parurent rentrer dans leurs orbites, sa bouche s'ouvrit dans un rictus. Il tournait, vrillait, tandis que les autres voitures passaient à toute vitesse, boulets aux couleurs vives tirés par un canon invisible. Par miracle, aucune ne le percuta. Il entendit un immense fracas. Ses pieds cherchaient les pédales à tâtons.

Il eut conscience qu'il roulait sur l'herbe, près des hauts arbres. Allait-il s'écraser contre l'un d'eux ? Non. Il parvint à s'immobiliser sur le bas-côté. Le moteur cala. La course était terminée.

Pris de nausée, étourdi, Bond ôta son casque et ses lunettes, puis il sortit de la Maserati. Le monde retrouva sa netteté. Après la vitesse insensée des quinze dernières minutes, tout lui parut d'une extrême lenteur, comme s'il se déplaçait dans un rêve. Il était seul. Les autres voitures avaient disparu derrière le virage suivant. Si un accident s'était produit, ce n'était pas leur problème. Pas pour l'instant. Dimitrov avait-il réussi à maintenir sa voiture sur la route ? Avait-il continué avec les autres ? Non, bien sûr. Bond se souvint du bruit d'impact qu'il avait entendu. Il tourna la tête. Doucement. Il avait la nuque raide et douloureuse. Alors il découvrit un spectacle si extraordinaire qu'il eut d'abord du mal à l'expliquer.

La Krassny avait le nez en l'air, à un angle de quatre-vingt-dix degrés par rapport au sol, comme si elle essayait de décoller. Elle était encastrée contre le tronc large d'un chêne, son capot portant le numéro trois écrasé sous une branche. Comment une telle chose avait-elle pu se produire ? En avançant d'un pas vacillant, il s'efforça de comprendre. Dimitrov avait dû quitter la route à un endroit où le talus d'herbe formait une courbe relevée, qui avait agi comme une catapulte et projeté la Krassny vers les branches hautes de l'arbre, contre lequel s'était arrêtée sa course. Le Russe était encore prisonnier derrière ce qui restait de son volant. Il hurlait en gesticulant. Bond s'aperçut alors qu'il n'entendait pas ses cris. Le vacarme de la course, le hurlement des moteurs, l'intensité de ce qu'il venait de vivre l'avaient sans doute rendu sourd. Puis il se souvint qu'il portait encore ses bouchons d'oreilles. Il les arracha. Oui, Dimitrov hurlait.

Maintenant il l'entendait distinctement. Et ses cris semblaient inhumains.

Bond se rapprocha et mesura pleinement l'horreur de la situation. Le réservoir de la Krassny s'était fendu et, en raison de l'angle bizarre de la voiture, l'essence – proche du point d'ébullition – jaillissait en une cascade mortelle qui retombait directement sur le pilote. Sur son visage et ses mains. Dimitrov était méconnaissable. Il se tordait sous le liquide noir. De la fumée et de la vapeur s'élevaient au-dessus de la voiture. Et si celle-ci prenait feu ? C'était peut-être déjà le cas, car l'une des plus atroces particularités du méthanol était de brûler de façon invisible. On pouvait voir un homme succomber à une mort horrible sans savoir ce qui le tuait.

Bond ne pouvait pas rester les bras croisés. Il avait projeté de tuer le Russe, mais certainement pas de cette façon abominable. En se rapprochant, il perçut la chaleur du moteur. Pour l'instant il n'y avait pas de flammes, visibles ni invisibles, mais le feu pouvait se déclarer d'une seconde à l'autre. Une étincelle, et le carburant s'embraserait. C'en serait fini de Dimitrov et de lui.

Dimitrov se trouvait un peu en hauteur, prisonnier de son siège. Il se débattait follement. Bond préféra garder ses gants pour ne pas risquer d'être brûlé par l'essence bouillante, mais le tissu le gênait pour détacher les sangles de sécurité. L'attache paraissait coincée, et il dut batailler pour la débloquer. Les vapeurs âcres pénétraient dans ses narines et lui piquaient les yeux. Tout allait exploser. D'une seconde à l'autre. Le Russe devait en avoir conscience, lui aussi. Il poussait des hurlements de terreur. Bond réussit enfin à dégripper le mécanisme et la sangle se libéra. Il saisit Dimitrov sous les aisselles et, tirant de toutes ses forces, il le hala hors du cockpit, puis le long de la pente herbeuse sur le bas-côté de la route. Il avait à peine fait cinq ou six pas que la Krassny explosa. Bond sentit le souffle de chaleur dans son cou et ses épaules, et il se jeta au sol, protégeant le Russe de son corps. Des feuilles d'arbres roussies et des débris retombaient autour d'eux. En se retournant, Bond vit la voiture en flammes ainsi que plusieurs arbres alentour.

Deux véhicules s'étaient arrêtés sur l'accotement et des hommes accouraient vers eux, certains munis d'extincteurs. Plus loin, sur le circuit, Bond savait que l'on brandissait un drapeau jaune : danger grave, ralentir. Mais la course continuerait. Ivan Dimitrov s'était évanoui. Peut-être était-il en train de mourir. Quelle importance ? Un autre coureur gagnerait.

VIII

LE CHÂTEAU

Une lune blanche, un château, un lac noir. Le décor idéal pour une légende allemande. C'est du moins ce qui sembla à Bond alors qu'il se tenait dans la pénombre, en tenue de soirée. Mais quelle sorte de créature aurait pu habiter ici ? Un roi des aulnes. Ou peut-être, moins accueillant, un Grendel.

Le Schloss Bronsart se trouvait à environ une demi-heure de route de Nürburg, dans l'épaisse forêt au sud de Bad Münstereifel. Il était encerclé d'eau, comme beaucoup de *Wasserburgen* disséminés dans les basses terres allemandes, des bâtisses qui avaient à l'origine été des demeures ordinaires mais qui avaient grandi en taille et en splendeur en proportion égale des peurs de leurs propriétaires à l'égard des bandits de grand chemin ou des hussites. Celui-ci se dressait au milieu d'un immense lac artificiel, que l'on franchissait par une allée unique menant à l'entrée principale, dotée d'un pont-levis et d'une herse. Le bâtiment principal avait trois étages, des fenêtres à meneaux et des pignons à redents caractéristiques de la vieille Europe. Un deuxième bâtiment, à côté, se composait d'une tour surmontée d'une girouette et couverte de tuiles gris acier, qui évoquait un casque de la Première Guerre mondiale. Les deux étaient reliés par un petit pont, juste au-dessus de l'eau, et, plus haut, par un passage étroit en brique et couvert de chaume, qui paraissait avoir été ajouté après coup. Une jetée miniature invitait les visiteurs à ignorer la route pour arriver par bateau. C'était à la fois impressionnant et absurde, la lubie futile d'une demeure futile et extravagante de bout en bout.

À l'entrée de la route, Bond pouvait à loisir examiner le château. Il avait laissé sa Bentley sur un parking dissimulé au milieu des arbres. On attendait des invités qu'ils abandonnent le XXe siècle derrière eux avant de franchir les dernières centaines de pas à travers le lac. Des torchères disposées à intervalles réguliers se reflétaient dans l'eau noire. Deux chaudrons de bronze brûlaient de chaque côté de la grande porte. Jason Sin avait visiblement le goût du théâtre. La pleine lune formait un cercle parfait dans le ciel. Un orchestre jouait *La Vie en rose*, chanson que Bond connaissait bien, et la mélodie flottait sur le lac. Il était environ vingt et une heures, et la plupart des invités étaient déjà arrivés, les hommes en smoking, les femmes en robe de soie, fourrure et bijoux (sûrement empruntés ou faux). Bond avança et se fondit dans la foule.

La chaleur, la lumière et la musique à plein volume l'assaillirent en même temps, et l'attirèrent à l'intérieur. À la porte, un serveur lui tendit une flûte de Champagne. Il en but une gorgée. Ce n'était pas le Cristal Roederer promis par Lancy Smith, mais un Dom Pérignon 1953 tout aussi prestigieux, encore jeune mais d'un millésime remarquable. Il se retrouva dans un hall, haut et spacieux, avec un large escalier en marbre menant aux étages supérieurs. Cependant l'escalier était visiblement interdit aux visiteurs. Un Allemand chauve et costaud, les bras croisés, en tenue de soirée mais certainement pas un invité, montait la garde au bas des marches. Il était aussi rigide et inerte que les armures en pied qui se trouvaient de part et d'autre – de fait, il n'aurait pas paru ridicule avec une hallebarde à la main. Bond lui adressa un sourire et leva son verre. L'homme ne cilla pas.

Une grande porte, sur la gauche, ouvrait sur une pièce de réception, laquelle conduisait à une vaste salle de bal, dotée d'une mezzanine servant de tribune aux musiciens, lieu central de la fête. L'orchestre jouait. Deux ou trois cents personnes allaient et venaient sur le sol dallé, et il était facile de repérer ceux qui avaient participé à la course : chacun était entouré d'une cour d'admiratrices. Bond n'avait jamais vu autant de jolies filles cherchant à capter l'attention. Il y avait presque quelque chose d'animal dans leur désir de se faire remarquer. Si vous aviez couru le Nürburgring et survécu, il vous suffisait de tendre la main et elles étaient à vous – pour la soirée, pour plusieurs nuits ou, si vous étiez vraiment amateur, jusqu'à votre départ pour une prochaine course. Bond aurait pu profiter lui aussi de l'aubaine mais, en entrant dans la salle, il se sentit mal à l'aise. Presque toutes les femmes qu'il avait connues lui avaient opposé au moins un semblant de résistance, l'avaient mis au défi de les conquérir. Cette acceptation facile, presque agressive, ne l'excitait pas. Ces grands yeux langoureux, ces moues aguicheuses, non, décidément ce n'était pas pour lui.

Sans compter que l'un des vingt-quatre pilotes qui avaient disputé la course était en ce moment même à l'hôpital, vivant mais atteint de graves blessures. Dans cette ambiance de Champagne et de petits-fours, personne ne pensait à Ivan Dimitrov. Même ses coéquipiers avaient fait leur apparition, l'air sombre et coupable dans leurs smokings bon marché. Lancy Smith avait aisément terminé la course en tête avec sa Vanwall, avec vingt secondes d'avance sur le deuxième. Bond avait accompli sa mission, mais il pensait déjà à autre chose. Avoir vu Gaspanov, haut gradé du SMERSH, se disputer avec le Coréen avait piqué sa curiosité. Il n'apercevait nulle part le vieux renard. Probablement était-il reparti à Moscou pour tenter d'expliquer le nouvel échec d'une opération du SMERSH. Restait Sin Jai-Seong. Alias Jason Sin. Bond avait reçu un appel bref et sans la moindre utilité du chef des sommiers à Londres.

— Je ne peux pas vous apprendre grand-chose. Sin mène une vie discrète. La presse ne parle jamais de lui. Il semble avoir émigré de Corée du Sud au début de la guerre… la guerre de Corée, s'entend. Il a réapparu à Hawaï, puis dans l'État de New York, où il s'est installé. Il dirige une agence de recrutement, le Diamant Bleu, spécialisée dans l'embauche des ouvriers mal payés, notamment en transit, employés comme maçons ou éboueurs. En réalité, il a accaparé le marché. On ne connaît pas précisément le montant de sa fortune, mais il passe pour le Coréen le plus riche des États-Unis. Par certains côtés, c'est un play-boy. On le croise sur les circuits automobiles, les tournois de tennis, les hippodromes, les courses nautiques. Tout ce qu'on imagine d'un play-boy. Mais, dans le même temps, on ne lui connaît aucun vice. Il n'est pas marié et ne semble pas s'intéresser aux femmes. Il n'est pas non plus homosexuel. Il n'est membre d'aucun parti politique, bien qu'il ait pris part à un ou deux dîners des Républicains lors des dernières élections et leur ait peut-être versé un don. Mais c'est une pratique courante pour un homme d'affaires de couvrir ses arrières et, en Amérique, soudoyer un politicien fait partie des usages. Vous cherchez à savoir s'il est affilié au SMERSH ?

— Je ne sais pas. Je voulais juste savoir pourquoi il était là.

— Comme tout le monde, sans doute. Pour assister à la course.

Mais tout le monde n'avait pas discuté avec le colonel Gaspanov.

En raccrochant le téléphone, Bond avait décidé qu'il viendrait lui aussi à la réception de Jason Sin.

Il se produisit une petite agitation, une ondulation dans la foule, lorsque Sin apparut à la porte de la grande salle, sous la galerie des musiciens, et s'avança escorté d'un autre homme, qui s'arrangeait pour se tenir à la fois près de lui et pourtant en retrait, avec cette vigilance inexpressive propre aux gardes du corps professionnels. Et il était armé. Sous sa veste, Bond reconnut le renflement révélateur d'un étui de revolver en cuir dur. Bond, lui, avait toujours préféré les étuis en peau de chamois, moins pratiques pour dégainer, mais qui offraient l'avantage de ne pas déformer les vêtements. Un bref instant, le regard bleu glacier et impitoyable du garde du corps se posa sur lui avant de glisser plus loin. Bond reporta son attention sur l'hôte de la soirée, le plus riche Coréen des États-Unis.

Sin Jai-Seong portait un superbe smoking Brioni Roman, non pas noir mais bleu nuit, et tenait à la main un verre de ce qui semblait être de l'eau avec des glaçons. Comme beaucoup de gens fortunés que Bond avait eu l'occasion de rencontrer, il possédait un magnétisme indéfinissable. Il n'était ni plus grand, ni plus séduisant, ni plus voyant que n'importe qui d'autre dans la salle, pourtant il paraissait se mouvoir dans une bulle et, où qu'il se trouvât, il restait l'épicentre de tout ce qui l'entourait. S'il était plus souple, plus délicat que dans le souvenir de Bond, son attitude distante était la même. Lorsqu'il souriait c'était sans chaleur. Ses yeux, protégés par les verres épais, presque opaques, de ses lunettes, ne perdaient aucun détail mais ne laissaient rien paraître. On aurait pu croire que cette réception – la vaisselle d'argent, le Champagne, la musique, les chandeliers, la grande salle avec ses tapisseries et ses miroirs anciens – avait jailli de son imagination. Il se déplaçait comme un somnambule.

Il avait aperçu Bond et se dirigea vers lui. La foule s'écarta devant lui et son garde du corps, qui le suivait de près. Quand ils furent face à face, Bond entendit les premiers murmures de la voix intérieure qui l'avertissait toujours d'un danger imminent. Il n'était pas superstitieux, en tout cas pas au sens primaire du terme. Il n'était pas du genre à faire un détour pour éviter de passer sous une échelle, ni à s'inquiéter si un chat noir croisait son chemin. Mais il croyait fermement à l'existence d'un sixième sens opérant dans un recoin secret de sa conscience. Une sorte d'instinct animal. Personne ne nous enseigne que les araignées sont vilaines ou que les serpents sont dangereux. On le sait de manière innée. Et son sixième sens venait de se réveiller. Sin souriait. Il paraissait paisible, amical. Mais quand Bond serra sa main tendue, quelque chose en lui se recroquevilla, l'avertit de se tenir sur ses gardes.

— Monsieur Bond ? dit Sin d'une voix douce, monotone. Je vous ai vu courir, aujourd'hui. Bien que brièvement. Je crois savoir que vous êtes le second pilote impliqué dans l'accident.

— En effet. Une sacrée malchance. J'ai parlé avec les régisseurs de la course. Ce n'est la faute de personne.

— D'après mon expérience, ces accidents sont toujours la faute de quelqu'un... le pilote, son mécanicien ou... (Les yeux bruns se fixèrent sur Bond.) ... un autre pilote. Il est regrettable que, dans ce cas, l'accident se soit produit à un endroit où il n'y avait aucun témoin. Surprenant, aussi. Mr Dimitrov est un pilote d'exception. Je l'ai vu concourir à plusieurs reprises.

— Avant qu'il ne soit interdit de course.

Sin ignora la remarque.

— Vous, c'est la première fois que je vous vois sur le circuit. Je trouve cela étrange.

— Pas vraiment, répondit Bond d'un air nonchalant. Je ne m'y suis mis que récemment. Pour être honnête, je vais y réfléchir deux fois après ce qui s'est passé aujourd'hui. J'espère que le Russe va s'en tirer.

— Il a été gravement brûlé.

— En tout cas, je suis heureux que ça n'ait pas gâché votre réception. C'est une demeure magnifique que vous avez là, monsieur Sin.

— Vous pouvez m'appeler Jason. (Cette proposition, au lieu d'être amicale, avait quelque chose de vaguement menaçant.) Sin Jai-Seong est mon nom de naissance, mais les Occidentaux l'ont trouvé compliqué à prononcer. D'ailleurs, j'ai laissé mon passé derrière moi. Quant à cette demeure, sachez que je possède une maison dans les environs de presque tous les grands circuits automobiles du monde. Cela me donne l'occasion d'offrir l'hospitalité à mes amis, comme ce soir. Le Schloss Bronsart a été bâti par la famille Schleiden, qui fut aussi propriétaire de la forteresse qui domine Nürburg. Je séjourne et travaille ici souvent lorsque je suis en Europe.

— Vous l'avez depuis longtemps ?

— Je l'ai acheté au dernier propriétaire, il y a quelques années. Le pauvre s'est noyé.

— Vraiment ?

— Oui. Le lac est très froid et très profond. Je vous conseille de faire bien attention lorsque vous regagnerez votre voiture… Passez une bonne soirée, monsieur Bond.

— Merci. Et transmettez mes salutations aux Russes.

Sin, qui s'apprêtait à s'éloigner, se retourna. La dernière phrase de Bond avait été délibérée, les mots soigneusement choisis. Le visage toujours impénétrable, Sin plissa les yeux et dit :

— Pardon ?

— Vous discutez bien avec les Russes, n'est-ce pas ?

— De qui parlez-vous ?

— De Dimitrov. De ses équipiers. Sa famille.

Sin hocha la tête, lentement.

— Je me suis informé, en effet, de l'état de Mr Dimitrov. Mais ce n'est pas à moi de veiller sur son bien-être ni sur celui de ses compatriotes.

— En tout cas, si vous voyez l'un d'entre eux, transmettez-leur mes meilleurs vœux.

Sin s'éloigna, et la foule se referma derrière lui. Bond réfléchit à leur conversation. Sa pique au sujet des Russes avait fait mouche. Si Jason Sin ne parlait peut-être pas avec la famille éplorée de Dimitrov, il le faisait certainement avec le SMERSH. Et le Coréen avait lâché plus d'informations qu'il n'en avait eu l'intention. Non seulement il vivait dans une partie du château, mais il y travaillait. Donc, il devait y avoir quelque part un bureau, et dans ce bureau, des dossiers, des lettres, des mémos… toutes sortes de renseignements. Bond leva les yeux. À première vue, le rez-de-chaussée du Schloss Bronsart était destiné aux pièces de réception, salle de bal et salons. Ce qu'il cherchait devait donc se trouver aux étages supérieurs.

Tout en sirotant son Champagne, il embrassa la salle d'un regard circulaire. L'orchestre jouait maintenant un air de Cole Porter, et certaines personnes dansaient. Il aperçut Lancy Smith dans un angle, entouré de femmes, et le pilote lui fit un petit signe de tête sans chercher à s'approcher. Ils ne s'étaient pas parlé depuis la course, et Bond préférait continuer ainsi. Il n'excluait pas que le champion anglais eût compris ce qui s'était réellement passé, et la présence de Bond au Nürburgring pouvait maintenant lui paraître suspecte. Mieux valait donc éviter de se retrouver face à lui. Il s'éclipsa par la porte par laquelle il était entré et rôda en bordure du hall. Le garde était toujours au pied de l'escalier, implacable.

Bond hésitait lorsqu'une femme apparut d'une pièce voisine. Sa première pensée fut qu'elle ne pouvait pas accompagner l'un des coureurs : elle n'était pas assez pin-up pour cela. Sa robe du soir avait quelque chose d'un peu trop guindé, la soie noire était joliment coupée mais sans mettre son corps en valeur. Bond aurait préféré un décolleté plus ouvert, moins de tissu autour du buste. Quand on avait de telles courbes, autant les montrer. Et même si la jeune femme était un peu trop petite pour son goût, un peu androgyne (ses cheveux coupés très court étaient une autre faute à ses yeux), elle possédait une fraîcheur juvénile qui rappelait l'actrice Jean Seberg. En réalité, en la regardant avec plus d'attention, Bond se trouva injuste envers elle. Elle avait une beauté conventionnelle mais elle n'en était pas moins attirante, avec son regard bleu intelligent et provocateur. Ses lèvres, bien qu'un peu petites, étaient désirables. Cette fille avait un air trop sérieux. Elle ne portait presque pas de maquillage et son seul bijou était des boutons d'oreilles en diamants. Elle aurait pu faire un effort, surtout pour une soirée comme celle-ci.

Alors qu'il continuait de l'observer, la jeune femme s'approcha du garde au pied de l'escalier, qui se redressa pour lui bloquer le passage.

— Excusez-moi, j'aimerais monter, dit-elle d'une voix forte.

— Désolé, Fräulein, répondit le garde avec un lourd accent germanique.

— Je voudrais juste m'allonger un instant. J'ai la migraine. Puis-je utiliser l'une des chambres ?

— Les étages sont privés. C'est interdit. Personne n'est autorisé à monter.

— Pas même une minute ?

— Désolé, *Fräulein*.

La femme renonça et, en revenant vers la grande salle, elle faillit bousculer Bond.

— Vous ne pouvez pas vous pousser ?

Elle avait l'accent de Manhattan, mais pas celui des quartiers chic.

— Contre la migraine, ma tante utilisait la joubarbe, dit Bond.

— Je ne sais même pas ce que c'est.

— Une plante qui pousse notamment en Écosse. Sinon, un massage peut vous soulager. (Il lui sourit.) Je m'appelle James Bond.

— Je sais. C'est vous qui avez eu l'accident avec le Russe.

— Exact. (Elle voulut passer mais il l'arrêta.) Vous avez vu la course.

— Évidemment. Je suis écrivain… journaliste. Je suis venue faire un reportage.

— Oh, vraiment ? Pour quel journal ?

— *Motorsport*.

C'était une explication logique. Elle n'avait en effet pas l'air d'une groupie, plutôt d'une intellectuelle.

— Eh bien, si vous écrivez un article sur mon accident, ne soyez pas trop dure avec moi. J'ai entendu un claquement dans mon moteur. On pourrait croire qu'ils auraient appris la leçon, chez Maserati. Les systèmes à huit cylindres sont bien trop compliqués.

— Je ne comptais pas écrire d'article à votre sujet, monsieur Bond. Mes lecteurs s'intéressent davantage aux vainqueurs.

Elle passa devant lui et s'éloigna vers la grande salle. Bond la suivit des yeux, amusé. Il était clair, quelle que fût la raison de sa présence ici, que cette fille n'écrivait pas pour *Motorsport*. Même le plus mal informé des journalistes savait que Maserati avait toujours opté pour le moteur à six cylindres, nettement plus approprié aux vitesses élevées.

Il chassa la jeune femme de son esprit, certain qu'elle ne présentait aucun intérêt pour lui. Il avait d'autres chats à fouetter. Notamment, il lui fallait trouver un moyen de monter dans les étages.

IX

UN SAUT DANS LE NOIR

Autant qu'il pouvait en juger, un seul escalier menait au premier étage, et celui-ci se trouvait juste en face de lui. Il existait peut-être un autre moyen de monter, par la galerie des musiciens, ou par un second escalier, quelque part, mais il n'avait aucune raison de penser que Sin n'eût pas pris les mêmes mesures de sécurité dans l'ensemble du château. Le Coréen avait quelque chose à cacher.

Bond sortit dans l'air vif du soir pour examiner les murs du château. Du lierre grimpait sur un pan de façade, mais certainement pas assez résistant pour supporter le poids d'un homme et, de toute façon, les fenêtres de l'étage étaient solidement fermées. Il regarda le reflet de la lune dans le miroir noir du lac. Juste à côté, celui de la tour ondoyait doucement sous l'effet de la brise. Malgré le pont qui la reliait au bâtiment principal en bas, et le corridor, plus haut, aucune ouverture n'était visible sur la tour. Il serait bientôt minuit et, même si la réception durait jusqu'à l'aube, il y avait fort à parier que Sin lui-même se retirât bien avant. Bond savait que s'il devait passer à l'action, il ne fallait pas tarder.

Il y eut un mouvement près de la porte. Instinctivement, Bond se tapit dans l'ombre. Avant même de savoir s'il y avait un danger, il faisait en sorte de l'éviter. Une vie passée dans les services secrets l'avait ainsi programmé. Il reconnut la silhouette du garde du corps qui avait escorté Sin dans la grande salle et ne put retenir un sourire. Quel pouvoir avait le tabac ! Le besoin de fumer était tel que l'homme avait abandonné son poste pour aller griller une cigarette. Il le vit sortir des Nil – Bond reconnut le paquet bleu uni avec l'aigle germanique, une marque répandue avant-guerre. Le garde du corps se pencha pour extraire une cigarette du bout des lèvres, la mit en place et l'alluma avec un briquet en argent qui ne fonctionna qu'à la troisième tentative. Cela rappela à Bond cette vieille superstition dans l'armée. L'ennemi repère la première étincelle, met en joue à la deuxième, et tire quand il voit la flamme. C'est la raison pour laquelle aucun soldat n'allumera jamais trois cigarettes avec la même allumette. Et il se dit que cela valait aussi avec un briquet.

Bond émergea de l'obscurité à la manière d'un serpent et se coula derrière l'homme au moment où celui-ci exhalait sa première bouffée de fumée. Il avait déjà choisi sa tactique : un étranglement à la japonaise, tout droit sorti de l'école de judo. Son pied droit fusa et frappa les reins du garde du corps. Celui-ci poussa un grognement et bascula en arrière ; sa cigarette s'échappa de sa bouche. Bond enchaîna avec son avant-bras gauche, qu'il plaqua sur la pomme d'Adam de l'homme avec une telle force que celui-ci perdit probablement conscience. Pour en être tout à fait certain, Bond plaça sa main droite derrière la nuque de son adversaire, forma une prise avec le creux de son bras gauche, et serra. Trop fort, il risquait de lui briser la nuque. Trop longtemps, de l'asphyxier. Or il ne voulait pas le tuer. Un cadavre causerait des problèmes avec la police allemande et, surtout, il avait besoin de l'homme inconscient mais vivant.

Le garde du corps s'était affaissé lourdement contre Bond. Sa veste ouverte laissait voir un étui avec un automatique – un Sauer 38H, vieille arme utilisée par la Luftwaffe. Le pistolet avait une incrustation d'ivoire le long du barillet et une poignée en ivoire, signe qu'il avait autrefois appartenu à un officier de haut rang. Bond passa ses bras autour du torse du garde du corps et le traîna vers le grand hall d'entrée. Ses talons creusaient deux sillons parallèles dans le gravier. Une fois à l'intérieur, Bond le laissa s'étaler sur le tapis et nota avec satisfaction qu'il respirait à peine et que son visage avait pris une vilaine teinte grise.

— De l'aide, s'il vous plaît ! lança-t-il d'une voix forte. Y a-t-il un médecin ?

Un groupe de personnes s'était déjà approché. Leur flûte de Champagne à la main, les invités contemplaient l'homme évanoui avec un air à la fois gêné et alarmé. Du coin de l'œil, Bond vit le garde posté au pied de l'escalier s'avancer. Parfait. Le garde du corps était un collègue, peut-être même son chef. Il ne pouvait pas rester les bras croisés.

— Il était dehors et il s'est écroulé d'un coup, expliqua Bond. Je pense que c'est le cœur.

D'autres curieux arrivaient. Le garde du corps gisait, les bras en croix. Sans le léger soulèvement de sa poitrine, on l'aurait cru mort. Son collègue de l'escalier s'accroupit à côté de lui pour chercher son pouls. Prudemment, Bond s'écarta. Tout avait fonctionné à merveille. Non seulement il avait attiré l'attention, mais la foule formait maintenant un écran. Bond se faufila au travers et, sans hésiter, monta l'escalier en grimpant les marches quatre à quatre. En quelques secondes, il avait tourné un angle et disparu à la vue de tous. Son plan n'aurait pas pu mieux se dérouler.

Sin devait avoir un bureau ou conserver quelque chose de valeur à l'étage. Sinon pourquoi en aurait-il interdit l'accès ? Néanmoins, tout en s'engageant dans le couloir, Bond commença à s'interroger. Le rez-de-chaussée et le premier étage du Schloss Bronsart étaient totalement différents. Les salles où avait lieu la réception étaient d'un luxe effréné, somptueusement meublées dans le style fin de siècle germanique. L'étage du château, à l'inverse, semblait presque délabré, le papier mural portait des taches d'humidité et était décollé par endroits, les tapis élimés. Sin avait dit qu'il séjournait ici mais, dans ce cas, il n'avait rien fait pour rendre l'endroit agréable. C'était très bizarre. Cette partie du château était interdite, un espace privé qu'un garde était chargé de préserver. Préserver quoi, exactement ? Bond avait un aperçu de l'intimité du milliardaire coréen, or il n'y avait rien à voir.

Il poursuivit dans le couloir et tourna à un angle. Il arriva alors devant une série de tableaux, dans des cadres dorés, accrochés à intervalles réguliers, et il eut l'impression que ces peintures anciennes étaient déjà en place lorsque Sin avait acheté le château. Elles n'avaient pas été ajoutées par goût. C'étaient des œuvres des XVIIIe et XIXe siècles, pour la plupart des portraits de personnages – archiducs et margraves –, suffisamment riches de leur vivant pour les commander à des artistes, et depuis tombés dans l'oubli. Tous ses sens en alerte pour capter le moindre bruit ou mouvement, Bond mit un instant avant de s'apercevoir que quelque chose clochait. Mais quoi ? Tout à coup, il regarda les yeux des portraits et un malaise l'envahit. Sur tous les tableaux, les yeux avaient été délibérément brûlés avec une cigarette, ne laissant que des trous noirs. Incroyable acte de vandalisme, qui avait dû coûter des milliers de livres. Bond était persuadé que le responsable était Sin lui-même. Sinon pourquoi aurait-il laissé en place des portraits aussi sinistres et saccagés ? Qu'est-ce que cela signifiait ? Quelle sorte d'homme vandalisait des œuvres d'art dans sa propre maison ?

Il y avait d'innombrables portes susceptibles de conduire à un bureau, dont certaines étaient sans poignée, éraflées ou salies. Il en ouvrit une au hasard et découvrit une chambre au sol nu, vide à l'exception d'un étroit lit de fer avec des draps malpropres et quelques vêtements jetés sans soin ici et là. Cette fois encore, Bond ne douta pas qu'il s'agissait de la chambre de Sin. C'étaient des vêtements de luxe, similaires à ceux que le Coréen portait à Nürburg. Il dormait donc dans cette pièce. Mais pourquoi cette crasse ? On aurait plutôt cru une cellule de prison qu'une chambre, et le lit d'une personne était révélateur. De plus en plus curieux, se dit Bond. Pourtant il était certain qu'il n'allait pas rencontrer des lapins blancs. Encore moins un Chapelier fou. Il n'était pas au pays d'Alice mais dans celui de Sin. Si le Coréen dormait ici, où travaillait-il ? Bond eut la réponse en ouvrant la porte contiguë. C'était une grande pièce carrée donnant sur le devant du château, l'allée d'accès et, au-delà, le parking.

Inutile d'allumer la lumière. Les rideaux étaient ouverts et le clair de lune inondait la pièce. Le faisceau blanc tombait à l'oblique sur une horrible table en acajou verni dotée de gros pieds, le genre de tables sur lesquelles les militaires préparent leurs plans de guerre. Un siège simple au dossier incurvé se trouvait derrière. Au plafond était suspendu un lustre où manquaient de nombreuses pendeloques en cristal, et un mur s'ornait d'un miroir ancien, fêlé et ébréché. Un grand tapis recouvrait une bonne partie du plancher. Il avait l'air neuf. Mais c'est la table qui attira surtout l'attention de Bond. Si c'était là que travaillait Sin, celui-ci avait été très occupé. La surface était jonchée de documents, de photographies, de notes manuscrites, de dossiers. Bond ferma la porte derrière lui et fit un pas. Son pied était en l'air, à quelques centimètres au-dessus du tapis, lorsqu'il se figea, et revint en arrière. Pourquoi le tapis ? Il dissonait avec tout le reste de l'étage, comme s'il avait été placé là après coup, et par quelqu'un d'autre. Bond longea le mur en contournant le tapis. Voilà. C'était là. Un mince fil émergeait des franges et disparaissait dans un trou du plancher. Le tapis dissimulait une sorte de bouton d'alarme. Si Bond avait continué tout droit jusqu'au bureau, il aurait déclenché le mécanisme.

Il fit le tour et s'assit sur le siège. Là, il put avoir une idée précise des documents étalés sur la table. Presque tous étaient rédigés en coréen. Bond pesta contre lui-même de n'avoir pas demandé un appareil photo à la section Q avant de partir – le Minox A 111 ultraléger, avec sa mise au point rapprochée, aurait été parfait, surtout avec cet éclairage. Dommage. Bond examina quelques feuillets, en choisit plusieurs au hasard, les plia et les glissa dans sa poche. Ça pourrait toujours servir. Puis il s'intéressa aux photos.

Il ne savait pas ce qu'il cherchait. Au fond, c'était la pure curiosité – ajoutée à l'instinct qui guide tous les agents – qui l'avait conduit ici. Jason Sin était en lien avec le SMERSH, et c'était une raison suffisante pour fouiller son bureau. Mais Bond ne s'attendait pas à ce que montraient les clichés. En fait, rien ne pouvait détonner davantage avec ce château de conte de fées perdu au milieu d'une forêt teutonne.

Les photos représentaient une fusée à trois étages. Pas un missile, comme Bond l'avait d'abord cru. Une fusée. Plusieurs images de satellites, sans doute de communication, y étaient jointes. La fusée avait été photographiée sous différents angles, avant un lancement. Mais où ? Ni le ciel ni le portique ne donnait d'indication. Bond retourna les photos rapidement dans l'espoir d'y trouver un indice. Il savait que, dès l'instant où le garde du corps aurait repris connaissance et raconté sa mésaventure, on partirait à sa recherche. Les fusées étaient montrées à différentes étapes : avant le lancement, pendant, au moment où elles disparaissaient dans le ciel. Néanmoins, Sin s'intéressait visiblement à un seul type d'engin. Toutes les fusées avaient cette forme élancée, phallique, fascinante, qui rendait le monde de la recherche spatiale si passionnant aussi bien pour les scientifiques que pour les jeunes collégiens. Une photo montrait un groupe d'ingénieurs autour d'une charpente métallique carrée. Une structure de mise à feu mobile. Ils étaient vêtus de combinaisons et de casques, à l'exception de l'un d'eux, un peu à l'écart, qui portait une chemise de bûcheron. Des Américains. Bond en était certain.

Il examina une autre photo. Oui, c'était bien du matériel américain. S'il s'était agi d'un Spoutnik ou d'une Semiorka, il aurait reconnu la lourdeur caractéristique, l'inélégance des modèles soviétiques. Pourtant il y avait quelque chose d'étrange qui ne collait pas du tout avec l'image. Il avait sous les yeux une demi-fusée – la coiffe conique et le logement contenant le mécanisme de rotation, le moteur du troisième étage. L'ensemble était posé à plat dans une sorte de hangar, probablement aux dernières étapes de la construction, avant l'assemblage avec les deuxième et troisième étages, et le transport jusqu'au portique de lancement. Mais quelle était la bizarrerie qui avait retenu son attention ? On distinguait trois hommes à l'arrière-plan, tous en blouse blanche, l'un d'eux muni d'un bloc-notes. C'était ça ! Les trois hommes étaient légèrement flous, mais Bond aurait juré qu'ils étaient tous les trois coréens. Et cela n'avait aucun sens si, comme il le supposait, la photo avait été prise en Amérique. Était-il concevable que Sin construisît sa propre fusée spatiale ? Si oui, dans quel but, et que faisaient ces photos ici ? Un Coréen milliardaire possédant une entreprise de recrutement à New York. Le colonel Gaspanov. Le SMERSH. Le Nürburgring. Bond avait beau examiner les quatre pièces du puzzle, elles ne s'imbriquaient pas ensemble.

Une dernière photo retint son regard. La même fusée, dressée à la verticale, mais cette fois photographiée de loin. On discernait nettement une longue bande côtière, des vagues roulant sur un rivage rocheux, quelques bâtisses éparpillées peintes en blanc, un paysage de brousse. De l'eau de part et d'autre. Une île. Une base de lancement. Le paysage lui rappelait vaguement quelque chose, mais avant qu'il eût pu savoir quoi, Bond entendit des pas dans le couloir et, quelques secondes plus tard, la poignée de la porte tourna.

Bond avait déjà reculé vers la seule cachette qu'offrait la pièce : les rideaux. Un bref instant, cela lui rappela son enfance. L'image d'un petit garçon, qui rêvait déjà de devenir un espion, surpris dans le bureau de son père en train de fouiller au milieu de lettres incompréhensibles de Vickers Aviation à la recherche d'armes de pointe. En le découvrant, son père avait ri, mais Bond ne pensait pas recevoir le même accueil bienveillant ici. Il entendit la porte s'ouvrir puis se fermer. Il avait conscience d'une présence dans la pièce.

Il risqua un coup d'œil au bord de l'épais rideau. Il s'attendait à voir Sin ou l'un de ses hommes. Or c'était la fille à la migraine. La journaliste qui n'était pas journaliste s'était faufilée dans la pièce en entrebâillant la porte et l'avait refermée très doucement derrière elle. Elle n'avait pas allumé les lumières.

Elle s'immobilisa un instant, s'assurant qu'elle était seule, puis avança vers la table et commença à passer en revue les photos et autres documents que Bond venait lui-même d'examiner un instant plus tôt.

Il écarta le rideau et se montra. La fille ouvrit des yeux exorbités, pétrifiée comme un criminel pris en flagrant délit, une photo dans une main. Bond vit l'éclat de peur dans son regard, bientôt remplacé par le défi et la colère.

— Que faites-vous ici ? lança-t-elle.

— Je n'ai pas le temps d'expliquer. Vous avez déclenché l'alarme.

Elle regarda autour d'elle sans comprendre.

— Vous êtes dessus, dit Bond. Nous devons filer tout de suite. Nous discuterons plus tard.

Il rafla en vitesse une vingtaine de clichés et les fourra dans sa poche intérieure. Inutile de couvrir ses traces. Grâce à cette fille, Sin comprendrait que Bond était venu ici et avait emporté des photos. Sa seule chance était de quitter le Schloss Bronsart... ou du moins de regagner la réception. Sin n'oserait certainement pas tenter quoi que ce fût dans une salle bondée de coureurs automobiles du circuit international, d'officiels locaux, de journalistes (des vrais), et d'amis. Ou peut-être que si. Bond connaissait une dizaine de façons de mettre discrètement quelqu'un hors service au milieu d'une foule. La prise du dormeur, la prise d'étranglement, les armes à silencieux, les injections. Il n'avait rencontré Sin que quelques minutes néanmoins il se méfiait de lui. Le décor nu de sa chambre, les portraits du couloir aux yeux brûlés l'avaient impressionné. Tout à coup, non seulement il n'avait plus envie de rester une seconde de plus dans le château mais il voulait s'en éloigner le plus possible.

Par chance, la fille ne chercha pas à discuter. Elle était furieuse contre elle-même. D'une certaine manière, ça la rendait plus désirable – bien que le moment fût mal choisi pour avoir ce genre de pensée. Bond passa rapidement devant elle et ouvrit la porte. Il n'y avait encore personne dans le couloir, toutefois on entendait des pas précipités dans l'escalier.

— Par ici, dit Bond.

Ils s'élancèrent dans la direction opposée. Bond envisageait déjà les options possibles. Le système de sécurité ayant été violé, Sin allait mettre en place un cordon de protection autour du château. Rien de plus facile. Il n'existait en effet qu'une seule voie d'accès : la chaussée qui reliait l'île à la rive du lac. Il y aurait des gardes à l'entrée, sur les escaliers, et d'autres à l'extérieur. Sin avait tout intérêt à tenir les intrus éloignés de ses invités, ce qui ne devrait lui poser aucun problème. Il prenait déjà peut-être les devants. Un petit speech suffirait. « Mesdames et messieurs, par ici s'il vous plaît… » Il s'adresserait à eux sous la galerie des musiciens, dans la grande salle, tandis que ses sbires poursuivraient Bond et la fille à l'étage. Y avait-il un deuxième escalier ? Bond n'avait pas réussi à le trouver, pourtant il devait sûrement en exister un quelque part. Serait-il gardé ? Sans aucun doute.

Ils dépassèrent les portraits aux yeux troués, d'autres portes fermées, et débouchèrent devant un couloir qui partait à gauche et à droite. Bond entendit les hommes de Sin arriver derrière eux et ouvrir une porte – peut-être celle du bureau. Quelqu'un cria quelque chose en allemand. Bond regarda la fille, juste derrière lui. Elle avait enlevé ses chaussures à hauts talons pour se déplacer plus silencieusement, et surtout plus vite. Une fente sur le côté de sa robe dévoilait sa jambe lorsqu'elle courait. Qui était-elle ? Que faisait-elle ici ? Bond maudissait sa maladresse qui les avait trahis.

Pour l'instant ils étaient encore seuls, mais la situation changerait dès que les hommes de Sin, découvrant le bureau vide, se déploieraient pour se lancer à leur poursuite. Ils étaient maintenant arrivés devant un petit corridor avec des fenêtres de chaque côté. Vraisemblablement le passage qui reliait le château à la tour. Au bout, un escalier en colimaçon, une sorte de tire-bouchon, n'offrait qu'une seule alternative : monter ou descendre. Bond tenta de se rappeler la disposition du château. S'il descendait, parviendrait-il à atteindre le débarcadère ? Et, si oui, aurait-il une chance de trouver un bateau quelconque ?

Une hypothèse vaine et illusoire. De toute façon, cette éventualité se trouva anéantie plusieurs secondes plus tard quand il entendit une porte s'ouvrir quelque part en dessous. La voie était gardée. Derrière eux, le passage était toujours désert mais il n'était pas question de faire demi-tour. Ne restait qu'une option, et Bond se dit qu'il aurait dû la choisir dès le départ. N'était-ce pas une règle de base ? Quand on est acculé, choisir la sortie la moins probable.

Il fallait monter. Il ne demanda pas son avis à la fille. Le temps pressait et, d'ailleurs, il n'était pas responsable d'elle. Qui qu'elle fût, elle était assez grande pour veiller sur elle-même. En fait, elle lui emboîta le pas. Sans doute avait-elle abouti à la même conclusion que lui. Il n'y avait pas le choix.

L'escalier en colimaçon occupait presque tout l'espace de la tour, à l'exception de quelques alcôves et niches sur les côtés. Les parois étaient en brique nue, percées de fentes en guise de fenêtres, qui laissaient entrevoir le ciel nocturne. De là, on n'avait aucun moyen de retourner à l'intérieur du château. À supposer qu'ils trouvent un endroit pour se cacher, cela ne les avancerait guère. Les hommes de Sin allaient systématiquement fouiller le moindre centimètre carré de la place, et ils les débusqueraient inévitablement. Ils dépassèrent le troisième étage et continuèrent. Enfin ils atteignirent une porte en bois massif, verrouillée. Bond recula d'un pas et lança son pied en avant de toutes ses forces. Le verrou céda au second coup. Ils sortirent dans la brise nocturne.

Ils se trouvaient au sommet de la tour, piégés dans un espace circulaire bordé par un muret et, trois étages ou cinquante mètres plus bas, cernés par le lac. C'était haut, mais Bond se souvenait de la remarque de Sin. « Le lac est très froid et très profond. » C'était cette seconde partie de l'équation qui allait lui être utile maintenant. Il savait déjà qu'il devrait sauter. D'où il était, il voyait la jetée et l'entrée principale. Comme il l'avait anticipé, plusieurs gardes avaient pris position dehors, mais deux éléments jouaient en sa faveur. Tout d'abord, ils surveillaient la sortie du château. Aucun d'eux ne levait les yeux ni ne regardait le lac. Ensuite, l'orchestre continuait de jouer. Bond entendait la musique s'échapper dans la nuit. Sin avait commis une erreur fatale. Si Bond parvenait à entrer en contact avec l'eau sans faire trop d'éclaboussures, il avait toutes les chances qu'on ne l'entendît pas.

Il s'approcha du bord. Près de lui, la fille comprit son intention.

— N'y comptez pas, dit-elle. C'est trop haut pour moi.

— Comment vous appelez-vous ?

Elle hésita une fraction de seconde avant de répondre.

— Jeopardy. Jeopardy Lane.

Bond hocha la tête. Cette fois, elle disait la vérité.

— Très bien, Jeopardy. Le choix est simple. Soit vous venez avec moi, soit vous vous débrouillez seule.

— Vous ne pouvez pas me laisser ici !

— Je peux et je vais le faire. J'ai été ravi de vous rencontrer. J'espère que ça fera un bon sujet d'article pour votre magazine, mais je vous conseille de vous renseigner un peu mieux sur la course automobile.

Il lui tourna le dos et monta sur le muret. Jeopardy avait raison, ça faisait un joli saut. Sous le clair de lune, la surface du lac ressemblait à de l'acier poli.

— Attendez-moi, espèce de brute, dit Jeopardy.

Bond tourna la tête. La fille s'était avancée. Ils se tenaient tous les deux sur le bord. Si elle avait peur, elle ne le montrait pas. Elle semblait plutôt en colère contre lui, comme s'il était fautif.

— Après vous, dit Bond.

— Et puis zut ! grommela Jeopardy.

Ils sautèrent d'un même élan. Bond eut la sensation d'une soudaine bouffée d'air, et l'immensité du lac emplit son champ de vision. Il allait y pénétrer les pieds en premier. Pas question de tenter un plongeon. Mais il s'efforça de donner à son corps le profil le plus aérodynamique possible, les jambes bien droites et les mains au-dessus de la tête, de façon à fendre l'eau proprement, comme une lame. C'était seulement maintenant, donc trop tard, que l'idée lui traversa l'esprit que Sin avait pu se tromper et que le lac était peut-être moins profond qu'annoncé. Il risquait d'y avoir des pierres, des débris divers dissimulés sous la surface. Auquel cas, il courait le danger de se briser les jambes. Ou pire. Combien de temps durent trois secondes ? Un cauchemar de souffrances hypothétiques et variées défila devant ses yeux pendant la chute interminable, et lorsque celle-ci prit fin brutalement, avec le choc de l'impact, ses pieds transpercèrent le miroir noir et y forèrent un trou pour son corps. Il s'enfonça loin, très loin, dans une obscurité absolue, compacte, et un froid comparable à celui de la mort. Il avait retenu son souffle mais l'air gicla presque hors de lui. Le lac pouvait effectivement mesurer trois cents mètres de profondeur, alimenté par la fonte de glaciers vieux d'un million d'années. Son emprise était mortelle. Le corps de Bond était en état de choc, son cœur battait à tout rompre, ses poumons se rétrécissaient, chaque muscle, chaque nerf hurlait d'indignation. Montait-il ou sombrait-il ? Il ne sentait rien. Il n'était même pas certain d'être conscient.

Enfin il eut la sensation de s'immobiliser, de rester en suspens. Il donna une ruade et poussa sur ses bras. Sa veste et sa chemise se gonflèrent autour de lui comme un ballon. Il avait besoin de respirer. Encore quelques secondes et il aspirerait de l'eau involontairement. Il poussa encore et, soudain, il émergea à l'air libre. Des échardes d'eau ruisselèrent sur son visage. La lumière de la lune l'aveugla. Il dut se retenir de barboter, s'appliquer à ne faire aucun bruit. Si l'un ou l'autre des hommes de Sin les entendait, ils seraient repêchés comme des poissons dans un filet. Il pivota sur lui-même. Jeopardy avait elle aussi refait surface. Sous ses courts cheveux blonds plaqués sur son crâne comme un bonnet de bain, ses yeux paraissaient extraordinairement grands. Hormis sa respiration saccadée, elle était silencieuse. Quelqu'un les avait-il entendus ? Aperçus ? Pendant plusieurs secondes, Bond fit du sur-place dans l'eau, conscient du gouffre effrayant qui s'ouvrait sous ses pieds. Apparemment, personne n'avait rien remarqué. Il fit signe à Jeopardy et, ensemble, ils commencèrent à nager, lentement, en s'éloignant de l'entrée et de la chaussée d'accès où les hommes de Sin montaient la garde. À chaque brasse, Bond creusait un peu plus la distance entre lui et le château, et cette seule pensée l'aiguillonnait.

Le froid l'engourdissait, paralysait ses muscles. C'était comme si le lac, ayant échoué à le tuer une première fois, s'acharnait à y parvenir d'une autre manière. Il ne sentait plus ni ses doigts ni ses mains, ses dents claquaient comme des castagnettes. D'abord, il eut l'impression que la rive refusait de se rapprocher. Jeopardy luttait pour se maintenir à sa hauteur et Bond songea qu'elle aurait dû enlever sa robe avant de sauter. Le tissu la freinait, l'aspirait vers le bas. Mais il n'avait aucun moyen de l'aider. Il se concentra sur ses propres mouvements. À cette température, on pouvait survivre cinq ou six minutes. Pas plus.

Après ce qui lui parut une éternité, ils atteignirent enfin la rive du lac derrière le château et sortirent de l'eau. En jetant un regard en arrière, Bond aperçut l'éclat des lustres derrière les fenêtres et il imagina les invités en train de festoyer, abreuvés de Champagne, ignorants de ce qui se passait non loin d'eux. Un peu plus tôt, Bond se trouvait parmi eux. À présent il était là, grelottant de froid à la lisière de la forêt. Il tendit la main pour aider Jeopardy à se relever. Des gouttes d'eau pareilles à du mercure dans le clair de lune s'accrochaient à son visage et à son cou. Elle tremblait sans pouvoir se contrôler.

— Comment êtes-vous arrivée ? lui demanda Bond. Vous avez une voiture ?

— Non. Taxi. Mon sac...

Elle esquissa un geste saccadé en direction du château. La musique flottait toujours sur le lac, comme pour les narguer.

— Cela ne fait rien. On prend la mienne.

La clé était logée sur la roue avant de la voiture, précaution qu'il prenait toujours machinalement. Les photos étaient dans sa poche de veste. Avec un peu de chance, elles ne seraient pas trop abîmées. Il vérifierait plus tard.

— Passons par la forêt. Je ne pense pas qu'on nous cherchera là. Logiquement, ils nous croient à l'intérieur.

Ils cheminèrent donc à travers bois pour rejoindre le parking. Bond attendit qu'un couple venu par la chaussée fût monté dans sa voiture et eût démarré pour se faufiler jusqu'à la Bentley. Il trouva sa clé et déverrouilla les portes. Jeopardy se glissa sur le siège avant et ferma sa portière sans bruit. Bond se mit au volant et alluma le chauffage à plein régime. L'eau gouttait sur les sièges gris.

— Dans quel hôtel êtes-vous descendue ?

— Je suis arrivée directement de Cologne. Un taxi devait venir me chercher ici à minuit.

— Je crains que vous ne manquiez votre taxi, et je ne pense pas que vous puissiez vous montrer à Cologne dans cette tenue.

— Je n'ai plus mon sac, pas d'argent, et nulle part où aller.

— Alors je vous emmène avec moi. J'ai une chambre dans un hôtel de Nürburg.

Elle hocha la tête mais son visage était sans expression.

— Qui êtes-vous ? demanda-t-elle. Que faisiez-vous dans cette pièce du château ?

— J'allais vous poser la même question. (Elle tourna la tête et Bond eut pitié d'elle.) Nous verrons ça demain matin. C'est à une demi-heure de route. Vous vous sentirez mieux après un bon bain. Et nous demanderons deux verres de cognac au concierge.

La Bentley démarra et s'enfonça dans la nuit. Le Schloss Bronsart apparut une dernière fois dans le rétroviseur. Bond était heureux de le laisser loin derrière lui.

X

TIREZ UNE CARTE

Un silence pesant s'installa dans la pièce, comme un hôte indésirable.

Jason Sin, toujours en smoking, venait de parler au téléphone pendant plusieurs minutes. Il posa le récepteur et jeta un regard sombre aux photos étalées sur la table. Trois hommes, des Allemands, se tenaient face à lui, le visage impénétrable. Ils ne parlaient que lorsqu'on leur adressait la parole. C'étaient ses gardes du corps, et ils savaient très bien ce qui allait se passer. Un quatrième homme était avachi sur un siège en face de Sin, le regard baissé. C'était le garde que Bond avait attaqué devant le château. On lui avait ôté son arme. Sa veste pendait mollement.

— C'est très regrettable, dit Sin, qui semblait avoir mis plusieurs minutes pour choisir la formule appropriée.

Il enleva ses lunettes cerclées de métal et les posa sur la table. Les yeux bruns, dans le visage olivâtre, n'exprimaient ni la colère ni la déception. Ils n'exprimaient rien.

— Apparemment, une demi-douzaine de photos ont été dérobées. Il est difficile de dire si le cambrioleur savait ce qu'il cherchait, mais je pencherais pour un vol opportuniste. Il manque aussi certains documents, heureusement sans valeur.

Il parlait en anglais, non en allemand, et même si les quatre hommes l'écoutaient intensément, il n'était pas certain qu'ils le comprennent parfaitement. C'était sans importance. Sin réfléchissait à voix haute.

— Le risque était que mes associés considèrent tout l'opération compromise. Heureusement, j'ai réussi à les persuader du contraire.

Il marqua une pause avant de reprendre :

— Vous m'avez salement laissé tomber, Herr Luther. Vous me décevez beaucoup.

Luther était l'homme affalé sur la chaise. Il hocha lentement la tête. Après les dommages que lui avait infligés Bond, il aurait été incapable de répondre autrement. Une vilaine marque violette lui encerclait le cou, et il tenait un bras plié contre lui. Malgré cela, une lueur de défi luisait encore dans son regard bleu. Bond avait deviné juste. Le Sauer 38 H était un souvenir de la Luftwaffe, et Luther avait servi avec le grade de commandant dans l'un des sept *Feld-Regimenter*. Il s'était battu contre les Soviétiques sur le front de l'Est. C'était un survivant.

— Je vous comprends très bien, *mein Herr*, dit-il.

— Je ne sais vraiment pas par où commencer, poursuivit Sin. En tant que chef de la sécurité, à la fois dans ce château et dans toutes mes autres affaires en Allemagne, il était de votre responsabilité, au minimum, de vérifier les noms des invités à la réception de ce soir.

— C'étaient des invitations informelles. De nombreux invités sont arrivés avec des amis. On ne m'a jamais transmis une liste complète des noms.

— Peut-être. Mais vous auriez dû la demander. De toute façon, cet homme... Bond, était là sous son nom.

Une minuscule ride de colère se dessina au-dessus d'un sourcil de Sin, tandis que le reste de son visage demeurait imperturbable.

— Il se trouve que ce James Bond est bien connu de mes collègues de Moscou. C'est un agent éminent des services secrets britanniques. Il a sans doute été envoyé ici pour protéger le coureur automobile, Lancy Smith. Ce n'est pas un hasard s'il a été impliqué dans le supposé accident du Nürburgring. Je suppose qu'il m'a aperçu avec Gaspanov.

Là encore, Sin continua sa réflexion pour lui-même :

— Je l'ai averti, pourtant. Je lui ai dit qu'il faisait une erreur en m'obligeant à le rencontrer ici. Il ne m'a pas écouté, évidemment. L'ennui c'est que cette organisation commet beaucoup trop d'erreurs. Et donc, Gaspanov refuse de déléguer. Il tient à tout contrôler lui-même. Un coup de téléphone aurait suffi. Il voulait veiller à ce que tout se passe selon son plan. Et voilà le résultat ! Nous avons attiré l'attention, et maintenant nous avons un agent du service de renseignements britannique sur le dos.

Sin baissa de nouveau les yeux sur l'homme assis devant lui, et son regard étincela.

— Voilà pourquoi nous devons être extrêmement prudents, Herr Luther. Ne commettre aucune erreur de notre côté. Or vous avez agi comme un véritable amateur. Que faisiez-vous dehors ?

— Je suis sorti quelques minutes, répondit Luther.

— C'est de l'abandon de poste. Je ne vous ai jamais donné la permission de sortir. Votre place est près de moi. On aurait pu m'attaquer pendant que vous respiriez tranquillement l'air du soir. C'est ce qui a permis à Bond de vous surprendre, de vous assommer et de vous utiliser comme diversion.

— Je n'ai pas vu mon agresseur. On ne peut pas certifier que ce soit Bond.

— Je vous en prie, Herr Luther. N'insultez pas mon intelligence. Qui d'autre cela pourrait-il être ?

Sin passa sa langue sur ses lèvres minces. Il y avait quelque chose d'obscène dans ce geste. On aurait dit une petite lame grise découpant une fente dans la chair.

— Bond vous a traîné jusque dans le hall et, aussitôt, votre collègue chargé de surveiller l'escalier a lui aussi abandonné son poste.

L'un des trois hommes se raidit, sans rien dire.

Luther s'apprêtait à répliquer. Sin leva une main.

— Je termine. Il n'y avait aucune surveillance dans le couloir du premier étage. La porte de cette pièce n'était pas fermée à clé, malgré la présence de matériel sensible, laissé ici bien en évidence après mon entrevue avec Gaspanov ! *Shi bai kepu seck yi !* (Sin utilisa l'un des jurons les plus grossiers de sa langue.) Aucune mesure de sécurité n'a été respectée.

— Le bouton d'alarme était activé.

— Trop faible, et trop tard. Le temps que nos hommes arrivent dans la pièce – et ils auraient mis moins de temps s'ils n'avaient pas été occupés avec vous –, Bond avait disparu. Et pour clore cette succession d'erreurs désastreuses, vous n'avez pas été capables de le retrouver. Avez-vous la moindre idée de l'endroit où il est maintenant ?

— Sans doute pas dans le château.

— Lamentable. Absolument lamentable.

— Ça ne s'est jamais produit avant, *mein Herr*. (Le chef de la sécurité savait ce que ses paroles avaient de stérile mais il s'enferra.) Ça ne se reproduira plus.

— Cela, au moins, c'est une certitude.

Jason Sin remit ses lunettes, puis il sortit de sa poche intérieure un jeu de cartes. En le voyant, Luther déglutit péniblement. Son visage devint livide. Sin fit de la place sur la table et disposa les cartes, dos vers le haut. Elles étaient magnifiques, chacune décorée d'une image d'oiseau, d'arbre et de fleur, peinte dans un style oriental.

— Vous m'avez déjà entendu parler des *Hwa-t'u*, poursuivit Sin. Ce sont des cartes à jouer très populaires en Corée. J'ai souvent joué avec, étant enfant. *Hwa-t'u* signifie « cartes fleuries ». Comme vous le voyez, il y en a quarante-huit. Elles se répartissent en quatre séries, chacune avec une image différente et représentant les douze mois de l'année. En Corée, elles servent pour jouer au *Godori*. Ces cartes-ci sont personnalisées. Je les ai fait décorer selon mes besoins et, comme vous en avez certainement conscience, Herr Luther, je ne compte pas jouer avec vous. Ces cartes vont décider de la manière dont vous allez mourir.

— Je vous en prie...

Avant que Luther eût le temps d'en dire davantage, Sin leva la main.

— Ne parlez pas. Ne tentez aucun geste irréfléchi. Je suis armé. Vos trois anciens collègues sont derrière vous. Essayons d'en finir avec dignité. Ce sera mieux pour vous.

Sin adopta une posture de grand prêtre, de diseur de bonne aventure.

— Il n'existe rien de plus hasardeux ni de plus certain que la mort, proféra-t-il. Je mourrai. Vous mourrez. La seule question, et elle est de taille, c'est de savoir quand et comment. Je connais la mort, Herr Luther. Je l'ai affrontée d'une manière dont peu de gens peuvent témoigner, et ces questions sont devenues une sorte d'obsession pour moi. Quand et comment. Tel est le grand pouvoir de la mort. Ce qui la rend si terrifiante. Et j'ai pris ce pouvoir à mon compte.

» Là, devant vous, il y a quarante-huit façons de mourir. Elles sont imprimées au verso de ces cartes. Certaines exigent votre coopération. Il peut vous être demandé d'avaler du poison ou de vous ouvrir les veines. D'autres sont rapides et sans douleur. Il y a la carte de la décapitation – compliquée mais théâtrale –, et aussi la balle dans la tête. Certaines sont longues et déplaisantes. Il y a un mois, en Amérique, nous avons torturé un homme à mort, et cela a duré plusieurs jours. Dans votre cas, vous pourriez être électrocuté ou noyé. Croyez-moi, je n'ai aucune préférence. Je n'ai aucune idée malveillante à votre égard. Je vous punis parce que vous avez besoin d'être puni mais, en ce qui me concerne, cela me laisse indifférent.

Luther respirait bruyamment. Il regardait fixement le dos coloré des cartes avec horreur, comme s'il n'avait jamais rien vu de plus immonde.

— Tirez une carte, ordonna Sin.

Luther ne fit pas un geste.

— Je vous en supplie, monsieur, je travaille pour vous depuis six ans. Je vous ai toujours obéi.

— Ne m'obligez pas à choisir pour vous, Luther. Car cela me mettrait en colère et je vous assure que je choisirais la pire des morts. Mais j'ai peut-être oublié un détail... Je vous ai laissé une minuscule chance. J'ai dit qu'il y avait quarante-huit cartes, or quarante-cinq seulement portent une méthode d'exécution. Trois cartes sont vierges. Si vous tirez l'une d'elles, nous oublierons cette désagréable histoire et n'en parlerons plus. Une chance sur seize, donc. C'est peu, mais mieux que rien. Vous avez trente secondes pour faire votre choix.

Luther paraissait incapable de se décider. Son torse se soulevait, son regard était fixé sur les rangées de cartes colorées comme s'il cherchait à voir au travers. Personne ne parlait. Il n'y avait pas d'horloge dans la pièce. Seuls les battements de cœur égrenaient les secondes. Juste avant la limite, presque sans réfléchir, Luther tendit la main et retourna une carte au centre du jeu. Elle n'était pas vierge. Deux mots étaient inscrits en majuscules.

PENDEZ-VOUS

Luther se jeta en avant, les mains tendues vers Sin, mais les trois hommes derrière lui avaient prévu sa réaction. Ils l'empoignèrent, et Sin s'écarta de la table.

— Nous allons avoir besoin d'une corde, dit-il.

Deux des gardes continuèrent de tenir leur ancien collègue, tandis que le troisième quittait la pièce et descendait au débarcadère chercher ce qu'il fallait. Il revint quelques minutes plus tard avec une des grosses cordes tachées de graisse utilisées pour amarrer les bateaux. Sin leva les yeux au plafond. Une simple poutre en bois massif vieille de deux cents ans courait sur toute la largeur de la pièce. Il prit la chaise et la plaça sous la poutre.

— Je refuse ! siffla Luther.

Son visage était blanc. Il oscillait sur ses jambes.

— C'est de la folie !

Il s'adressa à ses collègues et leur parla rapidement en allemand. Ils détournèrent la tête comme s'ils ne l'avaient pas entendu. Luther revint vers Sin et l'implora, les yeux pleins de larmes.

— Herr Sin... Ce n'est pas ma faute... ce qui s'est passé ce soir. Nous sommes tous responsables. Je vous en supplie, monsieur. J'ai une femme et deux fils. Pitié...

— Ai-je l'air de vouloir changer d'avis ? l'interrompit Sin. Il est tard et j'ai sommeil. À votre place, j'en terminerais vite. Vous auriez pu tirer une carte bien plus pénible et, si vous ne jouez pas le jeu, vous le regretterez. Finissons-en. Vous connaissez le principe. Il suffit de faire un nœud.

— Non.

— Si vous refusez, je ferai venir votre femme et vos enfants ici. Et vous les verrez mourir en premier.

Luther était secoué de tremblements.

— Je ne sais pas comment…

— Ce n'est pas difficile. N'importe quel nœud fera l'affaire. Il faut juste y passer votre tête.

Il y a un moment où un soldat sait que son heure est venue, lorsqu'il est dans une situation sans issue, quand il a été blessé et comprend que l'hémorragie ne pourra s'arrêter. Luther était face à ce moment. Son visage parut se creuser. Les deux gardes le sentirent, et ils le lâchèrent. Le troisième sortit son arme et se plaça dans un bon angle de tir. Luther prit la corde. Elle pendait mollement entre ses doigts, comme une chose morte. Il la regarda avec des yeux vides puis, en quelques mouvements saccadés, il forma un nœud, en laissant un anneau assez large pour sa tête. Ensuite il se hissa sur la chaise et attacha l'autre extrémité de la corde à la poutre.

— Herr Sin, direz-vous à ma femme et à mes enfants que…

Il se tourna vers le Coréen. La corde qui allait le tuer encadrait son visage.

— Je leur dirai que vous êtes mort dans un accident. Ni plus ni moins. Quel âge ont vos fils ?

— Neuf et quatorze ans.

— C'est jeune pour perdre un père. Allons-y, à présent…

Luther passa sa tête dans la corde. Il chercha quelques mots à dire, les mots de la fin, mais ne les trouva pas. Faiblement, il fit tourner ses jambes pour pousser la chaise. Celle-ci refusa de bouger. Il essaya encore. La chaise bascula. Son corps tomba lourdement.

Sin revint à la table et ramassa les cartes. Il les tapota pour en faire un paquet bien droit et les remit dans leur boîte. Après quoi il s'adressa au garde allemand qui avait sorti son arme. C'était le plus jeune des trois. Il avait l'air horrifié.

— Votre nom ? demanda Sin.

— Artmann, *mein Herr*.

— C'est bien, Artmann. Vous avez une promotion. Vous reprendrez les responsabilités de Luther. Commencez par vous débarrasser du corps dans le lac. Et assurez-vous qu'il soit bien lesté.

— *Jawohl, mein Herr*.

— Bonne nuit.

Sin remit le paquet de cartes dans sa poche et quitta la pièce.

XI

JEOPARDY

Jeopardy Lane sortit de la salle de bains, une serviette nouée sous les bras. Elle avait repris des couleurs mais il y avait de la méfiance dans son regard.
— Vous avez une cigarette ?
— Servez-vous, répondit Bond.
Le paquet était sur la table. Ainsi qu'une bouteille de cognac *Asbach Uralt* que Bond avait persuadé le portier de nuit de prendre dans le bar. Pas du cognac, du *Weinbrand*. Du brandy. À la fin de la Première Guerre mondiale, qui avait fait plus de dix millions de morts et laissé un monde en total besoin de reconstruction, les Français avaient exigé l'usage exclusif de l'appellation Cognac. Bond avait rempli deux grands verres et les avait bus pendant que Jeopardy était sous la douche. Il lui en servit un autre alors qu'elle prenait une cigarette.

La chambre était mansardée. Les toits de l'hôtel étaient très pentus et les fenêtres à volets de bois donnaient sur la campagne vallonnée et les montagnes de l'Eifel. Il y régnait l'ambiance désuète et douillette des chalets tyroliens. Bond brûlait d'impatience d'en partir. Il s'était déjà douché et changé. Il comptait prendre la route sitôt après le petit déjeuner. Ses vêtements mouillés séchaient dans la salle de bains et sa valise attendait près de la porte. Il était deux heures du matin. Sur la cheminée, une pendule particulièrement laide, avec une vache peinte sur le cadran, indiquait l'heure. Bond et Jeopardy allaient passer ce qui restait de la nuit ensemble ici. Il l'avait clairement annoncé dans la voiture en revenant du château. Ils étaient hors de danger. Il y avait peu de risques que Sin tente de les poursuivre à Nürburg, et même s'il essayait, il aurait du mal à les trouver. Bond avait donné cinq cents deutschemarks au portier de nuit avec pour instructions d'assurer que Mr Bond n'était pas à l'hôtel, et de le prévenir si on l'interrogeait. Par ailleurs, il était plus raisonnable pour Jeopardy de s'attarder avec lui. Elle n'avait pas de point de chute à Nürburg, pas d'argent, pas de vêtements. Absolument rien. Et Bond ne voulait pas la perdre de vue tant qu'elle n'aurait pas répondu à ses questions.

Mais il ne réussit même pas à entamer l'interrogatoire. Elle alluma la cigarette, ferma le briquet d'un claquement sec, puis se tourna vers lui d'un air furieux.

— Si vous croyez que je vais coucher avec vous, vous faites erreur.

— Ça ne m'a même pas traversé l'esprit, mentit Bond.

— Je n'arrive pas à croire que je vous aie laissé m'entraîner là-dedans. Je n'avais pas les idées claires. Qu'est-ce qui vous a pris ? Vous êtes devenu fou ? Fuir comme ça. Et la tour ! Vous avez failli me tuer.

— De quoi parlez-vous ?

— Vous le savez très bien, espèce de cinglé. (Elle vida la moitié de son verre d'un trait.) Je ne sais pas qui vous êtes, monsieur Bond. Certainement pas un pilote de course, en tout cas.

— Pas plus que vous n'êtes journaliste.

Elle ne releva pas sa remarque.

— Vous êtes peut-être un escroc. C'est à ça que vous ressemblez, malgré votre belle voiture. J'ignore quel genre d'affaires vous faisiez avec Jason Sin, mais nous aurions très bien pu discuter avec lui pour sortir de ce bureau. Il suffisait de dire que nous nous étions égarés. Que nous avions voulu jeter un coup d'œil dans le château. Et alors ? Même si ça lui avait déplu, quel mal pouvait-il nous faire ? Appeler la police ? Je ne sais pas pour vous, mais moi ça m'aurait convenu. Au lieu de ça, nous avons cavalé dans les couloirs, grimpé en haut de cette fichue tour, et manqué de nous briser le cou en sautant dans le lac. Si j'avais réfléchi cinq secondes, j'aurais tourné les talons et tenté ma chance avec Sin. J'ai perdu mon sac, mon argent, j'ai raté mon taxi, et maintenant je suis coincée ici avec vous.

— Vous n'êtes pas coincée avec moi, Jeopardy. Un mot de plus, et je vous jette dehors. On verra si vous trouvez une chambre ailleurs. (Il la toisa d'un regard froid.) D'abord, Sin n'aurait pas cherché à nous poser des questions sur les raisons de notre présence dans son bureau. Pas plus qu'il n'aurait appelé la police. C'est un homme extrêmement dangereux. Vous avez remarqué les portraits dans le couloir avec les yeux brûlés ? C'est une indication, non ? Ce type se terre dans un château au milieu d'un lac, gardé par un service de sécurité. Vous vouliez vraiment vous fier à lui ?

— Sin est juste un milliardaire...

— Épargnez-moi ces bobards. Vous n'avez rien à voir avec le monde des courses automobiles. Je vous ai vue essayer d'amadouer le garde au pied de l'escalier pour qu'il vous laisse monter. J'imagine que vous m'avez suivi une fois la voie libre. Alors commencez par me dire pourquoi vous étiez là-bas et ce que vous cherchiez.

— Je ne vous dirai rien, s'entêta Jeopardy d'un air renfrogné, qu'il trouva ravissant. Il faut que je téléphone à New York.

— Vous n'aurez pas de ligne cette nuit.

— Demain matin, alors. (Elle marqua un long silence, but une gorgée de brandy.) Vous en êtes un ?

— Un quoi ?

— Escroc.

— Non. Je suis une sorte de… d'enquêteur. Je travaille pour des gens que Sin va sûrement intéresser.

La veste de Bond séchait sur un cintre dans la salle de bains. Il avait sorti les photos de sa poche et les avait soigneusement étalées sur le radiateur. Inévitablement, l'eau les avait endommagées, mais à mesure qu'elles séchaient, on distinguait mieux l'image. Il en prit une et examina à nouveau le rivage côtier, les bâtiments blancs, la fusée sur son portique.

— Je suppose que cela ne vous évoque rien ? demanda-t-il en montrant la photo à Jeopardy.

— C'est une base de lancement, j'imagine.

— Ça, je l'aurais deviné tout seul. Avez-vous une idée de l'endroit ?

— Non.

Cette fois, c'était elle qui mentait. Bond en était certain. Mais jusqu'à quel point pouvait-il lui parler ? Comment la convaincre de lui faire confiance ? Soudain, il se sentit fatigué. La soirée avait été rude et, demain, une longue route l'attendait.

— J'ai besoin de sommeil, dit-il. Prenez le lit, je dormirai sur le canapé. Inutile de vous inquiéter. Je ne vous sauterai pas dessus.

— Je n'en doute pas. Ce n'est pas votre genre.

C'étaient les premières paroles conciliantes qu'elle prononçait.

Bond sortit une couverture de l'armoire et l'installa sur le canapé. Pendant ce temps, Jeopardy se délesta discrètement de la serviette de bain et se glissa dans le lit. Lorsqu'il se retourna, seuls sa tête et ses bras étaient visibles. Elle avait tiré le drap jusque sous son menton et serrait le bord comme pour en interdire l'accès. Avec ses cheveux courts, son nez légèrement retroussé et sa peau très pâle dans le clair de lune, elle évoqua à Bond une nonne passant sa première nuit au couvent, terrifiée par les mains baladeuses de la mère supérieure.

Quelque chose en lui se contint. Il n'avait jamais dormi ainsi, en tout cas pas avec une fille aussi séduisante que Jeopardy à quelques pas. Une fille séduisante, et nue. Et l'alcool commençait à lui échauffer l'estomac, à le réanimer. Il se jeta sur le canapé et tira la couverture sur lui. Une chance qu'il fût aussi fatigué. Le sommeil vint aussitôt.

Au matin, tout avait changé d'aspect.

Bond fut réveillé par le soleil qui entrait à flots par la fenêtre. Jeopardy dormait toujours, la tête sur un bras replié, le drap enveloppant si parfaitement son corps qu'on aurait dit un tableau peint par un artiste de la Renaissance. Il se glissa sans bruit dans la salle de bains, prit une douche et s'habilla. Lorsqu'il revint dans la chambre, elle avait ouvert les yeux.

— Comment vous sentez-vous ?

— Bien, répondit-elle. J'ai été un peu dure avec vous, hier soir. Mais j'étais fatiguée et perturbée. Et puis je n'aime pas partager une chambre avec un inconnu. Là d'où je viens, ça ne pouvait se terminer que d'une seule façon. Mais vous vous êtes conduit en gentleman. Je dois au moins vous reconnaître ça. Vous aviez peut-être raison au sujet de Sin. C'est sûrement un sale type. Et qu'il soit un gangster ou je ne sais quoi, je suis heureuse que nous ne l'ayons pas attendu pour discuter.

— Allez-vous enfin me dire pourquoi Sin vous intéresse tellement ?

Elle hésita.

— C'est personnel...

— Vous le connaissez ? Vous avez travaillé pour lui ?

— Quelque chose de ce genre. (Elle poussa un soupir.) Écoutez, je vous promets de tout vous raconter. Mais pas avant d'être habillée. Ce qui signifie que vous allez devoir sortir m'acheter quelques vêtements. J'ai aussi besoin d'un bon petit déjeuner. Œufs, café, jus de fruits. Et je préfère ne pas le prendre ici. Allons dans un endroit plus... neutre. Il y a une cafétéria Danny's à la sortie de la ville. Ce sera parfait. Et je ne vous dirai rien tant que vous ne m'aurez pas parlé de vous. James Bond. C'est votre vrai nom ?

— Oui.

— Il sonne faux. Vous dites être un enquêteur, et vous êtes anglais. Scotland Yard ? lança-t-elle comme une boutade. Bon, vous me direz ça plus tard. Pour l'instant, je veux un jean et un pull. Et essayez de me trouver des tennis. Pas de chaussures à talons. Je vous rembourserai quand je le pourrai, même si c'est votre faute si je n'ai plus rien à me mettre.

— Ne vous souciez pas de l'argent. Je vais voir ce que je peux trouver. J'ai un bon œil pour les tailles, mais je ne vous promets pas de trouver des vêtements très à la mode dans une bourgade comme Nürburg.

— La mode ne m'intéresse pas. (Elle jeta un regard à la pendule avec la vache peinte sur le cadran.) Huit heures et demie passées. Les magasins ne vont pas ouvrir avant un moment. Mais ne vous inquiétez pas pour moi. Je vais prendre un bain et je me remettrai peut-être au lit en vous attendant. Fermez bien la porte en partant et glissez la clé dessous.

Bond s'exécuta. Le veilleur de nuit avait été remplacé par un réceptionniste, qui le salua lorsqu'il sortit dans la rue inondée de soleil. Il avait garé la Bentley dans un coin discret, trois rues plus loin, pour le cas où Sin enverrait ses hommes à sa recherche. Il n'y avait personne dans les parages. Après l'excitation de la course, la petite ville s'était rendormie. Bond, sûr de son instinct, pensait que les événements de la nuit étaient maintenant loin derrière lui. Il rejoignit la rue principale où il trouva une épicerie générale, avec quelques vêtements pour femme en vitrine, mais il dut attendre quinze minutes avant l'ouverture. Il choisit un pull épais à manches courtes (100 % dacron – la fibre faite pour le confort) et un pantalon corsaire. Le magasin vendait des sandales, mais pas de chaussures. Il y avait peu de chances que Jeopardy le remercie de ses achats, mais elle devrait s'en contenter jusqu'à Cologne.

Il revint vers l'hôtel, gara la voiture, et monta dans la chambre. La porte était ouverte. Bond se sentit soudain mal à l'aise. Jeopardy lui avait demandé de la fermer à clé. Il sortit de sa poche le Walther PPK qu'il avait pris dans la boîte à gants de la Bentley. Son arme pointée, il poussa doucement la porte et jeta un coup d'œil dans la chambre. Le lit était vide. La salle de bains également. Jeopardy était partie.

Il ne mit pas longtemps à comprendre. Au bout du couloir, il y avait une lingerie. Elle avait dû y dérober un des uniformes des femmes de chambre de l'hôtel – jupe et chemisier. Le réceptionniste l'avait effectivement vue partir. Bond ne chercha pas à pousser plus loin l'enquête. Il supposa que Jeopardy avait fait du stop pour quitter Nürburg. Pour retourner à Cologne ? Rien ne prouvait que cette partie de son histoire eût été vraie, pas plus que le reste. En un sens, il admirait l'aplomb avec lequel elle l'avait lancé en quête de vêtements qu'elle savait ne jamais porter.

Mais, quelques instants plus tard, en remontant dans la chambre chercher ses affaires, son admiration vira à la colère. Non pas contre elle mais contre lui-même. Jeopardy n'était pas partie les mains vides. Les photos aussi avaient disparu.

XII

LA SCIENCE DES FUSÉES

— Ça ne te ressemble pas, James, de te laisser avoir par une femme. Ni de passer la nuit sur un canapé ! Tu as perdu la main.

Charles Henry Duggan éclata d'un grand rire, puis vida d'un trait le fond de son verre de riesling selbach-oster, qu'il avait commandé avec le repas et dont il avait bu presque toute la bouteille à lui seul. Bond n'était pas amateur de vin allemand, surtout des Auslese, trop doux, trop lourds, trop… germaniques. Duggan avait choisi le vin le plus cher de la carte.

— La nourriture est infecte, dit-il. Donc il faut compenser. Sacrés Boches ! Si j'avais su que j'allais être expédié ici jusqu'à ce que je casse ma pipe, j'aurais réfléchi deux fois avant de m'engager dans le service.

— Foutaises, Charlie. Tu adores être ici.

— À Bad Salzuflen ? Même le nom sonne comme une saleté qu'on pourrait choper dans un bordel. Il n'y a que des sources thermales et des sources d'eau salée. La plupart des gens sont ici pour leur santé, mais la seule chose qui ne se soigne pas c'est l'ennui en phase terminale.

Bond avait parcouru une distance relativement courte pour rejoindre la célèbre station thermale au pied de la forêt de

Teutobourg, au nord-est. Sa première idée avait été de rentrer à Londres, mais son instinct lui disait qu'il n'y avait pas de temps à perdre. Sin n'avait pas une collection de photos de fusées américaines chez lui sans raison, de même que Jeopardy n'avait pas volé lesdites photos sans raison. En 1946, le SIS avait formé une sous-section de la Division du Renseignement dont le rôle premier était de surveiller la scène politique et économique allemande pleine d'effervescence, et particulièrement de déceler toute résurgence potentielle du nazisme d'un côté et des activités communistes de l'autre. Les choses s'étaient calmées depuis lors mais la section, connue désormais comme la Station G, était un élément essentiel de la recherche de renseignements, notamment en Europe de l'Est. La Station G occupait un immeuble de bureaux quelconque près de la gare ferroviaire. Depuis dix ans, elle était dirigée par Duggan, qui en avait fait son fief personnel, avec une équipe qui fermait les yeux sur ses excentricités. Bond avait raison. Le poste lui seyait comme un gant. Et pour se distraire, le week-end, il y avait toujours les quartiers chauds de Berlin et les boîtes interlopes où Duggan évoluait comme un poisson dans l'eau.

Duggan et Bond avaient déjà fait une séance de débriefing. Ensemble, ils avaient envoyé un message à Londres, avec un récit détaillé (sinon exhaustif) des événements du Schloss Bronsart. Bond avait réclamé des informations sur Sin Jai-Seong, sur une certaine Jeopardy Lane, et demandé si un lancement de fusée était prévu prochainement aux États-Unis. En attendant la réponse de Londres, les deux hommes étaient allés déjeuner dans un restaurant de Bad Salzuflen.

Duggan était un personnage excessif en tout, chose assez inhabituelle dans le monde de l'espionnage. Il était gros – réellement très gros –, fort en gueule, fréquemment indiscret et souvent ivre, du moins en apparence. Il s'habillait bizarrement, de vêtements qui auraient mieux convenu à un hobereau de province – vestes et gilets à gros carreaux, cravates de couleurs vives. Il était homosexuel et se moquait que cela se sache. Bond et lui en étaient presque venus aux mains un soir, dans un bar de Montmartre, la seule fois où ils avaient abordé le sujet. Duggan avait critiqué l'éducation protestante de Bond et sa vision bornée du monde. « L'ennui avec toi, James, c'est que, au fond, tu es un puritain. Je parie que la moitié des garçons de ton collège huppé se sodomisaient joyeusement, pendant que toi tu regardais de l'autre côté. De toute façon, le Service est rempli de tapettes. Tu le sais et je le sais. Regarde ce type affreux, Burgess. C'est un cadeau pour les Soviétiques ! On leur facilite la tâche. Ils peuvent monter leurs vilains petits chantages, piéger des fonctionnaires trop jeunes et trop craintifs pour se défendre. Dieu sait combien on a perdu de secrets de cette façon ! Changer la loi et permettre aux gens d'être ce qu'ils veulent, c'est le seul moyen selon moi. Quant à toi, il serait peut-être temps d'être un peu moins dinosaure. On est en 1957, pas au Moyen Âge, mon vieux. »

Peu de personnes pouvaient parler à Bond de cette façon, mais Duggan et lui avaient servi ensemble dans la NRVR pendant la guerre. Ils avaient même partagé un appartement pendant un temps à Victoria, où il leur arrivait de rentrer ensemble durant le black-out. Quinze ans plus tard, Bond avait toujours autant de sympathie pour Duggan. L'homme était fidèle en amitié, digne de confiance dans ses jugements, et il dirigeait une équipe opérationnelle de premier ordre. Juste après la guerre, il avait aidé à mettre en place JUNK, une filière clandestine qui infiltrait des agents dans les États satellites de l'URSS. Il avait sans vergogne vendu des montres suisses bon marché derrière le rideau de fer, et utilisé l'argent pour persuader des apparatchiks vacillants à faire défection. C'est grâce à ses efforts que le SIS avait obtenu des informations sur les armes chimiques et biologiques des Russes. Duggan était un compagnon agréable. Et un bon vivant.

Il savait aussi être discret quand c'était nécessaire. Il leva la main pour demander l'addition, en même temps qu'il baissait la voix.

— Ça ne me plaît pas, cette histoire de fusées, marmonna-t-il. Vraiment pas, je te l'avoue. Si tu veux mon avis, on a ce qu'on mérite.

— C'est-à-dire ?

— Après la guerre, tu étais trop occupé à sauver le monde. Mais certains d'entre nous réfléchissaient à long terme. Il était évident que la technologie des fusées allait modifier l'avenir. Et pas seulement les missiles balistiques intercontinentaux. Je sais de quoi je parle. J'ai été embringué dans une opération baptisée Contre-feu. Il fallait examiner tous les V2 sur lesquels on pouvait mettre la main et voir à quel point ils étaient excellents. Alors on a essayé de recruter certains des ingénieurs de Peenemünde. On a même eu Wernher von Braun à Londres pendant quelque temps. Un type épouvantable. Bref, on n'a pas eu de chance. Il y a eu ce fiasco avec le colonel Tasoev, qui a changé d'avis au dernier moment, puis ce professeur Tank qui a disparu en Argentine avec tous ses plans cachés dans ses sous-vêtements. Incroyable, non ? On a quand même réussi à embarquer quelques ingénieurs allemands, mais aucun savant n'était intéressé par nos propositions. Ils détestaient les Français, ils avaient une peur bleue des Russes, évidemment, et nous, nous n'avions pas les moyens de payer ce qu'ils demandaient. Alors tous sont partis en Amérique. Et ils y sont restés.

» Je ne sais pas ce que tu connais de la course à l'espace, James. Je sais que ce vieux salaud de M te garde plus ou moins en service actif à plein temps. Mais tu devrais regarder les étoiles. Crois-moi, c'est là que se déroulera la prochaine guerre, et c'est là qu'elle se gagnera. Tu as lu cet article dans le magazine *Collier*, signé de cette ordure de Wernher von Braun ? Un membre patenté du parti nazi travaillant désormais pour les Amerloques ! Passons… Von Braun affirme qu'il est possible de placer un satellite artificiel dans l'espace. Il appelle ça une station spatiale. Des gens pourraient vivre et travailler en dehors de l'atmosphère terrestre. Avec des caméras télescopiques, on pourrait même voir le visage de n'importe quel individu sur notre planète. Tu allumes une cigarette sur la place Rouge et ils chronomètrent le temps que tu mets à la fumer. Von Braun écrit aussi qu'on pourra lancer des missiles téléguidés avec une précision millimétrique. "La première nation capable de réaliser cela contrôlera le monde."

» Depuis, poursuivit Duggan, les superpuissances en ont mis un coup. Les Américains ont construit Cap Canaveral. Les Soviétiques ont bâti une sorte de cosmodrome au milieu du désert sibérien appelé Tyuratam, aussi loin que possible des postes d'écoute de l'Ouest. Avec des tours, des blockhaus, etc. Ils ont coulé trente mille mètres cubes de ciment pour les seules aires de lancement. On n'en sait guère plus, pour être franc. Comme tu l'imagines, c'est un vrai casse-tête pour obtenir des informations. Mais leur but est de lancer un engin thermonucléaire de cinq tonnes dans l'espace, et ils pourraient bien y arriver. S'ils échouent, ce ne sera pas faute d'avoir essayé.

Le serveur approcha et ils réglèrent l'addition. Il sembla à Bond que les effets de tout le vin absorbé par Duggan s'étaient évaporés en un instant. Tandis qu'ils revenaient par la vieille ville, il affichait une mine terriblement grave.

— La course à l'espace est un étrange mélange. D'un côté, tu as les scientifiques, de l'autre les militaires. Donc, soit l'objectif est d'explorer d'autres planètes, d'autres frontières, et de vivre tous ensemble dans la paix et l'harmonie. Soit c'est d'en faire baver à l'ennemi, de l'anéantir et de dévaster son pays. Tout dépend avec qui tu parles. Les scientifiques ont besoin d'argent. Les militaires ont l'argent. Mais, en même temps, la conquête spatiale s'est emparée de l'imaginaire du public. Wernher von Braun a même réalisé une série de télévision ! Tu te rends compte ? « L'homme dans l'espace » de Walt Disney, également connu sous le titre de Mickey Mouse sur la lune ! Ça a marché. Oublié le fait que les Américains et les Soviétiques veulent se rayer mutuellement de la carte ! Oublié le fait que la course à l'espace a débuté avec la guerre de Corée, et le désir toujours impérieux des États-Unis de lâcher une bombe atomique sur la Chine ! Soudain, tout brille, tout scintille, on a la tête dans les étoiles. Satellites, communications, étoiles artificielles tournant autour du globe en à peine deux heures. Vols commerciaux. Voyages sur Mars ! Bien sûr, il y a une grande part d'âneries, mais les images continuent de faire leur chemin dans les rêves des gens ordinaires et, d'un coup, ça devient une affaire de prestige. Tu n'as même plus besoin de faire la guerre. Si tu veux gouverner le monde, tu dois régner sur l'espace. C'est aussi simple que ça.

» Or nous sommes dans une année particulièrement intéressante. Ils lui ont même donné un nom. L'Année Géophysique Internationale. Elle revient selon un cycle de onze ans. Les taches solaires sont spécialement visibles à cette période. Je n'ai jamais été bon en sciences, à l'école, et ces choses-là me dépassent, mais j'ai compris qu'il n'y a jamais eu de moment plus favorable pour mesurer l'activité magnétique dans les couches supérieures de l'atmosphère. Environ soixante-dix pays se sont réunis pour prendre part à l'opération, y compris l'URSS. Tous parlent d'une même voix : objectifs communs, nouvel esprit de coopération, et j'en passe. Mais ça c'est l'aspect scientifique. De leur côté, les militaires sont plus actifs que jamais.

» Voilà comment Eisenhower voit les choses. Les Américains envoient une fusée civile dans l'espace au profit de la recherche météorologique ou radiologique. Tout le prestige leur revient. Le monde entier applaudit. Mais ça va plus loin. Du coup, ils se retrouvent avec un satellite au-dessus de l'espace aérien russe. C'est un précédent... "Liberté pour l'espace." Les Soviétiques ne peuvent pas se plaindre. Ils sont partie prenante. Or la fusée suivante pourrait contenir des armes. Des satellites espions. Tu vois ce que je veux dire, James ? Pour l'instant, les Américains ont l'occasion de faire un pas de géant dans la conquête spatiale et, d'une certaine façon, les Russes les y aident.

Bond songea aux photos trouvées dans le bureau de Sin. Des fusées américaines étudiées par le SMERSH – ou peut-être par une petite équipe spécialisée au sein du SMERSH. Il se souvint de son entretien avec M, à Londres. Et, soudain, il vit plus clair.

— À propos de prestige..., dit Bond. Tu sais que les Russes étaient au Nürburgring parce qu'ils redoutaient que leur pilote n'arrive pas premier. Ils voulaient mettre en valeur la technologie soviétique. Prouver que la Krassny est la voiture la plus rapide du circuit. Supposons qu'on applique le même raisonnement à la conquête spatiale ?

— Les fusées russes meilleures que les américaines ? Le R-3 contre la fusée Atlas ? C'est cohérent. Et ça expliquerait pourquoi Sin était à Nürburg ? Un peu comme ce type, à Crab Key. Tu te souviens ?

— Il compte faire sauter les fusées. Retarder le programme spatial américain.

Duggan réfléchit un instant, puis il secoua la tête.

— Non, James, désolé. Je ne dis pas que tu as tort mais j'ai du mal à y croire. D'abord, je ne sais pas comment Sin pourrait avoir accès aux bases de lancement américaines. Cap Canaveral, Cooke, Wallops Island, White Sands.

— Sin possède une agence de recrutement. Il fournit du personnel à toutes sortes d'entreprises.

— Des cuisiniers, des gens de ménage, d'accord. Pas des ingénieurs. Tu imagines les complications pour s'approcher d'un endroit comme une base de lancement ? Et supposons qu'il parvienne à faire sauter une ou deux fusées. Est-ce que ça changerait vraiment la donne ? D'ailleurs, les Américains se débrouillent très bien sans aide. En janvier dernier, une fusée Thor a pris feu. Elle a décollé de trente centimètres avant de se casser en deux et d'exploser. Il paraît qu'on a entendu l'explosion à cinquante kilomètres. Ils ont recommencé en avril. Même scénario. Trente secondes, et bang ! On a appris que c'était un officier de sécurité qui s'était mis en tête – à tort – que le foutu engin allait tomber sur Orlando. Alors il a appuyé sur le bouton d'autodestruction. Je crois qu'il a changé de branche et qu'il a été muté sur une petite île dans l'Atlantique sud, ajouta Duggan en riant. Mais ça ne les a pas refroidis. Un mois plus tard, ils remettaient ça. La troisième fusée est restée sur la plate-forme de lancement pendant quelques minutes, puis elle a implosé. Tu vois où je veux en venir ? Chaque échec les pousse à redoubler d'efforts, et les contribuables américains se fichent de voir leurs impôts partir en fumée. La moitié du temps, en vérité, ils ne sont pas au courant. Les bases de lancement sont délibérément situées dans des zones isolées. De toute façon, ils pensent que le jeu en vaut la chandelle. La possession de l'espace. Il en faudrait beaucoup pour les obliger à changer d'avis.

Ils avaient parcouru les rues médiévales de la ville, pour la plupart épargnées par la guerre. La Station G se dressait en face du vieux quartier. C'était un bâtiment en brique rouge qui aurait pu être une pension de famille ou le siège d'une petite administration. Personne ne les arrêta quand ils entrèrent. Un portier âgé, la tête plongée dans un journal, leur jeta à peine un coup d'œil. Mais Bond ne fut pas dupe de l'apparente absence de sécurité. Le portier était très probablement armé. De plus, leur entrée avait sans doute été filmée par des caméras dissimulées dans les corniches du hall, et un fluoroscope s'était activé sur leur passage. S'ils avaient été non identifiés et porteurs d'une arme cachée, tout le bâtiment se serait automatiquement verrouillé. Le bureau de Duggan était au premier étage. Il monta l'escalier de marbre pâle en ahanant et en s'agrippant à la rampe. Il avait l'air grincheux lorsqu'il entra dans la pièce meublée d'un bureau massif, de fauteuils confortables et d'un antique poêle en fonte.

— Greta ! cria-t-il. Je veux deux cafés. Noirs et forts. On a reçu quelque chose de Londres ?

Quelques instants plus tard, une jeune femme élégante apparut, vêtue d'un sévère tailleur gris, ses cheveux coupés au carré encadrant son visage. Elle tenait un dossier que, après un signe de tête de Bond, elle remit à Duggan. Puis elle quitta la pièce. Duggan ouvrit le dossier et le parcourut. En attendant qu'il eût terminé la lecture, Bond alluma une cigarette. La jeune femme revint avec les cafés et les laissa de nouveau seuls.

— Eh bien, conclut Duggan. Nous ne sommes pas plus avancés. D'abord, rien sur Jeopardy Lane. Ni à la CIA ni au FBI. En tout cas elle n'est certainement pas journaliste. Aucun article n'a paru sous son nom dans *Motorsport* ni dans aucun magazine. Ensuite, nous avons quelques renseignements supplémentaires sur Sin Jai-Seong, mais rien de très excitant. L'agence de recrutement Diamant Bleu est une affaire solide, sans relations douteuses, criminelles ou autres. Elle occupe une place de quasi-monopole dans la communauté coréenne, bien entendu. Mais elle embauche aussi les Portoricains, les Juifs, les Grecs… Tout le monde. Ils sont des millions, tous dans des tâches subalternes mal payées. Sin Jai-Seong gratte vingt pour cent sur chaque dollar qu'ils gagnent, et il amasse une fortune.

— Dans quels secteurs d'activité travaillent ces gens ? questionna Bond.

— Sin doit se montrer prudent, surtout à New York. La mafia contrôle le ramassage des ordures et le bâtiment, et il ne peut pas se mettre à dos les syndicats. En revanche, il a un pied dans presque tous les domaines, depuis les abattoirs jusqu'au textile. Ouvriers, livreurs de charbon, liftiers… La plupart des emplois sont saisonniers, mal rémunérés, et le plus souvent dans les transports… le métro, les bus. Il n'y a aucun ingénieur en fusées, James.

— Quoi d'autre ?

— Tu as demandé si un lancement était programmé prochainement, et là tu as tapé juste, on dirait. Il y en a un prévu dans cinq jours.

Il vit Bond lever un sourcil et poursuivit :

— Je savais que ça t'intéresserait. Les Américains font un essai de satellite porté par une fusée Vanguard sur la base de

Wallops Island... Et ils espèrent bien que celle-là décollera. Tiens, voilà une photo. Ça te rappelle quelque chose ?

Duggan glissa la photo sur le bureau. Bond l'examina attentivement : une bande côtière, des bâtiments blancs, la silhouette élancée d'une fusée, l'horizon vide. Il reconnut le paysage aussitôt.

— Identique, dit-il. C'est la même photo que celle que j'ai vue sur le bureau de Sin.

— Dans ce cas, tu ferais bien de te mettre en route, mon vieux. Tu as déjà le feu vert de M. Je m'occupe de ton billet d'avion.

Bond partit le soir même pour New York.

② ..FINIT PAR DESCENDRE

XII

MAÎTRE À BORD

— Je suis désolé, monsieur Bond. Je crois que vous perdez votre temps... et le mien.

Encore épuisé par le vol Berlin – New York, le long trajet en voiture, un bref repos insatisfaisant dans un autre fuseau horaire et un motel médiocre, Bond ne fut pas étonné par cette réplique désobligeante. Dès l'instant où on l'avait fait entrer dans le bureau nu et inconfortable, avec son mobilier fonctionnel et son unique fenêtre rectangulaire donnant sur un rivage plat sans intérêt, il avait deviné que cela se passerait mal. Derrière le bureau se tenait le capitaine de l'US Navy Eugene T. Lawrence, officier de liaison et de coordination de projet à Wallops Island, un homme obstiné et habitué à être obéi au doigt et à l'œil. Âgé d'une quarantaine d'années, large d'épaules, il arborait un uniforme d'été immaculé kaki avec des boutons dorés, trois barrettes de décorations sur le revers, et une cravate noire. Boutonné jusqu'au col dans tous les sens du terme. Il avait la carrure et le cou épais d'un joueur de football américain. Avec ses cheveux couleur sable, ses petits yeux et ses joues lisses, il avait un visage étrangement poupin. Bond devina qu'il allait à l'église tous les dimanches. Il devait avoir une femme qui vantait ses louanges à ses amies mais tressaillait de crainte quand elle l'entendait entrer, et un fils – Eugene junior –, qui l'appelait capitaine. Il était ici maître à bord et se moquait que son interlocuteur eût un jugement plus avisé, une expérience plus large, ou des informations nouvelles. Il fallait lui obéir. Point.

Bond avait été accueilli au portail de la base par un homme plus jeune, en chemisette blanche et pantalon de flanelle, qui s'était présenté sous le nom de Johnny Calhoun, directeur de la base. Cela concordait avec ce que lui avait expliqué Duggan à la Station G : Lawrence représentait la partie militaire de Wallops Island, Calhoun la partie scientifique et civile. Bond avait parcouru le dossier de ce dernier et savait qu'il était diplômé de West Point, et employé par la compagnie aérospatiale Glenn L. Martin qui avait fourni la majorité des ingénieurs affectés au programme Vanguard. Calhoun était mince, juvénile, avec une coupe de cheveux militaire, un sourire avenant et des lunettes de soleil Ray Ban.

— Ravi de vous rencontrer, capitaine Bond. Bienvenue à Wallops. C'est votre première visite ?

— Oui.

— Je suis là depuis un an seulement. J'ai été muté de Baltimore. Ce n'est pas à côté. Venez, c'est par là. Le capitaine Lawrence vous attend dans son bureau.

Après le parking de l'entrée, ils s'engagèrent sur une chaussée à une voie parallèle à la mer. Sur la gauche, il y avait un énorme blockhaus. À une cinquantaine de mètres, de l'autre côté de la chaussée et au bord de l'eau, un vaste carré de ciment blanc. L'aire de lancement. Bond s'arrêta pour regarder la tour de trente mètres de haut et la fusée argentée, dressée vers le ciel, toute sa fureur contenue dans l'attente de l'instant où elle serait enfin propulsée dans l'espace. Cette fois encore, il ressentit un frisson irrésistible, une sensation intense d'effroi et de fascination devant la puissance de l'engin, le corps lisse et métallique du premier étage, et le nez conique et fureteur. De loin, la fusée paraissait presque légère, parfaitement en équilibre sur sa plate-forme à environ trois mètres au-dessus du sol, entourée d'une cohorte d'ingénieurs et de techniciens – servants idolâtres de l'autel de la science moderne.

— Oui, c'est un sacré spectacle, murmura Calhoun en suivant son regard.

Avec sa voix agréable un peu traînante, son amabilité naturelle, il était de ces hommes qui inspirent tout de suite la sympathie.

— Chaque fois que je la vois, je suis saisi par les progrès que nous avons faits et je me demande jusqu'où nous irons. Vous serez là pour le lancement ?

— Je ne sais pas encore, répondit Bond.

— Essayez. Vous n'aurez jamais rien vu de tel. C'est un spectacle extraordinaire. (Calhoun hésita, puis esquissa un demi-sourire.) Du moins quand la fusée quitte le sol.

En réalité, Bond avait déjà assisté au lancement d'une fusée, mais il préféra ne pas le mentionner. Ils marchaient maintenant en direction d'un bâtiment bas et blanc, entouré de buissons. L'air était très chaud, le soleil donnait dans un ciel sans nuage. Il n'y avait pas un souffle de vent. Des conditions de lancement idéales, songea Bond.

— Vous savez… je devrais peut-être vous dire une ou deux choses à propos du capitaine Lawrence, reprit Calhoun sur un ton d'excuse. Il est sous pression, en ce moment. Trois jours avant le lancement. Nous sommes tous sous pression. Alors… quand nous avons reçu le message de Londres vous concernant, via la CIA… Bref, ça ne pouvait pas plus mal tomber. Je ne vous en veux pas, évidemment. J'essaie juste de vous expliquer que vous allez peut-être trouver le capitaine Lawrence un peu... fatigué.

— Il lui arrive souvent d'être « fatigué » ?

— Oui. On peut dire ça, soupira Calhoun en secouant la tête. Ce n'est pas un si mauvais bougre quand on le connaît. Il s'est engagé dans la marine le lendemain de Pearl Harbor. Formation à l'école navale, puis quelques missions en Corée. Vous savez qu'il a eu la Médaille d'honneur ? Il est arrivé ici un an avant moi et il dirige vraiment efficacement la base. À tout point de vue. Sécurité. Discipline. Moral. La communication circule bien grâce à lui, et c'est très important, croyez-moi. Vous n'avez pas idée de ce qu'est un endroit comme Wallops Island. Il y a tellement d'intermédiaires. Même pour demander une ampoule électrique ou un rouleau de papier toilette, il faut remplir une dizaine de formulaires et réunir un comité ! Si Lawrence se montre un peu sec, ne le prenez pas pour vous.

De fait, le capitaine Lawrence s'était montré sec dès la seconde où Bond était entré dans son bureau. Il ne s'était pas donné la peine de se lever pour l'accueillir et l'avait examiné avec le même genre de dédain qu'il devait réserver à un matelot sujet au mal de mer. Calhoun s'était assis en retrait, impassible, tandis que Bond racontait son histoire : les photos trouvées dans le bureau de Sin, le lien avec le SMERSH, la tentative de sabotage lors de la course au Nürburgring, et la possibilité qu'un événement similaire se produise ici. Devant le désintérêt manifeste du capitaine Lawrence, Bond ravala sa colère. Il n'avait pas parcouru la moitié du globe pour se faire congédier avec désinvolture par une huile de la marine installée derrière un bureau. Il avait affronté le SMERSH autrefois.

Il sentait le danger flotter dans l'air. Il savait des choses que cet homme ignorait.

Pour sa part, le capitaine Lawrence résuma la situation à sa manière très personnelle.

— Bref, au final, on a quelques photos que vous dites avoir vues dans un château en Allemagne. Leur présence peut s'expliquer de toutes sortes de façons, d'ailleurs, mais cela mis à part, dites-moi ce qui vous pousse à croire que Sin ait des motifs de nous causer du tort ?

— Je vous l'ai dit, capitaine. La veille de la course, je l'ai vu en compagnie du...

— ... colonel Gaspanov. Vous est-il venu à l'idée, capitaine Bond, qu'il puisse y avoir une explication parfaitement simple sur ce point également ? Les Soviétiques participaient à la course. Des tas de gros bonnets assistent à ce genre d'événements, et vous croyez qu'un ponte du renseignement se priverait de l'occasion de sortir de Moscou ? Vous aussi, vous avez dû y aller avec plaisir. C'est mieux que la paperasserie.

Bond ignora l'insulte.

— Il reste la tentative de mettre hors circuit le pilote britannique.

— C'est vous qui l'affirmez. Mais, là encore, devant un tribunal, je dirais que c'est votre parole contre la leur. Et d'après vos explications, le seul acte de violence commis pendant la course... l'a été par vous.

— Ivan Dimitrov est un agent du SMERSH, capitaine. Nous avons la confirmation...

— Que je n'ai pas vue.

Lawrence jeta un regard vers Calhoun comme s'il s'apprêtait à lui demander son avis, mais il se ravisa et revint vers Bond.

— Qu'attendez-vous précisément de moi ?

— Je suis venu ici pour vous livrer les faits, capitaine. Pas pour solliciter quoi que ce soit. Mais si vous me demandez mon avis, vous devriez envisager de reporter le lancement.

— C'est hors de question.

Cette fois, Calhoun acquiesça.

— Le capitaine Lawrence a raison, capitaine Bond. De toute façon, une telle décision ne pourrait être prise qu'à un niveau supérieur.

— Mais si vous faites une recommandation…

— Nous ne recommanderons jamais une chose pareille, coupa Lawrence.

Son cou était devenu rouge. Il resta silencieux un instant, puis il tapota le bureau du bout de ses doigts.

— Très bien. Voyons où cela nous mène. À votre avis, qu'est-ce que les Rouges et ce… SMERSH ont en tête ?

Bond savait que Lawrence se jouait de lui, mais il n'avait pas le choix.

— Je crois m'être déjà expliqué, capitaine. Il se peut qu'ils projettent de saboter la fusée.

— Et de quelle manière, selon vous ? N'oubliez pas que les trois étages de la fusée ont passé tous les contrôles de réception avec succès. Suivis par des essais des systèmes. Ensuite il y a eu les essais statiques pour les systèmes de propulsion, les systèmes de stabilisation et toutes les commandes. Vous pensez que nous avons négligé quelque chose ? Il y a eu les vérifications d'alignement, les tests de système fonctionnel, et un examen au microscope de tout le calibrage de l'instrumentation.

— Je suis certain que tous les tests ont été effectués, dit Bond patiemment.

— Merci de votre approbation, capitaine Bond. Mais imaginons que nous ayons commis une erreur. Après tout, nous sommes des lourdauds d'Américains, et vous nous dites que nous ne sommes pas capables de veiller à notre propre sécurité. Donc, imaginons que les Rouges arrivent à saboter le lancement. Quel est leur but, exactement ?

— J'espérais que vous alliez répondre à cette question.

Lawrence fit un signe de tête à Calhoun, qui répondit à sa place, presque sur un ton d'excuse.

— C'est un vol test, capitaine Bond. La fusée n'emportera aucun engin de très grande valeur. En fait, nous lançons un satellite *Pamplemousse*. Nous lui avons donné ce nom car il a la taille d'un pamplemousse. Seize centimètres de diamètre et un kilo huit cents grammes.

— Toutes nos fusées transportent du matériel scientifique, ajouta Lawrence. Ce sont les termes de notre contrat avec le NRL.

— Nous testons le nouveau stabilisateur gyroscopique, reprit Calhoun. À présent, grâce à la miniaturisation, même le plus petit satellite peut effectuer un travail utile. Mais, c'est vrai, capitaine Bond. Il n'y aurait aucun intérêt à saboter la Vanguard… Ce serait ennuyeux évidemment. Et coûteux. Mais la Navy est engagée dans ce programme et continuera coûte que coûte.

— Supposons que la fusée soit déviée, suggéra Bond. Supposons qu'elle tombe sur une ville.

— Impossible. Notre officier de sécurité suit le lancement depuis notre bureau de contrôle central. Il observe chaque centimètre de la trajectoire, et si la fusée montre la moindre défaillance, si elle dévie de sa course, s'il se présente le moindre danger d'un impact sur la terre… il appuie sur le Trigger Mortis.

— Qu'est-ce que c'est ?

— Le surnom que nous avons donné au bouton d'alarme. Le « déclic mortel », en quelque sorte, pour paraphraser l'expression latine *rigor mortis*. C'est un technicien qui a fait ce jeu de mots, un jour, et c'est resté. Chaque engin lancé depuis cette base porte son mécanisme d'autodestruction. Si nous avons une raison de croire que quelque chose ne va pas, nous appuyons sur le bouton pour le faire exploser… et les morceaux tombent dans l'océan.

Lawrence jeta un coup d'œil à sa montre.

— J'espère que ceci répond à vos questions, capitaine Bond. Maintenant, si vous voulez bien m'excuser…

Mais Bond refusait de se laisser éconduire de manière aussi abrupte.

— Vous parlez de contrôles, insista-t-il. Mais il y a une bonne centaine de personnes qui travaillent sur cette base. Et l'une d'elles peut avoir été soudoyée, menacée, ou victime d'un chantage. Votre officier de sécurité lui-même pourrait…

— Je connais bien Paul Glennam et sa famille. Alors laissez-moi vous dire que je trouve votre remarque offensante. J'ai les dossiers de recrutement d'absolument tout le monde, et je les ai étudiés moi-même. Ça faite partie de mes attributions. Il n'y a pas une seule personne dont je ne puisse me porter garant.

— Et rien ne s'est passé au cours des dernières semaines, ou des derniers mois ? Rien qui sorte de l'ordinaire ?

— Absolument rien.

Pourtant, Bond vit Calhoun tressaillir. Il lui adressa un regard interrogateur, et le jeune directeur rougit.

— Il y a cette histoire avec Keller.

— Bon sang, Johnny ! s'écria Lawrence en abattant son poing sur la table. Ce qui est arrivé à Keller n'a rien à voir avec la base, vous le savez bien. La police l'a confirmé. Et je suis surpris que vous osiez me contredire dans mon propre bureau.

Il sembla prendre une décision et, quand il se tourna de nouveau vers Bond, ce fut avec un regard encore plus glaçant.

— Revenons à ces photos dont vous parliez, dit-il d'un ton sarcastique. Car c'est ce qui a tout déclenché, n'est-ce pas ? Où sont-elles ?

— Je ne les ai pas avec moi.

— Pourquoi ?

— Elles ont été volées.

Son instinct souffla à Bond que le capitaine Lawrence était déjà au courant.

Lawrence savoura le moment. Puis il ouvrit un tiroir et, d'un grand geste, en sortit une liasse de photos qu'il déploya sur le bureau.

— Seraient-ce, par hasard, les photos dont vous parlez ?

Un coup d'œil suffit à Bond pour s'en assurer. Pas des copies, mais exactement les mêmes photos qu'il avait dérobées au Schloss Bronsart et que Jeopardy Lane lui avait subtilisées. Les dommages causés par l'eau étaient reconnaissables.

— Je suppose que le nom de Jeopardy Lane ne vous évoque rien ? tenta Bond.

— Jamais entendu, répondit Lawrence.

— Alors comment les avez-vous eues ?

— Ça, c'est mon affaire, capitaine Bond, rétorqua Lawrence avec l'ombre d'un sourire. J'ai eu le temps de les examiner. Autant que je puisse en juger, elles sont truquées.

— Truquées ?

— Celles de la base sont réelles. N'importe quel touriste muni d'un bon appareil peut prendre des photos. Mais celle-ci... (Il prit celle qui représentait l'intérieur du hangar, avec les ingénieurs coréens et l'étage supérieur de la Vanguard.) Je ne sais pas ce que vous en pensez, mais ça n'a aucun rapport avec nous.

— Comment pouvez-vous en être si sûr ?

— Parce qu'il n'y a pas un seul Jap à Wallops Island. Pas un seul.

— Ces hommes sont des Coréens.

— Pas de Japs, pas de Coréens, pas de Chinois… sauf peut-être à la lingerie. Ce n'est pas notre hangar. Je peux le certifier.

— Pourtant c'est une fusée Vanguard.

— Non, capitaine Bond. Je ne crois pas. Ça y ressemble – on ne voit pas très bien sur ce cliché –, mais l'Amérique est le seul pays à posséder des Vanguard et, autant que je sache, on ne nous a rien volé récemment. Ni jamais. Je pense que nous le saurions s'il nous en manquait une. Donc, comme je vous le disais, vous perdez votre temps.

Il se leva pour signifier la fin de l'entrevue. Bond jeta un dernier regard aux photos étalées sur le bureau. Était-il possible que Jeopardy Lane travaille pour le NRL ? Ou pour la base directement ? Dans ce cas, pourquoi Lawrence, qui était du genre à se vanter d'avoir récupéré les photos, ne le lui avait-il pas dit ?

L'officier de liaison de la Navy se tenait raide comme une baguette. Il n'y eut pas de poignée de main.

— Sachez que je m'insurge contre la tentative du Service de Renseignements britannique de saper mon autorité, dit Lawrence. C'est déjà assez insultant que vos gars nous aient fichus dehors de la Barbade. Il ne vous a pas fallu longtemps pour oublier ce que nous avons fait pour vous pendant la guerre. Mais venir ici, avec vos foutues questions impertinentes… Mr Calhoun va vous reconduire à votre voiture et s'assurer que vous quittez la base.

Et ce fut tout. Johnny Calhoun ouvrit la porte, et Bond le suivit dans le couloir. Aucun d'eux ne parla avant d'être dehors, au soleil.

— Je suis désolé, capitaine Bond.

— En tout cas, vous m'aviez prévenu. Il était vraiment fatigué. C'est quoi, ce sarcasme au sujet de la Barbade ?

— Il n'a pas tort. Le NRL voulait construire une base de lancement à la Barbade. Quand vous lancez une fusée, vous l'orientez toujours à l'est, pour profiter de la rotation de la Terre, et plus vous êtes près de l'équateur mieux c'est. Car vous bénéficiez de la poussée équatoriale... Bref, ç'aurait été parfait, mais le gouvernement britannique a refusé. Pour des raisons environnementales, je suppose. Mais ça a fait des remous.

— Parlez-moi de ce Keller, monsieur Calhoun.

Calhoun eut l'air gêné et Bond devina qu'il ne voulait pas apparaître plus déloyal qu'il ne l'avait déjà été devant Lawrence.

— Si vous ne voulez pas en parler, je comprendrai. Je me renseignerai auprès de la police locale. Bien sûr, je préférerais entendre votre version. Et je sais être discret.

— Bien sûr. (Calhoun jeta un regard en arrière pour le cas où Lawrence les aurait suivis. Personne.) Thomas Keller était l'un de nos contrôleurs.

Bond remarqua qu'il disait « Thomas », et non pas Tom ou Tommy. Pas de familiarité entre ces deux-là.

— Je le connaissais à peine et il s'était assez mal intégré, poursuivit Calhoun, confirmant l'impression de Bond. Il était allemand. Pour être franc, si la Navy avait eu son mot à dire, il n'y aurait pas eu un seul Allemand sur le programme Vanguard. Les militaires ont la mémoire longue. Bref, il y a environ deux semaines, Keller a été assassiné.

— Comment ?

— Problème domestique, selon la police. Sa femme l'a poignardé et a mis le feu à la maison. D'après les journaux, c'est une ancienne serveuse de bar. Il semblerait qu'elle en ait eu assez de lui. Elle a pris la voiture et quitté l'État. L'histoire ressemble à un mauvais roman, mais le capitaine Lawrence a raison. Ça n'a aucun rapport avec nous.

— En quoi consistait le travail de Keller ?
— Il était contrôleur général.
— Avec accès à la Vanguard.
— Oui, bien sûr. Mais je ne vois pas le rapport. Il a été poignardé avec un couteau de cuisine, sa maison a été incendiée, et sa femme a disparu avec la voiture. Autant que je sache, ils ne l'ont pas encore retrouvée.
— Vous avez son adresse ? Je peux toujours aller jeter un coup d'œil.
— Rainbow Lane, Salisbury. Je ne me souviens pas du numéro mais vous ne pouvez pas la manquer. Combien de temps comptez-vous rester dans le coin ?
— Je n'ai encore rien décidé.

Bond ne voyait aucune raison de s'attarder sur la côte Est du Maryland mais, d'un autre côté, il ne voyait pas non plus où aller. Il allait devoir s'adresser aux supérieurs de Lawrence. Au moins, ils pourraient répondre à ses questions sur Jeopardy Lane et son rôle dans cette histoire.

Ils étaient arrivés devant sa voiture de location.

— Si vous décidez d'assister au lancement, faites-le-moi savoir et je vous établirai un laissez-passer. (Ils se serrèrent la main.) Content de vous connaître, capitaine Bond.

À environ huit cents mètres de là, un homme était nonchalamment appuyé contre le capot d'une berline. Lorsque Bond franchit le portail de la base, l'homme sortit une paire de jumelles Bausch + Lomb Zephyr 9×35 et les mit devant ses yeux. Il régla la mise au point sur le conducteur. Oui. C'était bien le visage qu'on lui avait montré. Comme son employeur le soupçonnait, l'agent secret britannique avait suivi les photos jusqu'ici.

Le guetteur venait de faire des mots croisés. Le journal à moitié plié était sur le capot. Il le lança rapidement sur la banquette arrière et se mit au volant. Quelques instants plus tard, la voiture de Bond passa devant lui. Il démarra, fit demi-tour, et la suivit.

XIV

AU CŒUR DE LA NUIT

Après avoir quitté Calhoun, Bond revint à son motel et passa un coup de fil à la police locale, expliquant qu'il cherchait des renseignements sur Thomas Keller. Le FBI leur avait déjà demandé de lui fournir toute l'aide dont il aurait besoin. Il prit rendez-vous plus tard dans la soirée avec un inspecteur et sortit ensuite dîner dans un petit restaurant voisin peu accueillant, le Lucie's, où il commanda un steak-frites. La serveuse lui servit du café qu'il n'avait pas commandé, et qu'il ne but pas. Le café américain, accompagnement obligé de tous les repas, était de l'eau chaude teintée. Mais la nourriture était bonne et, après une cigarette – une Chesterfield, qui lui évoqua brièvement Pussy Galore –, il régla l'addition et sortit. Sa voiture de location était garée devant le restaurant. Il jeta un coup d'œil sur la carte routière et prit la direction de Salisbury.

Les restes calcinés de la maison de Keller offraient un spectacle choquant. Comme une insulte à tout le voisinage. On aurait dit qu'un camion était arrivé au milieu de la nuit pour décharger un énorme monceau de bois carbonisé et de métal tordu qui n'avait pas sa place ici. Bond roula lentement devant les maisons voisines, pimpantes avec leurs couleurs claires et leurs pelouses impeccables. On imaginait des enfants jouant dans les jardins, derrière, surveillés par leurs grands-parents assis sur la véranda. Le ronronnement d'une tondeuse à gazon un soir d'été. Et s'il y avait des bagarres, de la violence, c'était en toute discrétion, derrière les rideaux tirés. 1261 Rainbow Lane dénonçait cette image trompeuse. Comme une hideuse et noire publicité pour la haine, la violence et le désespoir, autant de choses bannies du rêve américain.

La rue était déserte lorsque Bond descendit de voiture et fut assailli par l'odeur âcre de brûlé qui flottait encore. Les mauvaises herbes avaient commencé à pousser, profitant joyeusement de l'occasion. Quelqu'un avait planté une pancarte. DÉFENSE D'APPROCHER. Mais il n'y avait aucune raison de vouloir le faire. On voyait tout de suite que le peu de choses récupérables avaient été enlevées. Les bulldozers viendraient terminer le travail et, dans peu de temps, Thomas Keller et sa femme tomberaient dans l'oubli avec leurs secrets.

Une voiture se gara derrière celle de Bond. Une Chevrolet Cruiser, avec les mots « Salisbury Police Department » peints sur la portière. Un officier de police en descendit. Le visage rond et impassible, son badge épinglé sur sa poche de chemise, il donnait l'impression d'un homme sérieux et aguerri. Exactement le genre de policier respectueux de la loi que les citoyens apprécient d'avoir sous la main.

— Monsieur Bond ?

— Oui. Merci d'être venu.

— Je vous en prie. Comment puis-je vous aider ?

— Vous avez fait une enquête sur ce qui s'est passé ici ?

— Bien sûr. Les Keller. Thomas et Gloria Keller. Ils sont restés ici un bout de temps. Ils vivaient un peu repliés, mais beaucoup de gens les connaissaient. On les voyait à l'église, au centre commercial. Ils paraissaient plutôt heureux ensemble. Pas de problèmes financiers, ni autres. Personne n'avait de reproches à leur faire.

Le policier était très pragmatique, imperméable à toute émotion, et Bond imagina qu'il devait observer rigoureusement la même attitude devant un meurtre ou une infraction de la route.

— Mrs Keller était originaire du Texas, mais je crois qu'ils se sont rencontrés au Mexique. Keller était allemand. Pas d'enfants.

— Et vous êtes sûr qu'elle l'a tué ?

— Tout l'indique, monsieur. Keller a été poignardé dans la cuisine et, même s'il est difficile de le prouver, il ne semble pas y avoir eu de lutte. Il est rentré du travail, sa femme l'attendait. Si ce n'est pas elle qui l'a tué, on se demande pourquoi elle serait partie aussi vite.

— Ça paraît un peu bizarre de tout abandonner derrière soi.

— Un voisin l'a vue filer dans un break bleu. Quelques minutes plus tard, la maison a pris feu. Évidemment, on a étudié sa situation financière. Il se trouve qu'elle a ré-hypothéqué la maison, et fait établir un chèque certifié à son nom. Son mari et elle avaient un compte d'épargne joint. Elle a tout liquidé, en espèces. Le matin même du meurtre.

— Du sang-froid, la dame.

— Je suis d'accord. On dirait qu'elle avait tout prémédité. La question qui se pose, c'est : pourquoi maintenant ?

En effet, c'était la question essentielle, réfléchissait Bond en revenant vers le motel. Pourquoi maintenant ? Et plus précisément, pourquoi juste deux semaines avant le lancement de la Vanguard ? Rien en apparence ne reliait Thomas Keller et Jason Sin – d'ailleurs, une attaque contre la fusée restait pure conjecture. Mais la longue expérience de Bond le portait à s'intéresser à l'inhabituel, au moindre petit écart dans le rythme de la vie. Il se pouvait que Gloria Keller eût subitement décidé de se débarrasser de son mari. Des années de ressentiment accumulé pouvaient conduire à un acte de violence aussi soudain que non prémédité. Mais il se pouvait, et c'était plus vraisemblable, que quelque chose eût changé dans leur vie, qui avait mené tout droit au meurtre. C'était en tout cas l'hypothèse de Bond.

Et maintenant ? Bond se sentait étrangement déconnecté au milieu de ce paysage plat et vide, de ces champs qui s'étiraient à l'infini jusqu'à la baie de Chesapeake. Le soleil était déjà très bas sur l'horizon. Il était tenté de monter vers le Nord pour retourner à New York. Il pourrait se mettre en contact avec le FBI et savoir s'ils avaient réussi à retrouver la piste de Gloria Keller. Il serait également intéressant de savoir si Sin Jai-Seong était revenu aux États-Unis. Mais c'étaient des questions qu'il pouvait très bien poser par téléphone, et son instinct lui disait de rester dans les parages de la base. Si l'ennemi devait passer à l'action, c'était ici. Et puis, surtout, il tenait à apprendre comment les photos volées en Allemagne avaient réapparu dans le bureau de Lawrence. Celui-ci ne lui dirait rien, mais Bond croyait s'être fait un allié de Johnny Calhoun, le directeur de la base. Il était trop tard pour retourner là-bas maintenant. Il tenterait sa chance demain.

Le motel Starlite se trouvait sur la Route 13, un peu à l'écart, adossé à une forêt de cèdres et de pins. Sans surprise, tout y était axé sur le thème de l'espace. Sur l'enseigne en forme de losange, épousant le nom en lettres de néon blanches, clignotait une fusée rouge prête à décoller. Les chambres étaient disposées en trois blocs séparés aux couleurs pastel, chacun avec un étage et un toit en saillie, baptisés Redstone, Jupiter et Thor. Même le carrelage de la piscine circulaire visait à imiter la planète Saturne. Ce n'était pas le genre d'établissement que Bond aurait choisi par goût, mais le Starlite était situé près de la base, étonnamment calme et, avec son label triple A, aussi propre qu'on pouvait l'espérer. « Dormez paisiblement dans nos confortables lits Elliott Fey, nos luxueux draps de percale et nos oreillers Horrockses en pur coton », clamait une affiche dans le bureau du gérant. Bond avait demandé une chambre au premier étage du bloc Redstone, qui était légèrement en retrait, près du mur d'enceinte. Pour huit dollars, il avait la suite Redstone 205, avec kitchenette et salle de bains, télévision, air conditionné et, ce qui comptait le plus pour lui, une vue dégagée sur le portail et la route.

Bond gara la voiture dans la cour, et alla à la réception récupérer sa clé. Le gérant de nuit n'était pas le même que celui qu'il avait vu en arrivant. Celui-ci avait largement dépassé l'âge de la retraite. Le regard ensommeillé, il se balançait dans un rocking-chair, les mains croisées sur sa panse. Il se leva avec difficulté et chercha un bout de papier dans une liasse.

— Vous avez eu un appel, dit-il. Un dénommé Calloon ou quelque chose de ce genre. Vous connaissez ? Il appelait de la base.

— Calhoun, vous voulez dire ?

— C'est ça, m'sieur. Oui. Il dit qu'il a un truc qui vous fera plaisir si vous restez dans le coin. Il dit que c'est important.

— Il a laissé un numéro ?

— Non, m'sieur. Et vous en avez pas besoin. Il viendra ici demain matin à huit heures. C'est ce qu'il a dit.

— Très bien. Vous avez ma clé ?

— Sûr, m'sieur.

Le gérant décrocha une clé du tableau de bois où s'affichaient les numéros de toutes les chambres Redstone et la lui remit.

— Bonne nuit, m'sieur. Dormez bien.

La berline pénétra dans l'enceinte du motel à deux heures du matin précises. Les pneus crissèrent doucement sur le gravier. C'était le plein cœur de la nuit, l'heure où l'obscurité est la plus absolue et les gens le plus profondément endormis. Vêtu d'une tenue de camouflage nocturne et chaussé de rangers, le conducteur, qui s'appelait Harry Johnson, descendit de la voiture et alla ouvrir le coffre. Il en extirpa quelque chose. C'était lourd et recouvert d'une bâche. Après lui, une autre voiture et une camionnette s'étaient arrêtées sur la bretelle qui menait au motel. Six hommes en sortirent, vêtus eux aussi de tenues noires, une cagoule sur le visage. Tous étaient armés, leurs holsters bien en vue en travers de la poitrine. À cette heure de la nuit, il n'y avait pas de témoins et donc pas besoin de se cacher. Ils fermèrent silencieusement les portières derrière eux et se glissèrent dans l'obscurité, en prenant les positions convenues.

Deux heures et deux minutes. Johnson était allongé à plat ventre sur le sol, les jambes écartées. Il tenait une M60, la mitrailleuse flambant neuve à mécanisme à gaz alimentée par une bande de cartouches, mise au point pour l'armée américaine. La crosse nichée contre l'épaule, il étendit le bras pour ajuster la visée arrière. La chambre 205 du bâtiment Redstone se trouvait juste en face de lui. La mitrailleuse disposait d'un deuxième canon amovible, dont il n'aurait pas besoin. Johnson en avait soigneusement nettoyé et huilé chaque élément, et lorsqu'il presserait la détente, il allait tirer six cents coups par minute avec une vitesse initiale de huit cent cinquante mètres. Or la cible était à peine à cent cinquante mètres-seconde. La chambre et tout ce qu'elle contenait seraient réduits en miettes. Les commanditaires de l'attaque ne prenaient aucun risque.

L'agent britannique devait être éliminé, et si deux mille balles capables de percer un blindage n'y parvenaient pas, il restait une demi-douzaine d'hommes pour délivrer le coup de grâce. L'opération entière ne devait pas durer plus de quatre-vingt-dix secondes. Il faudrait à la police sept minutes pour arriver, car une série de fausses alertes avaient déjà dispersé les forces de l'ordre dans différents secteurs. À l'intérieur de la camionnette, un septième homme surveillait les transmissions radio de la police. Il donnerait l'alerte longtemps avant l'approche de la première patrouille.

Pendant quelques secondes, Johnson écouta ce silence intense qui caractérise le plein cœur de la nuit. On entendait quelques cigales, un hurlement de chouette. Le moment était venu. Il arrondit doucement l'index autour de la détente, et appuya.

Amplifié par le silence, le staccato de la M60 tonna avec une violence inouïe. Des éclairs fusaient autour du canon. De l'autre côté de la cour, la chambre 205 cessa tout simplement d'exister. La façade en bois, la porte et les fenêtres se désintégrèrent. Johnson imaginait, comme s'il y était, les lampes qui explosaient, les cadres arrachés des murs, des éclats de verre volant dans tous les sens, l'air lui-même haché par un flot ininterrompu de balles chauffées à blanc. Et l'homme couché dans le lit ? Il s'était peut-être réveillé quelques secondes, son corps s'était tordu, convulsé sous l'impact des balles, son sang inondait les draps. Sa mort n'aurait pu être plus rapide ni plus brutale. Une mort d'agent secret.

Johnson relâcha son index. Le silence qui s'abattit était presque palpable. La nuit bataillait pour reprendre ses droits. Il ne subsistait rien de la 205. Dans les autres chambres, des lampes s'allumèrent. Une femme cria. Un bébé se mit à pleurer. Certains clients se jetaient sur leur téléphone pour appeler la police. Mais il n'y avait aucune urgence. Ils avaient largement le temps. Harry Johnson regarda les silhouettes noires monter rapidement au premier étage du bloc Redstone pour faire l'état des lieux.

James Bond aussi les regarda passer.

Un agent secret de terrain développe un sixième sens. L'avoir ou pas fait la différence entre la vie et la mort. Dès l'instant où Bond était revenu au motel, il avait senti que quelque chose clochait. Pas suffisamment pour s'en aller, mais assez pour prendre des précautions. Peut-être une lueur de nervosité dans le regard du gérant, peut-être ce message transmis de façon évasive. Il était possible, évidemment, que Calhoun eût pu découvrir dans quel motel Bond était descendu. Mais, si Calhoun avait téléphoné, pourquoi avoir mentionné qu'il travaillait à la base ? Ce n'était pas le genre d'information que l'on donne à la légère, surtout avec le déploiement de mesures de sécurité qui entourent un lancement de fusée. Et pourquoi passerait-il au motel le lendemain matin ? Il était plus logique qu'ils se voient dans son bureau. En additionnant tous ces points, Bond acquit la conviction, à quatre-vingts pour cent, que des gens mal intentionnés voulaient s'assurer qu'il resterait là où il était. Cela signifiait qu'ils prévoyaient de lui rendre visite dans la nuit.

Il avait donc pris sa clé au bureau comme si de rien n'était. Mais, une fois dans la chambre, il était passé à l'action. Il avait remarqué, grâce au tableau des clés à la réception, que le bloc Redstone était quasiment vide. Il lui avait été très facile de faire son sac et de descendre discrètement à la chambre 105, juste au-dessous. Toutes les chambres avaient une porte sur le devant et une fenêtre coulissante à l'arrière. Il avait fait le tour et forcé le loquet sans difficulté avec un couteau pris dans la kitchenette. La chambre 105 était rigoureusement identique à la 205, jusqu'au tableau abstrait accroché au-dessus du lit. Il s'était allongé dans le noir tout habillé, pour guetter la suite des événements. Si le gérant du motel ou des clients tardifs arrivaient, il aurait le temps de filer avant qu'ils eussent ouvert la porte. Si c'était un problème plus grave, il serait prêt à l'affronter.

Bond somnola d'un sommeil léger. Très léger. Avant même que la voiture n'eût franchi l'entrée, il avait perçu quelque chose, et ses yeux s'étaient ouverts, aussitôt en alerte. Il sentit que le rythme de la nuit avait été rompu. Le chant des cigales s'était tu un instant. Quelque part, un chien avait poussé trois ou quatre jappements. Il entendit, sans savoir de quoi il s'agissait, le cliquetis du trépied d'une mitrailleuse d'infanterie M60 que l'on posait sur le gravier de la cour. En restant au motel, Bond savait qu'il avait tenté le diable, mais quel choix avait-il? Ceux qui étaient là, dehors, le mèneraient à leurs commanditaires. Sans piste fiable, il avait dû saisir la seule occasion qui se présentait.

En regardant par un interstice du rideau, il comprit que de gros ennuis l'attendaient et qu'il avait sous-estimé l'adversaire. Il vit les six hommes se déployer sur le périmètre. Cela le mettait à six contre un. En tout cas, ils ne prenaient pas de risques! Ils n'allaient tout de même pas déclencher une guerre au milieu d'un motel? Bond venait à peine de se poser la question que la mitrailleuse ouvrait le bal et ravageait la chambre qu'il aurait dû occuper. Le vacarme était assourdissant, l'assaut rapide des balles qui martelaient inlassablement le bois et la brique presque tangible. Accroupi trois mètres plus bas, avec tout juste quelques centimètres de plafond et de plancher entre lui et l'enfer, Bond était ébranlé par la férocité de l'attaque, et par la certitude d'avoir échappé à la mort. De la poussière et des éclats de bois tombaient du plafond. L'odeur de cordite l'enveloppait. Pendant quelques secondes, il crut que tout était redevenu silencieux, puis il s'aperçut qu'il avait été littéralement assourdi. Quand son ouïe se rétablit, il entendit une femme crier, un bébé pleurer. Ils étaient dans le bloc voisin. Il vit à travers le store des lumières s'allumer près de la réception. Mais le gérant de nuit lui-même était sans doute déjà très loin.

Bond sortit le pistolet semi-automatique Remington M1911 que lui avait gracieusement fourni le FBI à son arrivée à New York. L'arme était un peu lourde à son goût, mais il l'avait gardée contre lui en s'allongeant sur le lit, et il était heureux de l'avoir. Il avait l'esprit en ébullition. La mitrailleuse était censée l'avoir achevé. Les six hommes étaient venus en soutien pour s'assurer que le travail était fait. Oui, il avait vu juste. Deux d'entre eux se tenaient dans la cour. Il entendit des pas dans l'escalier extérieur. Trois montaient à l'étage en se couvrant mutuellement. Comme s'il subsistait une chance que l'occupant de la chambre 205 eût survécu et fût encore en état de répliquer ! Il avait environ quinze secondes avant qu'ils ne donnent l'alarme. Et ensuite ? Bond pesta contre sa propre imprévoyance. La voiture de location était garée dehors. Ils savaient donc qu'il était là. Sitôt qu'ils auraient compris leur erreur, ils fouilleraient toutes les chambres une à une.

Il alla à la fenêtre coulissante donnant sur l'arrière. Trois hommes en haut. Deux sur le devant. Cela en laissait un seul derrière. Bond l'aperçut presque aussitôt, à quelques pas, les yeux levés vers ce qui subsistait de la 205. Parfait. L'homme regardait du mauvais côté, et sa cagoule réduisait son champ de vision. Bond enjamba la fenêtre et couvrit la distance qui le séparait de lui à la vitesse de l'éclair. Il le frappa à la gorge avec le pistolet, sentit le canon écraser le cartilage thyroïde et casser net le petit os hyoïde juste au-dessus. L'homme s'effondra, et il aurait sans doute poussé – ou gargouillé – un cri de douleur si Bond ne l'avait empêché d'émettre le moindre son.

Il le frappa à nouveau, cette fois d'un coup de crosse sur la nuque. L'homme s'affaissa entre ses bras et Bond le laissa doucement glisser à terre.

La scène avait duré dix secondes, peut-être moins. Il n'y avait pas de temps à perdre. Bond retira la cagoule de l'homme – sans même jeter un coup d'œil à son visage –, et l'enfila sur sa propre tête. Avec ses vêtements noirs, il serait moins repérable. Et s'il restait éloigné des fenêtres éclairées, il avait une petite chance de s'en sortir. La mitrailleuse était silencieuse, toutefois le souvenir de sa fureur flottait encore dans l'air. La femme avait cessé de hurler. Le bébé pleurait toujours. Bond entendit une voix, en haut, crier : « Il n'est pas là. »

Ils savaient qu'il les avait roulés. Ils le cherchaient déjà. Le premier mouvement de Bond aurait été de fuir par la forêt derrière le motel, mais il n'y avait aucune ouverture dans le mur d'enceinte. Il contourna le bâtiment en espérant trouver un moyen de rejoindre la route. Cinq hommes armés, il pouvait encore s'en arranger. Le vrai problème était la mitrailleuse. Elle cracherait son tonnerre sur lui avant qu'il eût pu s'en approcher. Avec la lumière qui se déversait maintenant d'une demi-douzaine de chambres, il ferait une cible facile. Allaient-ils le reconnaître malgré la cagoule ? Avaient-ils mis au point un moyen de reconnaissance visuelle pour le cas où l'un d'eux serait blessé ?

Deux silhouettes surgirent en courant dans sa direction, et Bond comprit immédiatement que ses vêtements, sa taille, ou simplement le fait qu'il se dirigeait dans la mauvaise direction l'avaient trahi. Les deux hommes s'arrêtèrent net et pointèrent leur arme. Bond tira le premier, abattit les deux, puis courut vers sa voiture, conscient que le canon de la mitrailleuse le suivait et que l'index appuyait déjà sur la détente. La voiture était une Plymouth, modèle typique de l'automatisation américaine, lourde et prévisible malgré ses effets de forme. Pour l'instant, c'était tout ce dont il avait besoin. Une paroi de métal, une barrière entre lui et la mort. À l'instant où il se jeta à terre, la mitrailleuse entama son vacarme infernal. La voiture frémit de toute sa carcasse, les vitres explosèrent, la tôle se tordit, les rétroviseurs giclèrent. La clé était dans la poche de Bond mais il savait qu'il n'irait nulle part. La Plymouth avait des soubresauts d'animal blessé. Puis deux pneus éclatèrent et elle s'affaissa sur un flanc. La mitrailleuse se tut.

Bond était pris au piège. Le motel était derrière lui. Le portail, unique voie de sortie, était à plus de quatre-vingts mètres, et le mitrailleur posté là-bas hors de portée de son Remington. Il avait mis trois adversaires hors de combat, mais il en restait encore quatre, dont trois se rapprochaient dans l'obscurité. Ils connaissaient sa position. S'il tentait une sortie, il serait immédiatement abattu. Il était furieux contre lui-même. Puisqu'il avait anticipé une visite hostile, au lieu de rester là, il aurait mieux fait de se poster de l'autre côté de la clôture, dans le bois, ou près de la route. N'importe où sauf ici. Combien de minutes s'étaient écoulées depuis le début de l'assaut ? La police ne devrait maintenant plus tarder. S'il parvenait à tenir encore un peu…

Bond ôta la cagoule. Il n'en avait plus besoin, et ça le faisait transpirer. Pour tenter une petite expérience, il la jeta derrière la Plymouth. Instantanément, un coup de feu claqua. Tiré par un automatique, celui-là. Les fantassins l'avaient donc dans leur ligne de mire, eux aussi. Comment procéderait-il, à leur place ? C'était simple. La mitrailleuse allait le fixer où il était, tandis que les trois cherchaient une position de tir dégagée. Bond serra les dents.

C'est alors que, venant de la route, une voiture surgit brutalement, tous phares allumés. Bond risqua un coup d'œil et la vit entrer en trombe dans la cour du motel, renverser la mitrailleuse de son trépied et l'éjecter plus loin. Le mitrailleur s'était écarté juste à temps. La voiture pila devant la Plymouth et la portière arrière, déjà entrouverte et emportée par le mouvement, s'ouvrit en grand. « Montez ! » cria une voix. Bond n'hésita pas. Il sortit en faisant feu et eut la satisfaction de voir un des cagoulés s'effondrer. Cinq pas le séparaient de la voiture. Il continua de tirer et plongea tête la première sur la banquette arrière. Ses pieds dépassaient mais la voiture redémarra aussitôt. Le conducteur braqua à cent quatre-vingts degrés et écrasa la pédale d'accélérateur. Bond se redressa. Sans se préoccuper pour l'instant de la personne qui venait de le sauver, il vit que le mitrailleur posté à l'entrée avait repris ses esprits et récupéré sa mitrailleuse. Il la tenait à hauteur de hanche, pointée sur eux. La voiture fonça sur lui sans marquer une hésitation. C'était un peu le jeu de la poule mouillée. À qui serait le plus rapide. Bond s'arc-bouta. Il vit le visage du mitrailleur se rapprocher à toute vitesse, les cheveux gris et courts, le visage carré, les yeux étroits. La mitrailleuse était en position de tir. Heureusement, la voiture le percuta de front avant qu'il eût pu faire feu. Bond sentit l'impact, il vit l'homme et la mitrailleuse voler de part et d'autre de la voiture avant de disparaître dans la nuit. Il jeta un regard en arrière. Les deux cagoulés survivants avaient réussi à atteindre le portail, pourtant ils n'essayaient pas de tirer. Le mitrailleur gisait entre eux, bras et jambes en croix, inerte.

La portière était toujours ouverte. Bond la ferma, puis il se pencha vers l'avant pour examiner le conducteur. Le Remington était vide mais il savait qu'il n'en aurait plus besoin.

— Merci.

— Je vous en prie, répondit Jeopardy Lane.

XV

LA PISTE DE L'ARGENT

— Très bien, Jeopardy. Maintenant, cessez de faire l'idiote.

Bond piqua son œuf de la pointe du couteau et regarda le jaune s'étaler sur l'assiette.

— Qui êtes-vous et quel est votre rôle dans cette histoire ?

Il était quatre heures du matin. Bond prenait un petit déjeuner qui ne lui faisait pas envie, dans un endroit qu'il ne connaissait pas. Il n'avait pas faim mais il ne pouvait pas non plus dormir. Ses nerfs submergeaient encore son organisme d'adrénaline, cette substance organique qui guidait l'humanité depuis qu'elle était sortie des cavernes. L'épinéphrine, son autre nom, était sécrétée en réaction au danger et offrait une seule alternative : fuir ou lutter. Peut-être dans son cas avait-elle été trop sollicitée car, finalement, il avait pris les deux options.

Jeopardy ne mangeait pas. Elle avait commandé un café et allumé une cigarette qu'elle fumait nonchalamment, comme si elle remarquait à peine son existence. Il y avait une lueur douloureuse dans son regard. Elle venait de tuer un homme et, même si elle essayait de prétendre que ça ne l'affectait pas, il était évident qu'elle n'en avait pas l'habitude et avait du mal à cacher le choc que cela lui avait causé.

— Je suis fatiguée. Nous en parlerons dans la matinée.

— C'est déjà le matin, insista Bond. Et je ne tiens pas à me réveiller seul dans une autre chambre d'hôtel.

— Je suis désolée de vous avoir faussé compagnie, James. D'accord ? C'est ça que vous voulez entendre ? Des excuses ? Essayez de vous mettre à ma place. Je ne savais pas qui vous étiez ni ce que vous faisiez en Allemagne. J'ai simplement fait mon travail.

— Lequel ? Vous êtes de la CIA ?

Ils étaient les seuls clients d'un petit restaurant de bord de route, sinistre et tout en longueur. Un tableau de Edward Hopper sans les couleurs. La serveuse somnolait derrière le bar, un long comptoir d'acajou bordé d'une rangée de tabourets hauts inoccupés. Le cuisinier avait les yeux chassieux et besoin de se raser.

— D'accord, céda Jeopardy. Je ne vois aucune raison de vous le cacher. Je travaille pour les services secrets américains, et je suis attachée au ministère des Finances. Une sorte d'agent de terrain. J'enquête sur les délits financiers.

— Quel genre de délit financier ?

— Toutes sortes. Principalement la fausse monnaie.

Bond avait l'impression que sa tête flottait. Peut-être était-il trop tard – ou trop tôt – pour cette conversation. Quel lien pouvait avoir la contrefaçon de billets avec le lancement de la Vanguard et l'accointance de Sin avec le SMERSH ?

— Continuez, dit-il d'un ton las.

— Vous êtes certain de vouloir discuter maintenant ?

— Disons plutôt que je préfère ne pas vous perdre de vue avant que vous ne m'ayez raconté la vérité.

— D'accord.

Elle ouvrit son sac et en sortit un billet de cent dollars neuf qu'elle posa sur la table, comme si elle allait régler l'addition.

— Regardez bien. À votre avis, vrai ou faux ?

Bond prit le billet. Il savait que c'était un défi impossible. La monnaie américaine lui était familière, mais pas au point de savoir en reconnaître les détails, encore moins à quatre heures du matin. Néanmoins il fit semblant d'examiner le billet, palpa le papier, le leva à la lumière et distingua les minuscules fibres rouges et bleues tissées dedans. Benjamin Franklin le toisait de son air impassible. Dans le fond, il y avait un bâtiment nommé Independance Hall, dont Bond n'avait pas la moindre idée où il était situé. À Washington, probablement. Le billet était flambant neuf. Il le reposa sur la table et dit :

— Pour moi il a l'air vrai. Mais j'imagine que vous allez me dire le contraire.

— Le billet est presque parfait, répondit Jeopardy. Un quart de lin, trois quarts de coton. Il a été fabriqué par impression en creux, avec une encre appliquée avec une très forte pression. Le dessin ne pourrait pas être plus précis. Et ce n'est qu'un exemplaire des cent quatre-vingt-cinq billets de cent dollars reçus par mon service il y a environ une semaine. Nous avons tout de suite été intrigués. D'abord, ils étaient tout neufs. Regardez celui-ci. On voit qu'il n'a jamais été mis en circulation. Mais ce qui le rend encore plus étrange c'est qu'il a été fabriqué il y a au moins sept ans.

— Comment le savez-vous ?

— En 1950, des modifications ont été apportées au dessin, notamment aux deux sceaux. On a ajouté des pointes au sceau de la Réserve fédérale et celui du Trésor est plus petit. Ce billet est antérieur. Et, entre le moment de sa fabrication et maintenant, il n'a jamais vu la lumière du jour. Il y a une bonne raison à ça. Bien sûr, il pourrait être authentique, avoir été volé et caché pendant tout ce temps. Mais, si vous regardez de plus près, vous voyez que les yeux de Benjamin Franklin sont un peu ternes. Certains cheveux tombant sur le col sont grossiers, mal finis. Je n'ai jamais vu une contrefaçon de cette qualité, mais il n'y a aucun doute.

En écoutant Jeopardy, Bond découvrit une autre facette d'elle. Une passion insoupçonnée, un éclat d'excitation dans son regard, une coloration de ses joues pâles et juvéniles. Il connaissait beaucoup de femmes qui aimaient dépenser l'argent, mais Jeopardy était la première qui avait une telle flamme pour le papier-monnaie lui-même.

— Le magot de cent quatre-vingt-cinq mille dollars a été découvert par la police du Nevada, dans une chambre d'hôtel de Las Vegas. La suite du Flambeur ! La femme qui l'occupait était là depuis deux soirs. Elle avait littéralement perdu la boule. Elle jouait, buvait – et perdait – comme si c'était le dernier jour de sa vie. Ils se sont aperçus qu'elle avait flambé cinq mille dollars en une seule fois à la roulette. C'est la direction du casino qui a prévenu la police. Ces salauds ne se gênent pas pour prendre l'argent de tous ceux qui entrent chez eux, mais ils n'aiment pas les ennuis et ils détectent les comportements louches. Il est difficile de savoir exactement comment les choses se sont passées. Toujours est-il que deux agents de police sont venus frapper à la porte de la femme et il semble qu'elle se soit affolée. Elle est sortie sur le balcon et, quand ils ont enfoncé la porte, elle a sauté. Le problème, c'est qu'elle était au vingt et unième étage.

— Gloria Keller ?

— Oui. Gloria Keller. Le capitaine Lawrence vous a parlé d'elle ?

— Le capitaine Lawrence ne m'a absolument rien dit. Laissez-moi deviner. Elle a vu débarquer la police, elle a cru que c'était à cause de son mari...

— ... et elle était trop ivre pour réfléchir. C'est à peu près ça. Les policiers ont fouillé la chambre et découvert les dollars dans une valise. Un malin du commissariat de Las Vegas a décidé de nous l'envoyer. Nous avons vite découvert que les billets étaient faux, et j'ai été chargée de l'affaire.

— Comment vous êtes-vous retrouvée à Nürburg ?

— Doucement. J'y viens.

Elle avait terminé sa cigarette et en alluma une autre. Bond repoussa son assiette, qu'il avait à peine touchée.

— D'abord, vous devez comprendre que, pour nous, c'était un gros coup. Sinon, ça n'aurait jamais avancé aussi vite. D'habitude, ce n'est pas le genre de came qu'on trouve en circulation. Ce sont les meilleures contrefaçons qu'on ait jamais vues. Les billets sont si parfaits qu'ils pourraient provenir de l'Opération Bernhard.

— Sachsenhausen ? Le camp de concentration ?

Bond fronça les sourcils en se rappelant le complot monté pendant la Seconde Guerre mondiale.

— J'ai toujours cru que les Allemands n'avaient produit que des livres sterling anglaises.

— Leur plan consistait à déstabiliser l'économie britannique en l'inondant de fausse monnaie. Avec une équipe constituée de déportés du camp de Sachsenhausen, le major Bernhard Kruger a contrefait plus de cent trente millions de livres. Et les billets étaient, paraît-il, d'une perfection inégalée. Puis, vers la fin de la guerre, il s'est intéressé aux dollars américains avec le même succès.

— On l'a arrêté avant qu'il puisse les fabriquer.

— Ça, c'est l'histoire officielle. Mais la rumeur a toujours couru que quelques lots de billets de cent dollars avaient vu le jour et étaient tombés, avec les imprimeurs, aux mains des Soviétiques. D'ailleurs, nous avons déjà eu la preuve de leur existence. J'y reviendrai.

C'était une femme totalement différente de celle que Bond avait rencontrée en Allemagne. Jeopardy parlait posément, totalement absorbée par son sujet.

— En réalité, nous avons une bonne raison de croire que l'argent trouvé à Las Vegas provient effectivement de l'Opération Bernhard. Et dès l'instant où nous avons appris que Gloria Keller était l'épouse de Thomas Keller, contrôleur général à Wallops Island, nous avons été très inquiets.

Les idées de Bond s'emballaient. Il ne s'était pas trompé en établissant le lien. Keller est soudoyé par les Russes pour commettre un acte de sabotage. Il revient chez lui avec une valise remplie de dollars mais, avec leur mesquinerie habituelle, les Russes le payent avec des faux billets. Sa femme saisit l'occasion pour reprendre sa liberté, le tue, et file à Las Vegas avec l'argent. Quand la police se présente à sa porte, elle croit qu'ils viennent l'arrêter pour le meurtre de son mari, et se suicide. C'était clair et net. Sauf…

— Vous savez ce que Keller devait faire en contrepartie de l'argent ?

— Non.

— Mais c'est en rapport avec le lancement de la Vanguard.

— Le Laboratoire de Recherche de la Marine ne le croit pas. Ils ne voient pas pourquoi les Soviétiques voudraient détruire une fusée américaine. Ni ce qu'ils auraient à y gagner.

Bond avait déjà entendu ces arguments de la bouche du capitaine Lawrence. Raisonnement militaire typique. S'ils ne voyaient pas le danger, le danger ne pouvait pas exister.

— De toute façon, si quelqu'un voulait perturber le programme spatial américain, il y a une quantité de cibles plus intéressantes, reprit Jeopardy.

— Admettons. Maintenant dites-moi ce que vous faisiez à Nürburg ?

— Là, c'est un coup de chance. Mais toujours en rapport avec les faux dollars. L'année dernière, un de nos enquêteurs a été appelé pour examiner un paiement de mille dollars effectué avec exactement les mêmes faux billets. Ceux de l'Opération Bernhard. Même les numéros de série se suivaient. L'argent avait été versé en acompte pour l'achat d'une voiture de luxe et, pour une raison quelconque, le commerçant s'est méfié. L'acheteur était un homme d'affaires new-yorkais milliardaire et, quand le commerçant est venu frapper à sa porte, il a joué les innocents. Pourquoi un homme dans sa position risquerait-il sa réputation en utilisant de l'argent sale ? Les billets lui avaient forcément été remis par quelqu'un d'autre. Il ne se rappelait plus qui. Il traitait souvent des affaires avec de grosses sommes en espèces. Il était choqué qu'une telle chose puisse se produire et que le ministère des Finances soit impliqué. Évidemment, nous avons été obligés de le croire. L'homme était un personnage en vue, qui employait énormément de monde. Un Coréen. Très respecté dans sa communauté.

— Sin.

— Oui. Sin Jai-Seong. Nous avons mené une enquête sur lui mais nous n'avons rien trouvé. Arrivé de Corée du Sud aux États-Unis huit ans plus tôt, il avait débuté à Hawaï où de lointains cousins l'avaient accueilli, et il avait démarré une affaire à partir de zéro. Il y avait néanmoins des interrogations sur son financement initial – Sin avait rapidement fait fortune. En fait, pour un homme d'affaires d'une telle trempe, il est comme une page blanche. Et cela a suffi pour déclencher les sonnettes d'alarme. Dans notre domaine, nous suivons toujours la piste de l'argent. C'est la première règle. Sin a des résidences à New York, Hawaï, un peu partout dans le monde. Quand j'ai appris qu'il en avait aussi une à Nürburg, j'ai eu envie de venir voir. C'est là que je vous ai rencontré.

— Et les photos ? demanda Bond d'un ton involontairement accusateur.

Jeopardy haussa les épaules.

— En les voyant, j'ai fait le rapport avec Thomas Keller. Je ne pouvais pas ne pas les rapporter à mon service. Et je ne vais pas m'excuser de vous avoir laissé tomber, James. J'ai simplement fait ce que je pensais être le mieux. D'ailleurs, vous ne m'avez dit ni qui vous étiez ni ce que vous faisiez. Je ne le sais toujours pas. Enquêteur, ça peut signifier beaucoup de choses.

Bond était déjà parvenu à la conclusion qu'il devrait tout lui raconter. Jeopardy venait de lui sauver la vie, et maintenant elle prenait toute l'opération en main, très professionnelle et sûre d'elle. Elle était impressionnante de bien des façons, et malgré l'heure et la fatigue, il avait très envie d'embrasser cette bouche sérieuse, violemment, jusqu'au sang. Au lieu de cela, il lui raconta ce qu'elle voulait savoir, à partir de son entretien avec M jusqu'au moment où elle était venue à son secours.

— Donc nous sommes dans la même branche, dit Jeopardy. J'aurais dû le deviner. Les services secrets britanniques !

— Exact.

— Pourquoi ne pas me l'avoir dit tout de suite ?

— Vous n'étiez pas plus bavarde.

Ils se turent. Bond examina le visage rond et juvénile, les cheveux très courts, le regard intense.

— Une chance que vous soyez arrivée, reprit-il. Je ne m'attendais pas à un pareil accueil au motel Starlite.

— Ce n'était pas exactement de la chance, répondit Jeopardy. J'ai envoyé les photos au NRL mais ça ne les a pas du tout intéressés. Il n'y a pas plus stupide que ces gens-là. Alors je suis venue à Wallops Island voir si je pouvais en apprendre davantage sur Keller et son rôle dans le programme spatial. J'étais à la base lorsque vous êtes sorti du bureau de Lawrence. Je vous ai vu monter dans votre voiture et j'ai décidé de vous suivre. Apparemment je n'étais pas la seule. Une autre voiture a démarré après que vous l'avez dépassée. Elle était juste devant moi. Vous les avez conduits au motel et j'ai préféré rester dans les parages, par curiosité. (Elle haussa les épaules.) C'était peut-être la chance, finalement. Je ne sais pas. Tout ce que je sais, c'est qu'ils avaient vraiment envie de vous voir mort.

— Maintenant nous sommes tous les deux dans le même bain. Et engagés dans la même opération. À cette différence que nous y sommes arrivés par deux voies opposées. (Bond soutint son regard.) Vous êtes d'accord ? Ou allez-vous de nouveau disparaître dès que j'aurai les yeux fermés ?

— Bien sûr, je suis d'accord. Il faut juste que j'en parle à mes supérieurs. Mais ne vous inquiétez pas. Je ne vais nulle part.

Elle écrasa sa cigarette et posa quelques dollars sur la table – vrais, ceux-là.

— Mon hôtel est de l'autre côté de Salisbury.

— Êtes-vous en train de m'offrir une nouvelle nuit sur un canapé ?

Jeopardy ne releva pas l'insinuation.

— Ce ne sera pas nécessaire. Il y a plein de chambres libres. Allons dormir un peu. Demain, nous déciderons de la suite.

Elle appela la serveuse pour régler l'addition. Dehors, le soleil avait déjà commencé à se lever. Les premiers filaments de l'aube se dessinaient à l'horizon. C'était la dernière journée avant le lancement de la fusée.

XVI

LA TANIÈRE DU LION

Bond s'éveilla à contrecœur. Le vol transatlantique, les événements de la veille, la longue nuit qui avait suivi, tout cela accumulé l'obligea à batailler pour s'extraire du tunnel du sommeil. Il se trouvait dans une chambre parfaitement carrée, parfaitement inintéressante et, constat déprimant pour entamer une nouvelle journée, parfaitement seul. Il rejeta le drap et se leva. Les rideaux étaient fermés mais le soleil filtrait sur les bords. En les ouvrant, il découvrit un grand patio et une piscine dans laquelle un nageur enchaînait les longueurs.

Une nageuse, en réalité. Il reconnut tout de suite Jeopardy. Ses épaules et ses bras musclés la propulsaient sur un rythme lent et régulier. Elle portait un maillot couleur chair qui, l'espace d'un instant, donnait l'illusion d'une totale nudité. Le regard de Bond s'attarda sur le sillage que laissait son petit postérieur rond, presque enfantin. Elle atteignit l'extrémité de la piscine et, sans s'arrêter pour reprendre son souffle, vira souplement en tire-bouchon. Satisfait, Bond alla prendre une douche, puis il passa quelques coups de téléphone à Londres et New York.

Un peu plus tard, les cheveux encore mouillés, Jeopardy le rejoignit pour le petit déjeuner.

— Jason Sin est rentré aux États-Unis, lui annonça Bond. Je l'ai appris par la CIA. Il a atterri à Idlewild il y a deux nuits et disparu dans la nature. Mais, hier, il a été vu dans une voiture qui entrait dans une usine, à la sortie de Paterson, dans le New Jersey.

— Le Diamant Bleu ?

— Oui. Une sorte de dépôt.

Jeopardy hocha la tête.

— J'ai vu des photos. Sin a de nombreuses activités dans le bâtiment et il possède ses propres engins de chantier : excavatrices, tombereaux, pelleteuses, semi-remorques, tout le tralala. (Elle réfléchit un instant.) Mais pourquoi ? À votre avis, que fait-il là-bas ? Que cache-t-il ?

— Pour le savoir, le mieux est d'aller voir.

Bond avait pris sa décision. Ils ne gagneraient rien à rester dans le Maryland. Les services secrets britanniques et américains avaient transmis au Laboratoire de Recherche de la Marine tous les avertissements et recommandations nécessaires, mais le NRL était décidé à respecter son programme. Ce qui ne leur laissait, à eux, d'autre choix que d'aller au-devant de l'ennemi.

— Si Sin se trouve dans cet endroit la veille du lancement, c'est qu'il a une raison, reprit Bond. Et si je trouve un moyen d'y entrer, je pourrai au moins jeter un coup d'œil.

— Je vous accompagne, dit Jeopardy.

Bond sourit.

— Je n'ai pas imaginé un instant y aller seul. Sérieusement, Jeopardy, ce que vous avez fait hier soir est incroyable. Les services secrets américains ont une sacrée chance de vous avoir.

— Oublions ça. Disons que j'ai payé ma dette. Allez, en route.

Il y avait sept heures de voiture pour rejoindre le New Jersey. Jeopardy conduisait une Chevrolet Bel Air. Ils firent un arrêt au bout d'une demi-heure devant un magasin d'armes : Harry's Gun Shop (« Tout pour l'homme qui aime la nature »). Bond avait laissé ses munitions au motel, mais il avait son Remington et son portefeuille, les deux seules choses réellement indispensables en Amérique. Il acheta ce dont il avait besoin à un vieux commerçant édenté qui déposait les articles sur le comptoir comme si c'était de la menue monnaie. Après quoi ils reprirent la route et roulèrent un long moment en silence. Bond alluma une cigarette et en offrit une à Jeopardy, qui refusa.

— Pas en conduisant, dit-elle.

— Allez-vous enfin me parler un peu de vous ? Comment êtes-vous devenue une espionne ?

— Je ne suis pas une espionne. Je vous l'ai dit. Je suis un agent de terrain. Je n'ai pas de pistolet, et je n'envoie pas aux gens des messages codés. Je ne suis pas comme vous.

— Bon, alors comment êtes-vous devenue agent de terrain pour les services secrets américains ?

— Pourquoi cette question ? demanda-t-elle, soudain sur la défensive.

— Parce que ça m'intéresse. (Bond baissa sa vitre pour faire sortir la fumée.) Ne vous inquiétez pas, Jeopardy. Ça restera entre nous. Si nous devons avoir des ennuis ensemble, je préfère savoir avec qui je travaille.

Elle se radoucit.

— Il n'y a pas grand-chose à raconter. Si vous tenez à savoir la vérité, j'ai grandi dans un quartier très mal famé. On pourrait dire que je suis née du mauvais côté de la voie... au sens propre du terme. Notre maison était située derrière un immense dépôt de chemins de fer, à Coney Island. Au bout, il y avait une clôture, et tous les gamins avaient l'habitude de passer par-dessus pour aller jouer sur les rails et traîner autour des ateliers. Évidemment c'était dangereux, et la direction du dépôt avait fait mettre une grande pancarte sur une chaîne. Un simple mot écrit à l'encre rouge : JEOPARDY[1]. C'est de là que vient mon nom. Ma mère a vu la pancarte le jour où elle a accouché et elle a trouvé que c'était approprié.

Jeopardy passa la vitesse supérieure et se dégagea pour doubler la Pontiac qui roulait devant eux. Bond aimait les femmes qui conduisaient avec assurance. Jeopardy était parfaitement à l'aise sur la route, et cela ne l'étonnait pas.

— Mon père est mort alcoolique quand j'avais six ans, poursuivit-elle d'un ton neutre, comme si elle avait commenté la météo. Ma mère a essayé de s'occuper de moi mais elle avait déjà du mal à s'occuper d'elle-même. J'ai grandi dans la rue, à jouer au ballon avec les autres et à me nourrir de hot-dogs au Nathan's. Quand j'ai eu treize ans, j'ai pris le virus de la fête foraine. À Coney Island, on était aux premières loges. Des tas d'ados faisaient ça. C'était de l'argent facile à gagner, et personne ne nous posait de questions. Pendant trois mois, j'ai travaillé dans une attraction. J'étais « Olga, la fille sans tête ». Vous connaissez ? Je devais me tenir assise, la tête derrière des miroirs, avec plein de tubes qui me sortaient du cou. « Vous avez tous entendu parler des cœurs et des poumons artificiels, eh bien maintenant mesdames et messieurs, voici la fille à la tête artificielle ! » Je m'amusais bien. J'enlevais mes gants, je croisais et décroisais les jambes.

---

1. *Jeopardy* signifie « danger ».

J'entendais le public pousser des cris horrifiés. On me payait dix cents de l'heure.

» Ensuite, j'ai fait une saison sur le "Mur de la Mort". Je faisais des tours sur les parois d'un tonneau géant avec une moto Indian Scout. Il fallait rouler à soixante-dix à l'heure pour se maintenir. Le patron faisait de la retape sous prétexte que j'étais une fille. On m'appelait "La casse-cou". Mais je ne crois pas que les gens étaient spécialement impressionnés, parce qu'en fait je ressemblais à un garçon, et plutôt teigneux.

» J'y serais peut-être encore. Sauf que la promenade en planches et la fête foraine commençaient à décliner. Puis ma mère est morte d'un cancer du foie, et un oncle dont je n'avais jamais entendu parler est venu me voir et m'a embarquée à Washington DC. À partir de là, ma vie a changé. Elle a littéralement basculé. Comme si tout ce que j'avais vécu avant n'avait jamais existé. Ralph et Gracie étaient de braves gens. Ils n'avaient pas d'enfant. Mon allure les a horrifiés. Ils ont décidé de me reprendre en main. Ils m'ont envoyée à l'école, puis à l'université. Ils m'ont obligée à rattraper mon retard. Ils ont transformé mon apparence. Ils ont tout changé en moi. Église le dimanche, repas en famille autour de la table, pas d'alcool… et pas de gros mots. Ralph travaillait au ministère des Finances et, après mes études, il m'a trouvé un poste d'assistante. Aujourd'hui je suis enquêtrice. Je vis toujours à Washington. J'ai un joli appartement. Je vis seule. Et ma vie me plaît ainsi. (Elle changea de file pour doubler à nouveau.) Maintenant, parlons d'autre chose. Sinon allumez la radio. Il nous reste encore trois heures de route.

Le soleil avait commencé à décliner mais la chaleur de l'après-midi était encore forte lorsqu'ils arrivèrent devant le dépôt d'engins de chantier appartenant à l'entreprise du Diamant Bleu de Jason Sin.

Il était cinq heures. Dans trente heures exactement aurait lieu le lancement de la Vanguard. Quel lien y avait-il entre cette zone industrielle du New Jersey et un événement se déroulant à sept cents kilomètres ? Quel intérêt le SMERSH – avec le pouvoir et l'ambition qui étaient les siens – pouvait-il trouver à ce dépôt d'engins lugubre où des excavatrices côtoyaient des chariots élévateurs usagés, des camions bennes remplis de rouleaux de fil de fer, des parpaings et toutes sortes de détritus de chantier ? Tandis que Bond, accroupi derrière la voiture à la lisière d'une petite colline, observait les lieux, une semi-remorque se présenta devant le portail. Commença alors pour son conducteur tout un processus de vérifications. Car les mesures de sécurité ne manquaient pas. Un bureau de plain-pied en brique, doté d'une large fenêtre d'observation, gardait l'entrée. Une demi-douzaine de vigiles, dont certains coréens, contrôlaient les papiers du conducteur, le véhicule, et le conducteur lui-même. Le dépôt, un rectangle d'au moins deux cents mètres de longueur, était entouré d'un grillage surmonté de rouleaux de barbelés et muni de pylônes supportant des lampes à arc et des caméras à vision nocturne, etc. Une pancarte peinte en grosses lettres rouges indiquait : ATTENTION – SORTIE D'ENGINS. DÉFENSE D'ENTRER. Il y avait ici quelque chose qui méritait d'être protégé, mais Bond n'avait pas la moindre idée de ce que cela pouvait être.

Le côté gauche de l'enceinte était dominé par un gigantesque hangar en tôle ondulée d'une hauteur équivalente à trois étages, avec d'énormes portes coulissantes déjà prêtes à laisser passer la semi-remorque, et une longue cheminée en zinc qui évoqua à Bond les Entreprises Auric, en Suisse. De l'intérieur leur parvenaient des bruits mécaniques – martèlement, hurlement de scie électrique – et par l'ouverture de la porte Bond aperçut des portiques et un éclairage jaunâtre. Rien de plus. En face du hangar, il y avait des bureaux et des cabines de chantier provisoires en tôle ondulée, un parking avec une centaine de voitures, un local préfabriqué administratif. Et Sin, où était-il ? Très probablement dans la maison qui surplombait la cour centrale, une construction qui sembla étrangement familière à Bond. Une maison avec un étage, blanche, élégante, de style XIXe mais en aucun cas américain. Mais bien sûr ! C'était aberrant et pourtant il savait exactement ce qu'il avait sous les yeux. Comme beaucoup d'écoliers avant lui, il était allé visiter la maison du poète anglais John Keats, à Hampstead, dans le nord de Londres. Cette maison en était la copie fidèle.

Comment entrer ? Bond avait conscience du temps qui s'écoulait. À Wallops Island, les dernières vérifications visant à s'assurer que tous les systèmes de contrôle étaient en ordre étaient largement entamées. Ici, impossible de découper le grillage. En supposant qu'ils puissent se procurer le matériel nécessaire, Bond était certain que la clôture était équipée d'un système d'alarme. Tenter une action en plein jour était hors de question. Il y avait du monde partout, des hommes et quelques femmes qui allaient et venaient, se croisaient sans presque se remarquer, certains avec un casque, d'autres avec du matériel. Que cela leur plaise ou non, il leur faudrait attendre la nuit. Et après ? Le portail était le seul accès.

Ils allèrent dîner en ville pour tromper leur attente, et Bond exposa les grandes lignes de son plan. Au début, Jeopardy se montra réticente. S'il entrait dans le dépôt, elle voulait y aller aussi. Mais il réussit à la convaincre.

— Je ne peux pas réussir sans vous, Jeopardy. Et quoi que je découvre, vous serez la première à le savoir.

Le soleil s'était couché lorsqu'ils revinrent au dépôt. Les ombres se fondaient. La soirée était lourde et moite, des nuages indigo passaient mollement au-dessus d'eux. Le site était plus calme à présent, du moins à l'extérieur. Mais on entendait toujours des bruits dans le hangar, des grincements d'outils, parfois un éclat de voix. Une odeur de poussière et d'huile de machine flottait dans l'air. Jeopardy se tenait à côté de Bond. Ils avaient un bon angle de vue sur le portail. De nombreux véhicules continuaient d'entrer et de sortir. Parfait. Exactement ce dont ils avaient besoin.

Un camion approcha sur la route et s'apprêta à tourner en direction du dépôt. Bond fit un signe à Jeopardy. Ils dévalèrent la colline escarpée pour rejoindre la clôture, puis la longèrent jusqu'au portail. L'un et l'autre étaient vêtus de noir. À condition de rester éloignés du bord de la route, ils couraient peu de risques d'être vus. Ils s'arrêtèrent à une dizaine de mètres du bureau des vigiles. Le camion vira et ses phares les balayèrent brièvement.

— Maintenant, souffla Bond.

Jeopardy se redressa et marcha résolument vers le portail comme si elle avait tous les droits de se trouver là. Quatre hommes étaient sortis du bureau pour contrôler le conducteur et la cabine du camion, mais voilà qu'ils se trouvaient soudain face à un nouveau problème à résoudre. Une jeune femme venait de surgir de nulle part.

— Vous pouvez m'aider ? lança Jeopardy. Ma voiture est tombée en panne. Juste un peu plus loin, sur la route.

— Désolée, ma petite dame. Vous ne pouvez pas entrer ici.

Jeopardy avait déjà franchi le portail devant le camion et elle se dirigeait vers le bureau des gardiens.

— Madame ! S'il vous plaît !

— Je voudrais juste passer un coup de fil.

Trois des hommes s'étaient rapprochés d'elle. Le quatrième était resté avec le conducteur. Personne ne remarqua Bond lorsqu'il se glissa derrière le camion pour franchir le portail, et longea la clôture plongée dans l'obscurité. Le hangar se dressait devant lui. Il avait décidé de commencer par là. Sin était probablement dans la maison blanche. Et le bâtiment administratif abritait sans doute des dossiers et des documents. Mais c'était l'activité, qui se prolongeait au-delà de neuf heures du soir, qui l'intéressait. Jeopardy allait détourner l'attention pendant dix minutes, embêter les gardiens en refusant de partir avant qu'ils l'aient laissée téléphoner à un garage imaginaire. Avec un peu de chance, il aurait la voie libre.

Il suivit la clôture tout en prenant soin de ne pas la toucher. Au moins, il n'y avait pas de caméras à proximité. En tout cas, il n'en voyait pas. La porte coulissante du hangar s'était refermée. Ne subsistait qu'un léger entrebâillement. Inenvisageable. Arrivé devant la paroi en tôle ondulée, il entreprit de la contourner en espérant trouver une seconde entrée. Il avait eu raison d'espérer. Il y avait bien une autre porte, sur le côté, qui devait rarement servir à en juger par les touffes d'herbes folles qui poussaient devant. Elle était fermée par une seule serrure, munie d'un barillet Yale. Si celui-ci n'était pas rouillé, il ne présenterait aucun obstacle pour Bond. Il s'agenouilla, fit pivoter le talon de sa chaussure gauche qui renfermait une pique et une clé de tension miniature, et se mit au travail. Moins de deux minutes plus tard, il se produisit un déclic et, en tirant de toutes ses forces, Bond parvint à ouvrir la porte. Il était dans la place.

La porte donnait sur un escalier métallique enfermé entre des parois en ciment rugueux. Bond sortit son pistolet – dûment chargé – et commença à gravir les marches en tendant l'oreille pour guetter les sons couverts par les vibrations sourdes et les cliquetis métalliques. Il n'y avait ni porte ni couloir intermédiaire. Enfin il arriva devant une ouverture, face à lui, d'où filtrait l'éclairage jaune du hangar. Il ignorait toujours ce qui l'attendait. Y avait-il une explication simple à toute cette activité nocturne ? Non, bien sûr. Le Diamant Bleu était supposé être une agence de recrutement pour des emplois contractuels subalternes, or cet endroit s'annonçait comme un entrepôt d'engins de chantier. Sin cachait quelque chose. Cela ne laissait aucun doute.

Bond émergea sur une étroite galerie tout en haut du hangar, avec le plafond en pente juste au-dessus de sa tête. Il regarda en bas, incrédule. Il avait cru que tout allait prendre un sens, mais il était encore plus déconcerté.

La semi-remorque qu'il avait aperçue plus tôt était garée au milieu du hangar et des hommes étaient en train de la charger. Une fusée Vanguard était couchée sur le flanc, arrimée avec des chaînes. Elle faisait penser à Gulliver, prisonnier sur la plage. La fusée était une réplique exacte de celle qu'il avait vue à Wallops Island, jusque dans les moindres détails de couleurs et de marquages. Il y avait toutefois une différence significative : celle-ci n'était visiblement pas faite pour décoller. Seuls les deuxième et troisième étages avaient été construits – du nez conique au réservoir de comburant et au moteur-fusée. Il manquait le premier étage, celui qui devait la propulser en l'air. Pire, elle semblait avoir été coupée. L'enveloppe de métal était déchirée et tronquée comme si un géant (Gulliver, encore) l'avait sectionnée en deux d'un coup de dents. Des ouvriers – une demi-douzaine de Coréens – s'affairaient à la fixer. D'autres déployaient une bâche immense. On s'apprêtait à la transporter quelque part et personne ne devait voir de quoi il s'agissait.

Bond jeta un regard circulaire sur le hangar et s'aperçut qu'il l'avait déjà vu. C'était le décor de la photo découverte dans le bureau de Sin à Nürburg. Il y avait une deuxième cargaison à l'autre extrémité, mais celle-ci était malheureusement déjà emballée. Ça n'avait pas la forme d'une fusée. Plutôt d'une très grosse caisse, assez grande pour contenir une voiture. Les ouvriers s'apprêtaient à la soulever avec un palan. Probablement un auxiliaire de la fusée. Une tour de lancement ? Mais pourquoi, si la fusée était tronquée ?

En tout cas, Bond savait maintenant que Sin ne projetait pas de saboter la Vanguard. Il la copiait. L'ennui, c'est que ça n'avait aucun sens. Pourquoi se donner cette peine ? Et où comptait-il la transporter ? Une seule chose était certaine : Bond devait sortir d'ici et informer Jeopardy de ce qu'il avait découvert. Ils transmettraient ensuite l'information à leurs services respectifs.

Mais il ne pouvait pas partir, pas encore, pas avec toutes ces questions sans réponses. Puisqu'il était dans la tanière du lion, autant chercher à découvrir quels autres secrets elle recelait. Il en avait vu suffisamment dans le hangar et redescendit l'escalier quatre à quatre. Traverser la cour serait trop dangereux à cause des caméras et des gardes. Restait la maison. C'était là qu'il trouverait Sin.

Il sortit dans l'air tiède de la nuit et fit le tour du hangar. La réplique de la maison de John Keats se dressait en face de lui. Il avait une cinquantaine de mètres à parcourir à découvert. Bond avait fait trois pas lorsque, dans une explosion silencieuse, la nuit se transforma en jour. Tous les projecteurs s'étaient allumés d'un coup et il ne distingua plus rien. Il se figea, un bras devant les yeux, le Remington M1911 impuissant braqué dans le vide. Au même instant, une voix éclata dans des haut-parleurs.

— Attention, monsieur Bond ! Faites un pas en avant et montrez-vous. Jetez votre arme. Nous tenons Miss Lane. Si vous ne vous rendez pas dans dix secondes, nous nous occuperons d'elle. (Il n'y avait pas le moindre doute sur ce que cela signifiait.) Vous pouvez apercevoir votre amie à l'entrée. Le compte à rebours commence maintenant. Dix... neuf...

Bond plissa les yeux. Oui, Jeopardy était là, entre deux hommes. Blessée. Ils devaient la soutenir.

— ... huit... sept...

Un troisième pointait un revolver sur sa tête. Derrière eux, le portail était fermé et d'autres vigiles montaient la garde. Des ouvriers se rapprochaient de toutes parts. Si Bond voulait fuir, s'il envisageait sérieusement de tenter sa chance, il devait le faire tout de suite.

— ... six... cinq... quatre...

Le compte à rebours continuait, sinistre évocation de celui qui allait se déclencher à Wallops Island dans un peu plus de vingt-quatre heures. Que s'était-il passé ? Comment avaient-ils repris l'avantage ?

— ... trois...

Bond était obsédé par l'idée de transmettre l'information. De faire stopper le lancement de la Vanguard. De faire savoir à M qu'il était tombé sur une affaire aussi bizarre que celles auxquelles il avait déjà été confronté. Mais l'homme qui tenait le revolver était solide, implacable. Jeopardy sans défense. Il ne pouvait pas la laisser mourir.

— ... deux... un...

Le Remington brandi au-dessus de sa tête de façon à ce que tout le monde le voie, Bond avança à découvert. Il jeta son arme et attendit que les hommes de Sin resserrent leur étau sur lui.

XVII

NOGEUN-RI

Bond compta quarante-sept carreaux blancs de gauche à droite sur le mur du fond. Trente-cinq du sol au plafond. La fenêtre était obstruée de barreaux et n'offrait aucune vue hormis un coin de ciel, mais il savait que le bâtiment était surveillé. Il entendait des pas à l'extérieur toutes les vingt minutes exactement. D'autres bruits lui parvenaient. Grondements de camions, sonnerie lointaine de téléphone, éclats de voix. Bond était seul depuis près de vingt-quatre heures. Enfin la porte s'ouvrit et Jeopardy apparut dans le couloir entre deux gardes, un revolver pointé sur sa nuque. Elle avait un vilain hématome sur le visage.

— Je suis désolée, James.

C'était la première fois qu'ils se voyaient depuis qu'elle avait été capturée, et elle parlait très vite.

— Ils savent qui je suis. Ils m'ont obligée à leur dire...

— Assez ! Silence ! aboya un des gardes coréens dans un mauvais anglais.

Bond nota cela avec satisfaction.

— Vous venir !

— D'accord, j'arrive tout de suite. Je suppose que je n'ai pas le temps de prendre une douche avant le dîner ?

Sa montre indiquait cinq heures. Encore six heures avant la mise à feu de la fusée.

— Pas douche. Vous venir maintenant.

On les autorisa à faire une brève halte aux toilettes. Ensuite on les conduisit dans la cour. Bond suivait Jeopardy, et deux autres gardes fermaient la marche. Ces hommes connaissaient leur métier. Deux devant, deux derrière, tous à la bonne distance, tous armés. Le petit groupe se dirigea vers la maison blanche. Bond jeta un coup d'œil à l'entrepôt où il s'était introduit la veille. Les portes étaient ouvertes. Le hangar était vide. La semi-remorque chargée de transporter les étages supérieurs de la fusée Vanguard n'était plus là.

Ils entrèrent dans la maison blanche et Bond découvrit que, à l'intérieur, celle-ci était très différente de l'originale qu'il avait visitée étant enfant. Il gardait le souvenir vague d'une demeure sobrement mais joliment décorée, avec des tapis, des doubles rideaux damassés, des tableaux, des sculptures, du mobilier ancien. Tout ce à quoi on pouvait s'attendre chez un poète du XIXe siècle au sommet de sa gloire. La réplique de la maison de Keats, comme celle du château en Allemagne, était totalement dépourvue de confort et de vie. Ils passèrent devant des murs nus, leurs pas résonnaient sur des planchers nus. Ici et là le papier peint se décollait. Les fenêtres n'avaient pas de rideaux, l'éclairage était réduit à de simples ampoules. À première vue, les lieux paraissaient abandonnés, mais tout était propre et des appareils de climatisation luttaient contre la chaleur de la nuit. Ces étranges conditions de vie révélaient chez le propriétaire une absence totale de relation avec ses semblables. Une sorte de déshumanisation, qui faisait craindre le pire à Bond.

Ils arrivèrent devant une porte et, un bref instant, Jeopardy et lui se trouvèrent côte à côte.

— Laissez-moi faire si une occasion se présente, dit-il à voix basse.

Jeopardy lui jeta un regard noir et murmura :

— Si je peux me tirer d'ici, je ne me gênerai pas. N'essayez pas de m'en empêcher.

L'un des gardes toqua à la porte et l'ouvrit. Bond et Jeopardy furent poussés sans ménagement dans une salle à manger carrée, avec deux fenêtres symétriques, une cheminée, un lustre. Une table Regency en acajou rouge trônait au milieu. C'était un très beau meuble, gâché par les sièges modernes placés autour. Il aurait suffi d'un minimum d'efforts pour rendre la pièce accueillante. Au lieu de cela, elle était aussi lugubre que le reste de la maison. Jason Sin était déjà attablé, face à eux, tout habillé de noir : veste et pantalon en coton et soie, pull fin à col roulé. Avec ses cheveux noirs et sa peau olivâtre, il apparaissait presque comme une silhouette de lui-même se découpant sur le mur. Il tenait ses mains croisées devant lui sur la table. Bizarrement, à côté, il y avait un jeu de cartes.

— Entrez, je vous en prie, monsieur Bond, Miss Lane.

Il n'y avait aucune intonation dans sa voix. Ni politesse, ni enthousiasme. Rien. Juste de l'ennui. La table était dressée pour trois. Bond et Jeopardy se placèrent face à face, Sin au milieu. Bond avait supposé que les quatre gardes se retireraient, mais ils restèrent dans la salle à manger, deux devant la porte, deux derrière lui, si près qu'ils pouvaient le toucher en tendant le bras. Ils ne le quittaient pas des yeux. Inutile de songer à s'emparer du couteau posé devant lui pour s'en servir contre Sin. Les gardes ne le laisseraient pas faire un geste.

— Laissez-moi d'abord vous expliquer où vous êtes et comment vous êtes tombés entre mes mains, monsieur Bond, commença Sin. Cet endroit est l'un des nombreux entrepôts que je possède en Amérique. Celui-ci appartenait autrefois à un fabricant en soierie, originaire de Londres. Il a fait construire cette maison en souvenir de son pays natal. En ce qui concerne votre capture, je reconnais que vous avez joué de malchance. Il y a une caméra de surveillance dans le poste de contrôle de l'entrée, et un écran dans mon bureau au premier étage. J'étais en train de travailler lorsque j'ai vu Miss Lane sur l'image. Je l'ai reconnue aussitôt. Je me suis rappelé l'avoir aperçue au Schloss Bronsart. Je n'oublie jamais un visage, et il m'a paru étrange qu'une soi-disant journaliste d'une revue automobile surgisse ici en prétextant une panne de voiture ! J'ai donné ordre de l'arrêter. Mes hommes l'ont malmenée, et elle a fini par parler et avouer que vous étiez aussi dans l'entrepôt. Vous connaissez la suite.

— Je n'ai pas envie de vous écouter, grommela Jeopardy. Je préfère que vous me remettiez dans ma cellule.

Sin se tourna lentement vers elle.

— Vous ferez ce que je vous dis, Miss Lane, dit-il d'un ton détaché. Vous êtes ici parce que je le veux. Si vous m'interrompez encore, je vous ferai en effet ramener dans votre cellule. Et je dirai à mes gardes de faire de vous ce qui leur plaira. Aussi je vous conseille de cesser vos enfantillages.

Jeopardy ouvrit la bouche pour répliquer, puis se ravisa. Sin se tourna vers Bond.

— Venons-en à l'essentiel, reprit-il. J'ai l'impression que vous avez déjà connu cette situation. Nous avons un peu de temps devant nous, et je vais vous expliquer les règles. Ensuite nous dînerons.

— Vous avez moins de temps que vous ne le pensez, le coupa Bond. Nos amis vont nous chercher. Les Britanniques et les Américains. Ils savent que nous sommes ici et, s'ils n'ont pas bientôt de nos nouvelles, ils viendront frapper à votre porte.

— C'est une éventualité, et je vous remercie de me la rappeler. Ma porte leur sera toujours ouverte, mais je doute qu'ils vous trouvent de l'autre côté.

Justement, il y avait une deuxième porte dans la salle à manger et celle-ci s'ouvrit comme sur un signal pour laisser entrer un Coréen en tenue de serveur, tenant un plateau en argent avec deux verres.

— On m'a rapporté que votre cocktail préféré est le martini, déclara Sin. Trois mesures de gin Gordon's, une mesure de vodka, un peu de vermouth, une larme de citron, le tout secoué dans un shaker et non battu à la cuiller. Des exigences ridicules à mes yeux pour ce qui n'est au fond qu'une boisson destinée à enivrer. Cependant, puisque vous êtes mon invité, je tiens à vous satisfaire. Miss Lane boira comme vous, j'en suis sûr.

Bond prit le verre et goûta. Bien que glacé, c'était exécrable ; l'excès de vermouth gâchait le mélange. Il ne dit rien mais enregistra que Sin ne savait pas préparer un martini correct.

— Vous verrez que je connais tout de vous, monsieur Bond 007, des services secrets britanniques. Vous avez le permis de tuer. Dois-je en déduire que vous êtes venu ici dans l'intention de me supprimer ? À moins que votre cible ne soit le SMERSH. Ils étaient ravis d'apprendre que nos chemins s'étaient croisés. Ils ont une haute opinion de vous, si ça peut vous faire plaisir. Le colonel Gaspanov m'a demandé de vous transmettre ses sincères salutations.

— Dites au colonel que je suis impatient de le retrouver.

— Il y a peu de chances que cela se produise. Je continue. Vos cigarettes sont fabriquées par Morland's, à Grosvenor Street.

Je n'ai pas eu le temps de m'en procurer mais vous pouvez fumer si vous le souhaitez.

Un des gardes plaça un paquet de Viceroy et une boîte d'allumettes devant lui. Bond en prit une et l'alluma. Il remarqua que la boîte ne contenait que deux allumettes.

— Nos repas sont devenus des rituels, quand les animaux se contentent de fourrer leur museau dans une auge, poursuivit Sin. Curieuses habitudes que de boire de l'alcool et fumer. Je trouve ça incompréhensible, néanmoins je ne voudrais pas vous priver de vos derniers plaisirs. Mais passons aux choses sérieuses.

» Je vais vous conter l'histoire de ma vie, monsieur Bond. C'est une histoire unique, tout à fait remarquable dans son genre. Je suis certain qu'elle vous intéressera, et j'avoue éprouver une certaine satisfaction à la relater. Je sais aussi que je peux me confier à vous pour la bonne raison que dans peu de temps vous serez morts. Cette issue était inévitable dès l'instant où nous nous sommes rencontrés, et vous auriez mieux fait de vous tenir éloignés. Sachant que vous êtes un homme aux multiples ressources, je suis persuadé que, en ce moment même, vous cherchez un moyen de vous tirer de cette situation. Je préfère donc vous avertir que ces quatre gardes ont l'ordre de surveiller vos moindres gestes. Leur attention est concentrée sur vous à cent pour cent. Si vous bougez ne serait-ce qu'un doigt d'une façon qui leur semble suspecte, ils vous neutraliseront. Me suis-je bien fait comprendre ?

— Parfaitement, répondit Bond.

Il n'en laissa rien paraître, mais une lueur d'espoir venait de germer en lui. Une nouvelle fois, Sin en avait dit plus qu'il n'en avait sans doute l'intention, et dévoilé une faiblesse susceptible d'être utilisée contre lui.

— J'en suis heureux, monsieur Bond. Votre cocktail vous plaît ? Bien. Je commence donc. J'imagine que vous connaissez peu de choses de mon pays natal. Aux yeux du monde, la Corée est une contrée lointaine d'une grande importance stratégique mais de peu d'intérêt. À ma naissance, en 1927, elle était occupée par les Japonais, un peuple brutal qui nous traitait comme des animaux, volait notre nourriture, foulait aux pieds nos traditions et détruisait notre patrimoine. Nous avons enfin été libérés d'eux le 15 août 1945, un jour que je n'oublierai jamais. Le pays entier a célébré l'événement. C'était la première fois de ma vie que je voyais nos drapeaux flotter dans la rue. Nous pensions recouvrer enfin notre identité nationale. Mais notre optimisme a été de courte durée. Pour commencer, le pays a été arbitrairement scindé en deux le long du 38e parallèle. Et les conséquences désastreuses de cette scission n'ont pas tardé à surgir. Après des élections truquées, et avec le soutien des Américains, un nouveau président, Syngma Rhee, a été élu. Son caractère autocrate et impitoyable s'est vite révélé. Grèves, manifestations, assassinats et actes de terreur s'en sont suivis. Même les grandes villes ont bientôt été sujettes à la guérilla communiste. Le gouvernement et la police étaient incompétents et corrompus. Nous étions démunis, sans recours.

» Je dois préciser que j'avais la chance, personnellement, d'être préservé de la plupart des souffrances de mon peuple. Mes parents étaient riches. Mon père était ce qu'on appelle un *yangban*, autrement dit il faisait partie de l'élite et avait des relations. C'était un érudit confucéen et il exerçait des responsabilités dans le gouvernement local. Sa mère, ma grand-mère, avait servi à la cour de l'impératrice Myeongseong, surnommée la reine Min, et avait vécu au palais Changdokkung pendant les derniers temps de la dynastie Chosŏn. C'est un point fondamental de mon récit. Quant à moi, j'ai été envoyé dans un collège de renom, puis à l'université nationale de Seoul, où j'ai étudié le droit et le commerce. Avant l'âge de vingt ans, je parlais l'anglais couramment.

» Ma vie a basculé un dimanche. Le 25 juin 1950. Je rentrais tranquillement chez moi, l'esprit léger, quand une sirène a retenti sur Seoul. Je me suis précipité à la maison, où j'ai trouvé ma mère et mes deux sœurs en train d'écouter la TSF. L'armée communiste nord-coréenne, forte de 135 000 soldats, soutenue par des tanks T-34 soviétiques et des unités d'artillerie, avait franchi le 38ᵉ parallèle à quatre heures du matin. Ils faisaient route vers le sud et rien ne les arrêtait.

Sin fit une pause quand le serveur revint avec le repas : steak, riz et salade. Bond sentit les yeux des gardes le transpercer quand il prit son couteau. Il avait la ferme intention de manger. Hormis un sandwich et un verre d'eau en guise de déjeuner dans sa cellule, il n'avait rien avalé depuis vingt-quatre heures et aurait besoin de forces pour la suite. Sin avait droit au même menu.

— J'espère que cela ne vous dérange pas de parler en mangeant, monsieur Bond.

— Vous êtes le seul à faire la conversation.

— C'est juste. Et vous, Miss Lane, vous ne manquez de rien ?

— Ça va, merci, répondit-elle sans lever les yeux.

Le serveur remplit deux verres de vin pour Bond et Jeopardy, et posa la bouteille sur la table. Une arme possible ? Non. Les gardes étaient trop attentifs. Le serveur se retira et Sin poursuivit son récit.

— Mon père décida qu'il fallait partir sans tarder. Il savait que les Nord-Coréens prendraient la ville en moins d'une semaine – en réalité ils mirent trois jours –, et que, en tant que personnalité locale, il serait capturé et fusillé. Mon père était un homme digne et posé, et aucun de nous n'imaginait le contredire. Dans l'enseignement de Confucius, le lien entre le père et ses enfants est sacré. Il nous a ordonné de prendre très peu de choses avec nous. Il a rangé ses objets de valeur, dont quelques œuvres d'art et les bijoux de ma mère, dans un compartiment secret sous le plancher ondol de la salle à manger. L'ondol est un système de chauffage par le sol. Tout un réseau de conduites courait sous le plancher pour faire circuler la chaleur de la cuisine dans les autres pièces. Je ne l'avais encore jamais vu ouvert. Et je ne le reverrai jamais. Ma mère, mes deux sœurs et moi avions chacun un petit bagage. Nous avons verrouillé la porte de la maison et, sans un mot, nous sommes partis dans la nuit.

» Notre destination était le village de Jugok-ri, dont mes grands-parents étaient originaires. Ma grand-mère était veuve depuis deux ans. Nous avons pris un bus jusqu'à la rivière Han, puis traversé le pont à pied. La chance était avec nous. Le lendemain, notre armée détruisait le pont sans prévenir, tuant des centaines de civils. Je dois signaler qu'il s'est produit de nombreux autres épisodes atroces durant cette guerre, des erreurs épouvantables. Les avions américains, que nous appelions les "hurleurs", ont un jour attaqué nos troupes en les prenant pour l'ennemi. Il était déjà évident que ce n'était pas une guerre au sens moderne du terme. C'était un immense cafouillage. Les soldats américains venus en Corée étaient mal entraînés, indisciplinés et ignorants. Un grand nombre d'entre eux n'avaient reçu aucune formation de base. Vous serez peut-être curieux d'apprendre, et ce fait joue un rôle dans mon histoire, qu'ils étaient incapables de distinguer les communistes nord-coréens qu'ils étaient censés combattre, des réfugiés terrifiés de Corée du Sud, qu'ils étaient supposés protéger. Le mot coréen pour Coréen est *hanguk-saram*, et ils nous appelaient les *gooks*. Ils se moquaient qu'on soit du Nord ou du Sud. Pour eux, nous étions tous des *gooks*.

Sin but une gorgée d'eau. Contrairement à Bond, on ne lui avait pas servi de vin. Et il n'avait pas touché à son assiette.

— Le temps que nous arrivions à Jugok-ri, le flot de réfugiés fuyant Seoul était devenu un torrent. La route était une masse grouillante d'êtres humains, de véhicules et de bagages abandonnés ici et là. Nous apercevions quelques avions passer au-dessus de nos têtes, et des trains transportant des soldats de la république de Corée monter vers le nord pour repousser l'ennemi, mais nous nous sentions en sécurité loin de la ville. Ma grand-mère avait une très jolie maison avec un toit traditionnel en tuiles, entourée de kakis. C'était une femme merveilleusement équilibrée et souriante, et je la trouvais d'un âge canonique, alors qu'elle ne devait pas avoir soixante-quinze ans. La maison était suffisamment spacieuse pour nous tous, même si mes sœurs – Li-Na et Su-Min – devaient partager une chambre, et si j'avais un matelas sur une sorte de plate-forme dans les soupentes. Nous sommes restés là près d'un mois.

» Comme c'était à prévoir, la guerre nous a rattrapés. Un nombre croissant de réfugiés affluait au village. Ils dormaient dans les rues, malgré les pluies torrentielles. Nous pataugions dans la boue, et la nuit était infestée de moustiques. Chaque jour, de nouvelles familles arrivaient, les hommes ployant sous leurs *chige*, des cadres de bois en forme de A sur lesquels ils chargeaient tout ce qu'ils avaient pu emporter. Certaines femmes traînaient leurs marmites sur leur dos. Des enfants portaient leurs petits frères ou petites sœurs. Avec les réfugiés, les combats aussi se rapprochaient. On entendait des explosions de l'autre côté de la vallée. La nuit, il y avait des éclairs dans le ciel. L'air empestait le pétrole. Puis des soldats américains sont arrivés dans des camions et des Jeep, et ils ont installé leur camp à la sortie du village. Ils se prélassaient, jouaient aux cartes. Des enfants allaient leur quémander du chocolat ou du chewing-gum. Mais mon père avait peur. Des rumeurs inquiétantes circulaient à propos de civils tués. On racontait que les Américains avaient pour consigne, s'ils surprenaient des individus par groupes de dix ou plus, de les considérer comme de possibles agents ennemis infiltrés et de les abattre. Le commandement américain avait peur que les communistes se déguisent en civils. Or la population coréenne, dans le Nord comme dans le Sud, portait les mêmes vêtements blancs traditionnels. Cela suffisait aux Américains pour vous identifier comme un ennemi. On racontait aussi des choses terribles sur les soldats américains, tous très jeunes, qui n'avaient pour la plupart pas encore connu de femme. Ma mère a décidé de couper les cheveux de mes sœurs pour les rendre moins séduisantes, et elle leur interdisait de s'éloigner de la maison. Je me souviens de la peur dans ses yeux. Pour elle, les soldats étaient aussi dangereux que des serpents.

Bond écoutait en silence. Il avait déjà une petite idée de la chute de l'histoire, et il était frappé par l'étrange absence d'émotion de Sin en la racontant. Le Coréen parlait d'une voix douce et monotone. Il ne cherchait pas la compassion ni à être compris. C'était comme si tout cela était arrivé à un autre.

— Un jour, reprit Sin, les Américains nous ont annoncé qu'il fallait partir. Ils avaient subi de nombreuses défaites dans le Nord. Les communistes avançaient. Nous étions au milieu de ce qui allait devenir une zone de combats. Je me souviens d'une Jeep qui est entrée dans le village, avec un gros Américain en uniforme, un chauffeur et un interprète coréen. Il nous a fait dire que nous avions deux heures pour quitter nos maisons en emportant le strict nécessaire. Une sorte de panique contenue s'est emparée du village. Mon père, qui semblait avoir perdu toute autorité au cours des dernières semaines, a dit que nous n'avions pas le choix. Il fallait obéir. Il est allé à l'arrière de la maison pour chercher sa mère. Elle était alitée depuis quelque temps mais il était inconcevable de l'abandonner. Du moins c'est ce que nous pensions. Mon père est resté longtemps avec elle, et il est revenu seul, le visage grave.

» "Elle ne vient pas", a-t-il annoncé sobrement. Ma mère a voulu argumenter mais il l'a arrêtée net. "Elle a pris sa décision", a-t-il dit. Puis il s'est tourné vers moi. "Ta grand-mère veut te voir. Fais vite. Il faut partir maintenant."

» Déconcerté, je suis allé dans la chambre de ma grand-mère. Elle était assise dans son lit et ressemblait à la reine dragon que j'avais souvent vue dans les temples. Quelque chose dans son visage me troublait. Son regard était dur.

« Elle m'a fait signe d'approcher et de m'asseoir. "Je ne viens pas avec vous, mon petit." À sa façon de parler, je savais que je devais l'écouter en silence. "Je n'ai pas peur des soldats du Nord. Pourquoi voudraient-ils me faire du mal ? Les Américains sont pires. Ils sont stupides et violents. Mais ils seront bientôt partis. De toute façon, c'est sans importance. Je suis trop veille pour tout ça et peu m'importe de mourir.

» "Je veux te donner quelque chose. Il est important qu'un membre de la famille le garde et, puisque tu es l'aîné de mes petits-enfants, c'est toi que j'ai choisi". Elle a sorti la main de sous son drap. Elle tenait un petit sachet en soie. "N'en parle pas à ton père. Il penserait que je n'ai pas confiance en lui, et il n'aurait peut-être pas tort. Il se mettrait en colère. Je sens en toi le même acier dont j'étais faite à ton âge, et je sais que tu utiliseras ce que je vais te donner à bon escient pour aider ta famille. Ne l'ouvre pas maintenant. Attends d'être seul quelque part, loin de cette maison." Ma grand-mère a mis le sachet dans ma main et s'est allongée, à bout de forces. On aurait dit qu'elle me remettait son âme. "À présent, laisse-moi. Pars vite. Ne fais confiance à personne. Tous les étrangers qui sont venus dans notre petit pays l'ont toujours trahi. Rien ne change. Va, maintenant !"

» J'ai quitté ma grand-mère puis, peu après, j'ai quitté Jugok-ri avec mes parents et mes sœurs. Je me sentais dépouillé de mon identité, fondu dans la longue file de villageois escortés de GI américains, cheminant dans une vallée étroite, bordée de rizières d'un côté et de pinèdes de l'autre. Il faisait chaud et moite. Ce soir-là, les nuages ont déversé sur nous des pluies violentes. Au loin, nous entendions des tirs, nous sentions le sol trembler. À la tombée de la nuit, nous étions épuisés, affamés, mais nous n'avions pas d'autre choix que de continuer. C'est ainsi que nous sommes arrivés au pont de Nogeun-ri.

Bond avait deviné juste. Il avait eu l'occasion de lire un rapport sur le massacre de Nogeun-ri. De nombreux politiciens et généraux américains prétendaient que cela n'avait jamais eu lieu et que cet endroit n'existait pas.

— En vieux coréen, le nom de Nogeun-ri signifie, « forêt » et « biche », expliqua Sin. Le pont a été bâti autrefois par les Japonais. C'était une construction très solide, en ciment, avec deux arches soutenant la voix ferrée qui passait au-dessus. Une piste allait du pont à un hameau de huttes en terre utilisées par les fermiers du coin. Il y avait des rizières un peu plus loin. Nous avons fait halte près du pont pour nous reposer. Le ciel nocturne était strié de boules de feu, le bruit des canons était ponctué par des détonations d'armes légères. Et quand les armes se taisaient, le silence s'emplissait des stridulations excitées des cigales.

» Au lever du soleil, nous étions environ six cents entassés près du pont de chemin de fer, au pied de la montagne du Cheval Blanc. Les soldats américains, reconnaissables dans leurs uniformes verts, s'étaient retranchés sur les pentes. Certains nous observaient à la jumelle. Nous avons dévoré la nourriture apportée par ma mère, ne sachant ce qui nous attendait. Il me paraissait incroyable qu'une famille ordinaire qui, peu de temps auparavant, vivait confortablement dans une ville moderne, puisse en être réduite à vivre comme des paysans. Mais j'avais appris à ne pas me plaindre. Mes sœurs n'avaient quasiment pas dit un mot depuis notre départ du village. Nous avions suivi notre père et lui faisions confiance. Il pensait que les Américains allaient nous procurer des moyens de transport. Juste après midi, alors que la chaleur atteignait son comble, nous avons entendu des avions approcher. Je me souviens de m'être fait la réflexion que c'était étrange car ils n'avaient aucune piste pour atterrir.

» C'étaient des avions américains. Ils approchaient et le bruit de leurs moteurs devenait assourdissant. Ils volaient lentement. Personne ne bougeait. Personne ne songeait même à fuir... Jusqu'à ce qu'ils ouvrent le feu sur nous et commencent à nous massacrer.

» Je ne peux pas décrire l'horreur de ce qui a suivi, monsieur Bond. Je ne sais pas combien de temps a duré l'attaque. Tout ce que je sais, c'est que le jour s'est transformé en nuit. Le monde explosait, des gens étaient déchiquetés par les bombes, les roquettes, les mitrailleuses. Quand je dis que le vacarme était assourdissant, c'est au sens propre. On aurait dit qu'un poing gigantesque m'avait assommé et tous les sons qui m'entouraient – les hurlements et les explosions – semblaient ne pas appartenir à ce que je voyais. Ce que je voyais, c'étaient du feu et du sang, des ventres béants, des membres arrachés. Mon père est mort devant mes yeux. Cet homme âgé, que j'avais aimé et respecté toute ma vie, était là, debout, dans une attitude outragée et indignée, et la seconde d'après il n'avait plus de tête. Son corps a basculé sur le côté. Ma mère, tout éclaboussée de son sang, s'est mise à pousser des cris hystériques. Le pont se dressait devant nous et j'ai compris que les arches pourraient nous abriter. D'autres personnes avaient eu la même idée… celles qui étaient encore vivantes. Il est impossible de dire combien de corps mutilés étaient déjà à terre. Tout à coup, j'ai senti quelque chose de brûlant derrière ma nuque, et j'ai compris qu'une balle m'avait manqué de justesse. D'où avait-elle été tirée ? Je me suis alors aperçu que les soldats américains retranchés sur le flanc de la montagne nous mitraillaient aussi. Ils nous fauchaient par dizaines. Il y avait des cadavres partout.

» J'ai pris Li-Na, la plus jeune de mes sœurs, dans mes bras. Ma mère et mon autre sœur, Su-Min, étaient derrière moi. Nous avons couru vers le pont. J'essayais de ne pas regarder autour de moi. C'était trop atroce, inimaginable. Toute mon énergie était focalisée sur un seul objectif : trouver un abri. Quelque chose m'a frappé au visage. J'ai pensé un instant que c'était une balle, mais non. C'était un morceau d'os humain. Li-Na a sursauté dans mes bras. Je lui ai crié de ne pas bouger, pour ne pas me faire trébucher. Elle se taisait. Le pont était devant moi. Il emplissait tout mon champ de vision. Alentour, des villageois terrifiés semblaient voler en l'air en battant des bras. Dans un champ, sur le côté, j'ai vu une vache s'écrouler d'un coup, ses pattes fauchées par un tir. Et puis, comme par miracle, l'arche du pont m'a enveloppé. Je sanglotais. J'avais la nuque en feu et ma petite sœur pesait lourd dans mes bras. Je me suis jeté contre la paroi pour reprendre mon souffle. Les mitrailleuses continuaient de tirer. L'air était saturé de fumée.

» J'ai essayé de poser Li-Na à terre mais elle ne tenait pas sur ses jambes. Je lui ai parlé et, en même temps, j'ai senti quelque chose de tiède et de mouillé gicler sur mon pantalon. Li-Na avait un énorme trou dans le dos. Dans mes bras elle était devenue une sorte de bouclier humain. J'avais porté une morte. Ma petite sœur, avec qui j'avais joué, à qui je racontais des histoires pour l'endormir. À présent son regard était vide, son sang se répandait sur moi. J'ai cherché des yeux ma mère et Su-Min. J'ai compris qu'elles n'avaient pas réussi à atteindre le pont. Autour de moi des gens pleuraient et gémissaient. Beaucoup étaient blessés. Mais ma famille n'était pas parmi eux. J'étais seul.

» Au cours des douze heures suivantes, lorsque la nuit est à nouveau tombée, j'ai eu l'impression de vivre en enfer, dans une maison de fous peuplée de morts et de mourants. J'ai vu des horreurs indescriptibles. Des petits enfants au corps mutilé. La chaleur était étouffante, et de grosses mouches noires bourdonnaient dans les plaies. Pourtant, les Américains n'en avaient pas encore terminé avec nous. Leurs avions continuaient de nous attaquer. Si nous tentions de sortir de l'abri du pont, ils nous mitraillaient. Si nous tentions d'aller chercher de l'eau, les soldats nous abattaient. La soif me torturait. J'ai fini par lécher la paroi de ciment dans l'espoir d'y trouver de l'humidité. Je pensais à mon père et à ma petite sœur, morts sous mes yeux. À ma mère et à mon autre sœur, mortes là-bas. Je les enviais. J'aurais voulu les rejoindre. Peu à peu, je me suis mis à délirer. J'ai réuni mes dernières forces et je suis sorti du tunnel, m'attendant à être fauché par une rafale. Mais à cet instant la lune s'est cachée derrière un nuage et je suis passé inaperçu.

J'étais parti du côté opposé à la route et j'ai réussi à me fondre dans les ténèbres. La centaine de survivants que j'ai laissés derrière moi sont restés dans le tunnel pendant encore trois jours.

» Je suis revenu tant bien que mal à Jugok-ri, dans l'idée de rejoindre ma grand-mère. Mais sa maison n'existait plus. Les Américains avaient adopté la tactique de la terre brûlée. Un voile de fumée obscurcissait les décombres du village. Toutes les maisons avaient été incendiées, souvent avec les habitants à l'intérieur. Quelques personnes erraient au milieu des ruines et j'ai pu mendier un peu de nourriture et d'eau avant de repartir. J'ai parcouru vingt-cinq kilomètres jusqu'à la ville la plus proche. Yakmok-myeon. Je me souvenais, pour y être allé étant enfant, qu'il y avait une gare. En effet, à mon arrivée, un train rempli de troupes sud-coréennes s'apprêtait à partir. J'ai supplié des soldats. Je leur ai raconté ce qui s'était passé. Ils m'ont emmené avec eux.

» Le train m'a conduit jusqu'au port de Pusan, à la pointe sud-est du pays. Une ville bondée de militaires et de civils. Les rues grouillaient de réfugiés qui luttaient pour survivre. Certains avaient réussi à trouver du travail sur le port, où ils déchargeaient les bateaux qui arrivaient d'Amérique. Les quais étaient surchargés de matériel militaire. Je n'avais pas d'argent, rien. Je ne connaissais personne. J'avais un grand vide dans la tête, comme si mon cerveau était dévoré de l'intérieur. Puis je me suis souvenu du petit sachet que m'avait remis ma grand-mère. Je l'ai ouvert, caché dans un recoin d'un temple près de la mer. Une douzaine de petites pierres ont roulé dans ma main. J'ai su tout de suite ce que c'était, même si je n'en avais encore jamais vu. Des diamants bleus, monsieur Bond. Des pierres très rares et d'une valeur que je n'imaginais pas alors. D'où ma grand-mère tenait-elle ces diamants ? Je vous ai dit qu'elle avait servi à la cour de la reine Min. Peut-être les avait-elles reçus en récompense de ses bons et loyaux services. Peut-être les avait-elle volés au moment de l'effondrement de la dynastie Chosŏn. Mais c'était sans importance. Elle me les avait donnés, et les diamants allaient me sauver.

» J'en ai vendu un à un bijoutier qui tenait boutique dans le quartier de Gwangkok-dong. Il m'a arnaqué, évidemment. Il ne m'a donné qu'une fraction de sa véritable valeur. Mais cela m'a permis de soudoyer un marine américain qui m'a aidé à embarquer clandestinement sur un navire en partance pour Hawaï. Des milliers de Coréens avaient émigré à Hawaï au début du siècle, notamment pour travailler dans les plantations de canne à sucre, dont plusieurs membres de ma famille, et j'étais à peu près sûr de trouver asile et réconfort une fois là-bas. Surtout avec onze diamants bleus dans ma poche. Et c'est ce qui s'est passé. Je vous épargnerai le récit de mon voyage et les problèmes que j'ai eus en débarquant. Je dirai seulement que j'ai vécu au sein de la communauté coréenne à Hawaï pendant plusieurs mois avant d'aller aux États-Unis, où j'ai créé une agence de recrutement et une entreprise de bâtiment que j'ai appelées "Le Diamant Bleu". Ce qui nous amène à aujourd'hui.

» Mais il y a une chose que vous devez comprendre. Le point fondamental de mon récit. En Corée, nous croyons que la personne qui meurt loin de chez elle est condamnée à errer pour l'éternité, qu'elle ne trouvera jamais le repos. C'est ce qui m'est arrivé. Je suis mort à Nogeun-ri. Ce n'est pas la vie qui m'a été enlevée, mais mon âme, mon humanité. En ce moment même, alors que je suis assis devant vous, je vois des cadavres. Je vois la tête de mon père séparée de son corps. Je vois ma petite sœur morte. Je sens l'odeur du sang. Ces affreuses mouches noires grouillent dans ma tête.

» Je suis devenu très riche. Mon entreprise vaut plusieurs centaines de fois les diamants avec lesquels j'ai commencé. Pourtant je suis mort. Je ne ressens rien. Je ne sais plus ce qu'est le plaisir. Pour moi, la nourriture est sans saveur, l'air sans parfum, le soleil sans chaleur. Je ne hais pas les Américains, mais jamais je ne leur pardonnerai les atrocités qu'ils ont commises, et qui ont coûté la vie à ma famille et à tant d'autres. Je ne ressens rien à leur égard, ni à l'égard de personne. Y compris vous, Miss Lane. En un sens, je suis devenu la mort même. J'offre des réceptions parce que c'est ce qu'on attend de moi. Je fais bonne figure devant les photographes et je souris quand mes amis américains m'appellent Jason Sin, piétinant ainsi ma culture et mes origines. Mais, au fond de moi, j'ai envie de les tuer tous. D'ailleurs, je suis responsable de la mort de quantité de gens. Certains ont travaillé pour moi. D'autres étaient des rivaux en affaires. La plupart de parfaits étrangers. Je n'existe que pour détruire ce qui m'entoure, et c'est ce qui me rend si utile aux yeux du SMERSH. Mais le SMERSH m'est utile en retour. Leur idéologie ne m'intéresse pas. Je pourrais tout aussi bien travailler pour les services secrets américains ou n'importe qui d'autre. Les Russes me fournissent simplement le prétexte de faire ce que je fais.

» Une dernière chose… J'ai conscience d'avoir parlé longtemps et je vous remercie de m'avoir laissé m'épancher. J'ai rarement l'occasion de le faire. Il vous intéressera peut-être aussi de savoir ce que je fais ici, et quels sont exactement mes plans. Je vous le dirai volontiers. Est-ce par vanité ? Suis-je un peu trop imbu de moi-même ? Je ne sais pas. Probablement, car je ne vois pas d'autre raison de tout vous raconter. Néanmoins, je vais maintenant devoir être bref.

Sin se pencha pour prendre le jeu de cartes.

XVIII

... UNE CARTE

Bond posa son couteau en contemplant à nouveau la lame d'acier aiguisée et le lourd manche en bakélite. Un couteau parfait pour couper le steak, qu'il avait mangé entièrement en écoutant Sin. Le repas s'était révélé tel que l'avait décrit le Coréen : un simple processus biochimique. Bond avait besoin de nutriments, protéines et glucides que son corps allait maintenant assimiler pour les transformer en énergie. Rien à voir avec un plaisir gustatif. Au contraire, cette fausse convivialité l'avait écœuré, lui qui n'avait qu'une envie : sauter à la gorge d'un hôte qui se préparait tranquillement à le tuer. Voilà pourquoi le couteau était d'autant plus tentant. Mais les quatre gardes n'avaient pas bougé de leur place. Pas une seconde leur attention ne s'était détournée. De l'autre côté de la table, Jeopardy avait à peine touché à son assiette. Elle se tenait immobile, le visage fermé. Quant à Sin, il n'avait pas avalé une seule bouchée.

— Votre histoire est très intéressante, dit Bond en grattant la seconde allumette pour allumer sa cigarette. Je me demande si vous avez songé à la raconter à un psychiatre ? Nous en avons d'excellents, en Angleterre. Je pourrais vous mettre en contact avec la clinique Tavistock, qui a traité de nombreux anciens prisonniers de guerre. Bien qu'aucun d'eux, j'en suis sûr, n'ait été aussi perturbé que vous. (Il souffla une bouffée de fumée.) D'après ce que je sais, le fait même d'avoir survécu entraîne un sentiment de honte et de déshonneur, lequel conduit à de graves désordres mentaux. Dans votre cas, cela ressemble à une paranoïa féroce et à une haine de soi qui, si vous êtes laissé à vous-même, peuvent vous pousser au suicide. Quel dommage. Mais vous étiez sur le point de nous confier quelle folie vous avez en tête. Poursuivez, je vous en prie. Au fait... le steak était excellent.

Les lèvres minces de Sin se crispèrent, et une sorte de brume fine passa sur les verres ronds de ses lunettes, qui enfermaient et grossissaient ses yeux. Bond songea à la galerie de portraits aux yeux vides dans le Schloss Bronsart. Chose extraordinaire, l'espace d'un instant, il leur trouva une ressemblance avec Sin. Lui aussi avait été saccagé, par les horreurs qu'il avait vécues en Corée. Si l'on avait pu regarder derrière son visage, on aurait vu le même vide.

— Je pense que vous essayez de me mettre en colère, monsieur Bond. Et si je me mets en colère, vous espérez que je commettrai des erreurs. Mais je vais ignorer vos remarques facétieuses et poursuivre mon récit. À moins que vous ne préfériez passer directement au dernier acte des réjouissances de la soirée, celui qui concerne votre propre fin.

— Nous savons ce que vous mijotez, intervint Jeopardy d'une voix unie, maîtrisée.

Bond comprit qu'elle s'était interposée pour que lui-même se calme.

— Vous avez soudoyé un ingénieur en fusées nommé Thomas Keller, avec de l'argent fourni par les Soviétiques. Vous ont-ils expliqué que c'était de la fausse monnaie ? À moins qu'ils n'aient pas eu assez confiance en vous. À votre place, ça me tracasserait. Le NRL lance la Vanguard cette nuit, et vous avez tout arrangé pour que l'opération échoue. Mais ça n'est pas si grave. Nous en avons beaucoup d'autres.

— Vous avez à moitié raison, Miss Lane, observa Sin. Toutefois, la question que vous devriez vous poser est de savoir pourquoi le lancement échouera, et quelles en seront les conséquences.

Il se tourna de nouveau vers Bond et poursuivit :

— Mes amis de Moscou s'intéressent de très près à la technologie américaine, comme d'ailleurs à la technologie européenne. Il est important pour eux, pour leur prestige et leur prédominance économique, d'être considérés comme les leaders dans tous les domaines industriels. C'est dans ce but que le SMERSH a récemment réuni une équipe de spécialistes, sous la direction du colonel Gaspanov.

» Une de leurs premières opérations visait à mettre leur voiture de course, la Krassny, sur le devant de la scène. Or le sport automobile est un domaine qui m'est familier. Les Russes voulaient remporter le Nürburgring, et ils ont décidé d'éliminer le pilote anglais, qui était le grand favori, par un de leurs agents. Cette course, à mes yeux, était une broutille et risquait de compromettre ma propre opération, beaucoup plus importante. Malgré cela, le colonel Gaspanov m'a ordonné de le retrouver à Nürburg. C'est ça l'ennui, quand on travaille avec les Soviétiques. Ils ne se fient à personne, et la mort inattendue de Thomas Keller, assassiné par sa femme, les inquiétait beaucoup.

» Bref, ils ont insisté pour me rencontrer. Je trouvais cette idée absurde et je n'ai pas manqué de le dire au colonel. Dommage qu'il ne m'ait pas écouté. C'est sa faute si vous avez mis le nez dans nos affaires, et si, ensuite, vous nous avez causé tant d'ennuis. Sans votre malchance de ce soir, vous auriez pu compromettre gravement nos projets.

» En effet, Miss Lane, le lancement de la Vanguard va échouer. Mr Keller a eu accès à la turbopompe dans le moteur-fusée du premier étage après les essais de réception, les essais de système, et même après les essais statiques, lorsque le propergol liquide est enflammé sans que la fusée soit réellement mise à feu. À l'issue de tout le processus de vérification, il a effectué quelques ajustements qui empêcheront la pompe de fournir suffisamment de pression pour mettre la fusée sur orbite. Résultat : le centre de contrôle n'aura d'autre choix que d'activer le Trigger Mortis, comme on surnomme le bouton d'alarme. La fusée s'autodétruira et les morceaux épars tomberont dans l'Atlantique.

» Mais supposons un instant que, à la suite d'une négligence désastreuse, la fusée, ou une partie de fusée, s'écrase sur une grande ville américaine. New York par exemple. Vous imaginez les dégâts que causerait un engin de vingt mille tonnes de métal bourré de kérosène et d'oxygène liquide tombant à trois cent cinquante kilomètres par heure sur une zone habitée ? Cela équivaudrait à vingt millions de tonnes de TNT. Presque une explosion nucléaire. Voilà ce que je vais accomplir… (Il leva la main avant que Bond l'interrompe.) Du moins, ce que je vais simuler.

» Hier soir, lorsque vous avez pénétré dans l'entrepôt, vous avez vu une réplique parfaite de la Vanguard qui sera lancée cette nuit à Wallops Island. Tandis que nous discutions, elle a été transportée au dépôt du métro à Coney Island. Un grand nombre de personnes travaillant au métro de New York ont été recrutées par le Diamant Bleu, et je possède à Coney Island mes propres ateliers. La copie de la fusée sera chargée sur un train qui transportera également une très grosse bombe. Vous l'avez peut-être aperçue aussi hier soir dans le hangar. Pour votre information, sachez que j'utilise du C-4, un plastic mis au point par les Britanniques, considéré comme l'explosif le plus destructeur du monde. Un kilo de C-4 suffit pour détruire un petit immeuble. Mon train en transportera soixante-dix kilos, reliés à une série de détonateurs.

» Une demi-heure avant la mise à feu de la Vanguard, le train quittera Coney Island et roulera sans s'arrêter jusqu'à l'intersection entre la Sixième Avenue et la 34ᵉ Rue. J'ai fait en sorte qu'il ne rencontre aucun obstacle. Vous connaissez suffisamment bien Manhattan pour savoir qu'on est là au cœur de la ville, à deux blocs de l'Empire State Building. Soit quatre cent cinquante mètres. C'est un peu loin mais nous sommes aidés par la présence d'un ruisseau souterrain, qui apparaît sur les anciennes cartes topographiques sous le nom de Sunfish Pond. Ce ruisseau nous fournit un canal à travers la roche métamorphique. Des techniciens du SMERSH ont calculé que l'explosion provoquera l'effondrement de l'Empire State Building. Ce ne sera pas le résultat de l'onde de choc initiale, mais la conséquence d'un processus appelé liquéfaction du sol, au cours duquel la portance du sol est réduite à zéro par la puissance de l'explosion. Imaginez un vieil homme dont on faucherait subitement la canne qui le soutient. J'ignore combien il y aura de victimes, et à combien de millions de dollars s'élèveront les dégâts. Ça ne me concerne pas, sauf qu'il y aura des retombées positives pour le Diamant Bleu, au moment de la reconstruction. N'y voyez pas un acte de guerre. Non, l'objectif est de permettre aux Russes de gagner ce qu'on appelle maintenant la course à l'espace et, par la suite, de contrôler tout le domaine spatial : armes, communications, exploration des autres planètes.

» Voici ce qui va se passer, monsieur Bond. Peu après vingt-trois heures, la véritable Vanguard aura une défaillance et sera détruite. Cinq minutes plus tard, une gigantesque explosion ravagera le cœur de New York. J'ai des émissaires, disséminés dans les alentours de la ville, qui jureront avoir vu un objet tomber du ciel. Dans le même temps, des fuites sur l'échec de la fusée filtreront de Wallops Island. Et cet échec sera corroboré par les photos de sa destruction au-dessus de l'Atlantique. La presse américaine et le public en tireront les conclusions qui s'imposent. Ce qui monte doit redescendre. Bien entendu, le gouvernement et le Laboratoire de Recherche de la Navy nieront toute responsabilité dans la catastrophe de New York. Mais qui les croira ? Aux yeux du monde, leur fusée aura détruit une vaste étendue de New York, dont l'Empire State Building, un des symboles de la fierté américaine. Et quand les experts examineront les décombres, ils découvriront des pièces de la Vanguard. Ce sera la preuve définitive. Le fait qu'une rame de métro ait été détruite en même temps apparaîtra comme une coïncidence, sans rapport avec le reste.

» S'en suivra un tollé général. Il y a déjà pas mal de gens, en Amérique, qui jugent la recherche spatiale comme une colossale perte d'argent. Mais après cette catastrophe, tous les programmes en cours seront stoppés et les fonds pour les projets à venir gelés. La beauté de ce plan est que le NRL pourra s'insurger et clamer que le public a été trompé, il sera totalement impuissant. Plus ils crieront leur innocence, plus l'opinion publique se dressera contre eux. Et même s'ils parvenaient à repêcher les débris de la Vanguard dans l'océan – ce qui relève de l'impossible –, ça ne changerait rien. Je suis convaincu que les événements de cette nuit vont mettre un terme à la recherche spatiale américaine. Au moins pour une décennie. Mais ils auront alors pris un retard irrattrapable, et les Soviétiques seront les maîtres de l'espace. On peut même affirmer que le monde sera entre leurs mains.

Un silence s'abattit sur la pièce. Bond réfléchissait à ce qu'il venait d'entendre. Le plan de Sin était-il réalisable ? À long terme, les autorités américaines finiraient par faire admettre la vérité à la population. Mais Sin avait raison. Cela prendrait des années, durant lesquelles tout le programme spatial serait au point mort. Et quelles preuves aurait-on de l'implication des Russes ? Uniquement les faux billets (qui pouvaient provenir de n'importe où) et la parole de Bond témoignant de la rencontre entre Jason Sin et le colonel Gaspanov.

Il fallait absolument arrêter le lancement de la Vanguard. Le temps pressait, et ils devaient trouver un moyen de sortir d'ici. Bond passa en revue toutes les possibilités. Qu'avait dit Sin ? Les quatre gardes surveillaient ses moindres mouvements. Il sentait leurs regards fixés sur lui. En effet, de ce côté il n'y avait aucun espoir.

— Vous n'avez aucun commentaire ? demanda Sin.

— Seulement que vous perdez votre temps, répondit Bond. Miss Lane et moi avons rédigé chacun un rapport pour nos services respectifs. J'ai des photos de vous avec Gaspanov. Nous avons les photos prises dans votre bureau, qui montrent clairement que vous avez construit une copie de la Vanguard. Nous sommes au courant pour Thomas Keller, et nous avons la fausse monnaie. Votre scénario ne trompera personne.

— Vous continuez à ne rien comprendre, monsieur Bond. Ce n'est pas mon scénario. Je me contente de servir les intérêts russes, qui me paient grassement pour ça. Pour être franc, je me contrefiche que leurs espoirs se réalisent. Personnellement, causer un grand nombre de morts tout en détruisant une partie de Manhattan suffira à me satisfaire.

Sin se saisit du paquet de cartes à jouer. Il coupa plusieurs fois.

— À propos de morts, ajouta-t-il, il est temps que nous parlions de la vôtre...

Sin décrivit rapidement les cartes *Hwa-t'u* et comment il les avait personnalisées. Du coin de l'œil, Bond vit Jeopardy pâlir. Étrange que cette façon de mourir pût lui paraître plus effrayante que toutes les atrocités déjà énumérées par Sin. Il espéra que Jeopardy ne tenterait rien qui la mette en danger. Sin poursuivit ses explications encore une minute, puis il étala les cartes sur la table devant Bond.

— Je me suis donné le rôle de la mort, monsieur Bond. Le mécanisme est à certains égards un peu maladroit, mais je n'ai pas trouvé d'autre moyen pour marier l'imprévisibilité de la mort avec son caractère inéluctable. Ici, nous avons les deux. À vous de choisir. N'importe quelle carte. Vous découvrirez au verso la façon dont vous allez mourir.

Bond baissa les yeux sur les dos colorés des cartes, avec leurs images de feuillages et de fleurs. Une boule au creux de l'estomac, il se demanda combien d'autres personnes s'étaient trouvées devant ce dilemme, obligées de choisir leur mort.

— Allez vous faire voir, Sin. Je refuse de jouer à vos petits jeux pervers.

— Il y a trois cartes vierges qui peuvent vous sauver la vie.

— Je ne vous crois pas.

— Pourquoi mentirais-je ?

— Je veux les voir.

Sin hésita, sceptique. Jamais personne n'avait réagi ainsi. Bond se félicita d'avoir gâché son jeu, et de lui avoir ôté un peu de son assurance. L'air maussade, Sin accepta.

— D'accord. Vérifiez vous-même.

Bond retourna toutes les cartes. Les sentences étaient rédigées en anglais, en majuscules. Il lut POISON, STRANGULATION, INANITION, puis il s'efforça de ne pas lire les autres. En face de lui, Jeopardy était pétrifiée. Sin n'avait rien dit à son sujet. Son tour viendrait-il ? Bond découvrit les trois cartes neutres, réparties de façon régulière dans le jeu. Il les poussa en avant et les fit glisser sur la nappe.

— Satisfait ? demanda Sin.

Bond ne dit rien. Il ramassa les cartes, y compris les trois vierges, les battit avec soin, et les disposa à nouveau en ligne sur la table, dos tourné. Pendant une longue minute, il les contempla.

— Choisissez, dit Sin.

— Non, James...

Jeopardy luttait pour garder son sang-froid, mais Bond savait qu'elle n'était pas entraînée pour supporter de telles situations. Elle était terrifiée.

Il ne répondit pas. De l'index, il tapota une carte située au centre et la poussa sur la table.

— Vous êtes content, espèce de pervers ? s'enquit-il d'une voix aimable. Vous ne la regardez pas ?

Sin se pencha et retourna la carte.

Elle était vierge.

— Voilà donc ce qui m'attend, dit Bond. Je suppose que vous respectez vos propres règles. Donc... si vous voulez bien dire à vos sbires de m'indiquer la sortie, je vais vous souhaiter bonne nuit.

— Non... ! s'écria Sin d'une voix stridente, entre gémissement et hurlement.

— Vous n'allez pas revenir sur votre parole, j'espère.

— Vous avez vu les cartes ! Vous avez triché !

Sin était en rage, comme un écolier mauvais perdant. Mais Bond était le seul dans la pièce à savoir qu'il avait raison.

Le plus grand manipulateur de cartes du monde était un magicien américain nommé John Scarne, et Bond avait passé de longues heures à s'exercer avec son livre de trucages, *Scarne on cards*. Au moment de rassembler les cartes, il avait repéré l'une des trois cartes vierges, l'avait mise dessous, puis, avec une manipulation assez difficile à réaliser d'une seule main, l'avait placée au centre du paquet tout en marquant l'angle d'une encoche avec son ongle pour la rendre tout de suite identifiable. Il savait que cela ne servirait à rien. Jamais Sin ne le laisserait s'en aller. Mais il était toujours utile de déstabiliser l'adversaire, et il était certain au moins de gâcher son plaisir malsain.

Comme c'était à prévoir, Sin réagit.

— Je vais choisir pour vous ! aboya-t-il.

Et il retourna la carte voisine de celle qu'avait sortie Bond.

ENTERRÉ VIVANT

Les deux mots bondirent au visage de Bond.

Sin était satisfait. Il se renversa en arrière contre son dossier.

— Une mort lente et très déplaisante. C'est le moins que vous méritiez. Quant à vous, Miss Lane, je vais vous garder en vie un peu plus longtemps. Vous n'êtes pas une menace pour moi, et vous pourrez rendre quelques services à certains de mes hommes. Les Coréens ont une fascination pour les femmes occidentales mais, évidemment, sauf pour ceux qui sont disposés à payer des prostituées, elles sont pour eux un fruit défendu. Je vous offrirai à eux en guise de récompense. Vous, monsieur Bond, vous allez être conduit hors de cette pièce, enfermé dans une boîte clouée, et enseveli sous terre. Si vous tentez de résister, mes hommes vous tireront une balle dans le genou, et vous finirez votre vie non seulement dans les ténèbres et la terreur, mais aussi dans la douleur.

Il répéta en coréen ce qu'il venait de dire à l'attention de ses gardes qui, sans bouger, semblaient s'être rapprochés de Bond. Sin se leva et ajouta :

— En ce qui me concerne, je pars maintenant pour New York. Je vous souhaite bonne nuit. C'est la formule appropriée.

Bond se leva aussi. Immédiatement, deux des gardes l'empoignèrent. Les deux autres, en face, pointaient leurs armes sur lui. Cette fois, Jeopardy ne put se contenir. Avec un sanglot, elle se leva et se jeta contre Bond, un bras autour de son cou, l'autre autour de sa taille.

— Je vous en supplie, non ! cria-t-elle. Ne me laissez pas, James ! Je ne peux pas supporter ça.

Elle s'efforçait de le libérer mais les gardes étaient inébranlables. Elle pivota vers Sin, en larmes.

— Je vous en prie ! Je ferai tout ce que vous voudrez ! Ne lui faites pas de mal !

— Ça suffit ! coupa Sin.

Il cria quelques mots en coréen et deux autres gardes surgirent dans la pièce. Il leur adressa un signe de tête et ils se saisirent de Jeopardy pour l'emmener de force. Bond était impuissant. Les bras maintenus dans le dos, et deux armes pointées sur lui.

— Occupez-vous des préparatifs, leur ordonna Sin. Emmenez-le.

— C'est vous qui avez tiré les cartes, aujourd'hui, Sin, dit Bond. Mais un jour prochain, quelqu'un les tirera pour vous. Vous pouvez me croire. En ce moment même, le jeu est rebattu.

Un des gardes qui le tenaient grogna quelque chose en coréen, et Bond fut traîné hors de la pièce.

XIX

SIX PIEDS SOUS TERRE

C'était une boîte, non un cercueil, mais à peu près de la même taille et de la même forme, en contreplaqué épais. Le couvercle y était adossé. Les hommes de Sin l'avaient transportée sur un carré de terrain derrière la maison de Keats (un homme construisant une copie de fusée dans une copie de maison, l'ironie ne put échapper à Bond, même à cet instant). Une pelleteuse mécanique, estampillée du sigle du Diamant Bleu, avait creusé une tranchée d'environ deux mètres de profondeur. Le conducteur de l'engin était un ouvrier blond, d'allure banale, américain, qui s'était acquitté de sa tâche avec flegme et efficacité. Il n'avait pas plus de vingt ans. Bond se demanda s'il avait conscience de ce qu'il faisait. Prenait-il part volontairement à cette mise en scène macabre ? Comme pour ajouter à l'abjection, on avait obligé Bond à assister aux préparatifs, dans l'air lourd et oppressant de la nuit. Encadré par des gardes déterminés à ne commettre aucune erreur, il avait regardé creuser sa tombe. Une fois son travail terminé, la pelleteuse recula. Le moment était donc venu. Malgré lui, Bond sentit sa gorge et son estomac se nouer. La peur primale de la mort – et une des plus atroces –, qu'aucun entraînement d'aucune sorte ne pouvait totalement réprimer.

Sin était arrivé pour assister au dernier acte du drame dont il était l'auteur. Il avait bizarrement revêtu la tenue d'un conducteur de métro new-yorkais : salopette large, bottes en cuir noir, casquette. Il attendit le départ de la pelleteuse, puis indiqua d'un geste la boîte-cercueil.

— Entrez là-dedans, monsieur Bond. Pour votre information, sachez qu'il vous faudra approximativement soixante minutes pour mourir. Mais vous aurez sans doute perdu la raison bien avant. Avez-vous quelque chose à dire ? Un dernier mot d'esprit ?

Bond poussa un juron. C'était simple et éloquent.

— Allez-y, dit Sin.

Bond évalua ses chances. Il pouvait résister. Malgré les quatre gardes, en faisant vite, il pourrait peut-être sauter sur Sin et se servir de lui comme bouclier. Même s'il était abattu, c'était une mort plus tentante que l'autre. En tout cas plus rapide. Mais il repoussa cette solution. Il possédait un atout que Sin ignorait. Il restait un espoir.

Il inspira profondément, tout en s'interrogeant sur les motivations de Jason Sin. Était-il malade ? Pourquoi pas une sorte de cancer du cerveau engendré par les horreurs du massacre de Nogeun-ri ? Bond imaginait les cellules atteintes, noires et virulentes, se forçant un passage dans le tissu neural à l'intérieur du crâne. Ou bien était-ce simplement une excuse que Sin se donnait ? Comme tous les êtres réellement malfaisants, il savait ce qu'il faisait. Combien d'autres personnes avait-il torturées avec ses cartes *Hwa-t'u* ? Le Coréen s'était vanté d'avoir éliminé par cette méthode des employés et des rivaux. Les pauvres n'avaient pas connu le danger comme Bond et, confrontés à une mort innommable que Sin les avait contraints de choisir, ils avaient dû être terrifiés. Debout devant sa propre tombe, Bond se promit de revenir lui demander des comptes. Mais pour l'instant il garda le silence. Il avança, enjamba un bord de la boîte, et s'allongea à l'intérieur. Deux des hommes de Sin soulevèrent le couvercle. Bond jeta un dernier regard au ciel nocturne, au toit de la maison, et à Sin lui-même, à la limite de son champ de vision. Puis la boîte fut scellée.

L'obscurité le frappa au visage. C'était une obscurité extrême, choquante, immédiate, totale. Déjà Bond sentit son pouls s'accélérer, son cœur tambouriner furieusement, et il dut s'interdire de chercher de l'air. Instinctivement, il leva ses mains et plaqua ses paumes contre le bois au-dessus de son visage. Quelques secondes plus tard, des coups de marteau résonnèrent, forts et proches. Les gardes clouaient les bords du couvercle. Combien ? C'était important. Bang, bang, bang, pause. Bang, bang, bang, pause. Ce n'était pas seulement le son qui était effrayant, c'était le rythme méthodique, presque robotique, avec lequel les clous étaient enfoncés. Un minuscule rai de lumière filtrait par l'interstice entre le couvercle et la boîte. Bond parvenait à discerner le contour de ses mains. Il se concentra sur elles, s'efforça de ne pas céder à la panique, sachant qu'elles aussi allaient disparaître. Bang, bang, bang, pause. Quatre clous de chaque côté. Un en haut, un en bas. Dix en tout. De quelle longueur étaient-ils ? Ça aussi c'était important. Bond regretta de ne pas les avoir vus avant.

Silence. Puis une secousse lorsqu'on leva le cercueil. Il se sentit ballotté de droite à gauche. Les gardes le transportaient vers la tombe. Il eut l'impression de voir le trou s'ouvrir devant lui. Ensuite une sensation atroce, réelle ou imaginaire, quand la boîte descendit dans le sol. La faible lueur disparut. Maintenant il était totalement aveugle. La descente lui parut durer une éternité, puis il y eut un choc sourd. Il venait de toucher le fond. Le bois tressauta contre ses épaules et l'arrière de sa tête. Il pressa ses deux mains contre le couvercle et poussa. Rien. Suivit un autre silence. Absolu. La pelleteuse allait-elle revenir ou les hommes combleraient-ils le trou à la main ? Cela faisait une différence. Pourquoi ? Bond tenta de se concentrer mais ses nerfs commençaient à craquer et il n'arrivait pas à réfléchir.

Il ne voyait rien. N'entendait rien, sauf le battement de son cœur et la pulsation du sang dans ses artères. Pourquoi était-ce si fort ? *Trop rapide. Ralentis*, pensa-t-il. *Doucement.* À nouveau il happait l'air avidement. Il lui était impossible de se refréner. Il avait conscience du faible volume dans lequel il était emprisonné. Les panneaux de bois l'oppressaient de tous côtés. Chaque fibre de son être aspirait à se lever, se libérer, alors même que son cerveau avait conscience que c'était impossible. Quelque part, tout au fond de lui, il savait que la panique était son pire ennemi. *Allons. Réfléchis. Tu ne vas pas mourir. Pas ce soir. Pas ici. Ferme les yeux. Voilà, c'est mieux. Maintenant, il y a une bonne raison pour qu'il fasse si noir. Respire normalement. Tu n'es pas sous terre. Tu es allongé sur ta couchette, à bord du* Trespasser. Bond avait passé six semaines dans un sous-marin de classe T pendant son service dans la Royal Navy. Il lui avait fallu du temps pour s'habituer à la claustrophobie, au sentiment d'être pris au piège, mais il y était parvenu. Quel était le nom de ce foutu commandant, déjà ? Bond se souvenait très bien de lui. Il avait tiré sur une baleine en la prenant pour un navire ennemi. Une torpille contre une baleine. L'équipage avait beaucoup ri. Enfermé dans son cercueil, Bond esquissa un sourire à ce souvenir. Et peu après son cœur réagit en se calmant. Cela représentait un effort mental considérable, mais il se contrôlait.

La terre se mit à dégringoler sur le couvercle. Ils utilisaient des pelles – cela se devinait à la cadence – comme pour le narguer.

Deux hommes, peut-être trois. Ils travaillaient vite. Déjà le son devenait plus doux, à mesure que la couche de terre s'épaississait sur le bois. Finalement il n'entendit plus rien. Le silence était d'une lourdeur extraordinaire. Le monde entier pesait sur Bond. Et la température commençait à monter à l'intérieur de la boîte. La sueur dégoulinait dans sa nuque et sur son torse. *Voilà, maintenant tu es enterré vivant*, songea-t-il. *Le trou est recouvert. Ils s'en vont. Ils te laissent seul ici.* Il sentait la pression dans ses oreilles. Malgré ses efforts, la panique et le désespoir n'étaient pas loin, retenus par une barrière mentale qui pouvait s'effondrer d'une minute à l'autre.

Un espace exigu plongé dans le noir. Aveugle. Pas de place pour bouger. Le poids de la terre au-dessus. Pas d'air.

Non. C'était faux. La boîte avait la taille d'un cercueil. Soit environ deux mètres de longueur, soixante-quinze centimètres de largeur, soixante de hauteur. *Calcule. Presque neuf cents litres d'air, moins le volume occupé par ton corps. À peu près douze respirations par minute.* (*Respire lentement. Inutile d'avaler l'air. Garde les yeux fermés. Tu es étendu sur ta couchette. C'est tout.*) *À raison de combien de litres d'air par respiration ? Disons quatre litres par minute... ce qui te donne quatre-vingt-dix minutes. Mais n'oublie pas le CO_2. Chaque expiration libère 16 % d'oxygène et 4,5 % de CO_2.* Il avait appris cela sur le *Trespasser*. C'était ce qui le tuerait. L'hypercapnie, autrement dit l'empoisonnement par le dioxyde de carbone. D'abord il se sentirait étourdi, confus. Les battements de son cœur et la pression artérielle s'emballeraient. Il serait pris de convulsions. Et il mourrait.

Mais il avait encore du temps. Certainement plus d'une heure. Peut-être même une heure et demie. Sin s'était donc trompé. Ça lui arrivait souvent. Il faisait trop le malin.

Comme un peu plus tôt, autour de la table. « *Leur attention est concentrée sur vous à cent pour cent* », avait dit Sin en parlant de ses gardes. Et Bond en avait aussitôt conclu que, si c'était vrai, alors ils ne regardaient pas Jeopardy. Et Jeopardy l'avait compris aussi. Bond n'avait pas pu subtiliser son couteau, mais elle oui. Et à la fin du repas, quand elle s'était jetée au cou de Bond en sanglotant, elle avait glissé le couteau dans la ceinture de son pantalon, derrière son dos. Où il se trouvait toujours. Maladroitement, Bond parvint à l'en extirper.

C'était la présence du couteau qui lui avait permis de ne pas devenir fou. Même s'il ne réussissait pas à se libérer, il pourrait toujours s'en servir contre lui-même. Une carotide sectionnée, et tout serait terminé en quelques secondes. Mais ce n'était pas son intention. En se guidant d'un doigt, il inséra la lame dans la jointure du couvercle. Et il poussa. Le couteau s'enfonça aisément. Le contreplaqué est un bois composite fabriqué en usine. C'est bon marché, mais pas particulièrement solide, et le panneau qui servait de couvercle était soumis à la pression d'environ trois tonnes de terre. Il commençait déjà à ployer au milieu. Et Sin avait ordonné de le clouer, sans doute pour l'effet dramatique. Des vis auraient posé un problème nettement plus coriace. Bond fit pivoter le couteau. Il devait prendre garde à ne pas casser la lame. Il sentit le côté du couvercle se soulever en entraînant le clou. Une chance aussi qu'ils n'aient pas utilisé la pelleteuse pour remplir le trou. Car la terre, jetée par petites quantités, était beaucoup moins tassée. Il y avait assez de jeu pour faire bouger le couvercle.

Toujours en se guidant avec le doigt, Bond inséra la lame à un autre endroit, à peu près à hauteur de sa hanche. La manœuvre était difficile. C'est à peine s'il pouvait remuer. Mais en opérant lentement, il réussit à libérer trois clous sur les dix qu'il avait comptés. Ensuite il fit passer le couteau de l'autre côté de son corps et, avec la main gauche, il procéda de la même façon. Soudain, sa gorge se serra et il dut s'interrompre car toutes ses peurs ressurgirent brutalement. Il n'y avait plus d'air ! Le mortel CO_2 attaquait son organisme. Il serra fortement ses paupières et se força au calme. *La couchette à bord du* Trespasser. *La baleine. OK. Allez, continue.*

Le couvercle avait maintenant cédé sur les deux côtés et ployait au centre. Bond savait que c'était ce couvercle qui le maintenait en vie. Sans lui, il aurait suffoqué, enseveli sous la terre. Il glissa le couteau dans sa ceinture et défit sa chemise. Il devait l'enlever, mais la manœuvre n'était pas aisée dans l'espace confiné. À force de contorsions, en se soulevant sur les coudes, il réussit à la passer par-dessus sa tête. Chaque heurt contre le couvercle lui rappelait l'inconfort et la bizarrerie de sa situation. *Tu es dans le sol. Enterré vivant. Ta réserve d'air diminue. Détends-toi. Ne crie pas.* La chemise s'était dégagée. Son maillot de corps trempé de sueur lui collait à la peau. Il fit passer une partie de la chemise sur sa tête et la tira à l'envers sur son visage. Puis il chercha le bouton du haut et le ferma de manière à ce que le col forme un joint autour de son cou. Il avait ainsi fabriqué une sorte de ballon qui empêcherait la terre de lui rentrer dans la bouche et les narines, et lui permettrait de respirer pendant qu'il se fraierait un chemin vers la surface.

Mais arriverait-il à l'atteindre ? Bond mesurait un mètre quatre-vingt-trois et estimait que le niveau du sol – et donc l'air libre – était à environ vingt centimètres au-dessus. De toute façon, il n'avait pas d'alternative. Le tissu de sa chemise plaqué sur le visage, il poussa le couvercle avec ses bras puis avec ses genoux et ses pieds. Rien ne se produisit. Il prit appui avec son pied gauche et donna un coup avec le droit. Une fois, plusieurs fois. Les derniers clous cédèrent et le couvercle glissa légèrement sur un côté. Un filet de terre, douce et fraîche, coula sur son pied droit et sa cheville. Il fit courir ses mains sur le bois. Le couvercle bougeait. Tous les clous étaient sortis. Il donna un nouveau coup de pied. Sur un côté, le couvercle se fendit sur toute la longueur, et une cascade de terre ruissela sur lui, menaçant de l'écraser.

C'était l'instant crucial. Bond devait maintenant se redresser à la verticale. Ensuite il pourrait s'aider de ses mains pour se forer un passage vers le haut. Il se tordit de côté, en même temps qu'il essayait de basculer sur ses pieds, et s'extirpa du cercueil par le couvercle à demi fendu. Bond n'émettait aucun son, et pourtant il hurlait. La terre était comme une créature monstrueuse qui l'avalait tout entier. Elle se collait à lui et, sans la chemise qui lui protégeait le visage, elle l'aurait déjà tué. Il la sentait, moite, sur sa peau. Il la humait. Il rassembla toutes ses forces, déplia ses jambes et poussa. À présent ses pieds étaient à plat sur le fond du cercueil. Il se redressa et se propulsa vers la surface. Il avait retenu son souffle, mais il avait besoin d'oxygène. Il aspira et parvint à trouver l'air nécessaire, filtré par le tissu de sa chemise. Il leva les poings au-dessus de lui, puis écarta les mains pour crocheter la terre et se hisser. Il avait espéré crever la surface en étirant les bras, mais le trou était trop profond. Bon sang ! Avoir fait tout ça pour mourir maintenant ! Non, ça n'arriverait pas. Il était debout, dressé de toute sa hauteur. Il écarta les pieds, trouva les bords du cercueil, et monta dessus. Une partie du couvercle était encore en place et il s'en servit comme d'une plate-forme, qui le haussa de soixante centimètres. Il poussa encore et, cette fois, ses mains jaillirent à l'air libre. Sin avait-il laissé des sentinelles ? Si c'était le cas, il se serait démené pour rien. Mais il lui restait le couteau, dont il sentait la lame contre sa peau. Il savait que c'était une nuit sans lune. Cela lui laissait une chance.

Seules ses mains étaient libres. Comme deux araignées, elles explorèrent la surface à la recherche du bord de la tombe, où le sol serait plus compact. Il le trouva. Il aplatit ses mains et tira. Très bien. Il arrivait à se hisser. Pouvait-il risquer de prendre une autre inspiration ? Il suffoquait. La chemise ne le protégeait plus. Au contraire, elle lui faisait un bâillon, qui se collait sur sa bouche et ses narines sous la pression de la terre. Il était temps de sortir. *Allez. Maintenant.* Bond banda tous ses muscles et se hissa. Il sentit la terre glisser sur son corps. Ses épaules étaient en feu. Il émergeait de la terre comme s'il renaissait. Sa tête jaillit à la surface. Suffoquant, il arracha la chemise de son visage. Il avait réussi ! La terre l'emprisonnait encore jusqu'au cou. Il écarta les bras, s'agrippa au sol ferme, et tira. Tira, poussa. Enfin le reste de son corps fut délivré. Il sortit aussitôt le couteau de sa ceinture. Mais il n'y avait personne alentour. Sin était parti. La fusée. La bombe. L'Empire State Building. New York. Tout lui revint d'un coup. Il les avait oubliés. Mais il se dit que M lui pardonnerait cette négligence momentanée. La maison de Keats était vide, plongée dans le noir. Tout le site paraissait déserté.

Pendant une longue minute, Bond resta étendu sans bouger, à respirer l'air de la nuit. Enfin, il se leva et partit en quête de Jeopardy.

XX

ATTAQUE À NU

Il avait besoin d'elle. Jeopardy lui avait dit qu'elle avait grandi près du dépôt de trains de Coney Island, or c'était là que Sin avait transporté sa fusée. Elle connaissait les lieux. Elle saurait sûrement comment s'y introduire. Et puis Bond ne pouvait pas l'abandonner après ce qu'ils avaient vécu ensemble, même s'il devait perdre un temps précieux à la chercher. Combien d'heures restait-il avant le lancement de la Vanguard ? Bond leva le poignet et s'aperçut qu'il avait perdu sa montre, une Rolex Submariner d'à peine trois ans. Elle avait dû glisser quand il bataillait pour s'extraire de la terre. Encore une chose pour laquelle Sin devrait payer. Un éclat sauvage luisait dans son regard quand il s'élança dans l'obscurité le long de la clôture, loin des caméras de surveillance. Il se dirigeait vers le baraquement du personnel où il avait été retenu vingt-quatre heures, et où il pensait trouver Jeopardy.

Bond était d'une saleté répugnante. Il était recouvert de terre, jusque dans les cheveux. La terre avait pénétré sous ses vêtements, sous ses ongles, dans ses narines. L'odeur l'imprégnait, rappel obsédant de la mort atroce à laquelle il venait d'échapper. Ses vêtements lui collaient à la peau. Il devait avoir l'air de sortir d'un film d'horreur.

Il restait davantage de gardes qu'il ne l'avait d'abord pensé. Sin avait laissé une équipe de nuit : le portail était toujours surveillé, la barrière baissée, et des vigiles en uniforme arpentaient la zone de travail centrale, comme si quelqu'un pouvait avoir envie de voler du matériel usagé et des débris de chantier. La voiture de Jeopardy était garée à huit cents mètres, sur la route. Ils devraient en voler une autre pour sortir. Une douzaine de véhicules étaient garés sur le parking fortement éclairé, mais il était peu probable que leurs propriétaires aient laissé la clé de contact derrière le pare-soleil. Au moment où Bond arrivait au baraquement du personnel, il vit une voiture démarrer, rouler jusqu'au portail, et s'arrêter. Le conducteur montra ses papiers au poste de contrôle. Bond put ainsi vérifier qu'il avait deviné juste. Sortir de l'entrepôt serait aussi difficile que d'y entrer.

Il pénétra dans le baraquement du personnel et suivit le long couloir, aux murs nus et au plancher de bois, qui menait à la pièce où il avait été séquestré. Il y avait de la lumière mais apparemment personne dans les parages. Bond passa devant une porte ouverte : c'était un bureau, avec un téléphone. Il s'y faufila rapidement et décrocha le récepteur. Pourquoi ne pas essayer de joindre quelqu'un au FBI, à New York ? Un mot de lui, et ils fermeraient tout le réseau du métro avant même que Sin eût quitté le dépôt de Coney Island. Malheureusement, la ligne était muette. Sin avait pris les précautions les plus élémentaires en coupant toute communication avec l'extérieur. Bond jura à voix basse et raccrocha le téléphone. Il devrait se débrouiller seul.

Il continua d'avancer dans le couloir, puis s'arrêta net en voyant plus loin une porte s'ouvrir. Un homme apparut. Il tenait un sac de sport qu'il balançait au bout de son bras. Il ne remarqua pas Bond car il s'éloigna en sens opposé. Bond attendit qu'il eût disparu à l'angle du couloir, puis il ouvrit une porte. C'étaient les vestiaires du personnel. Il y avait là des placards cadenassés, des lavabos, des toilettes, une pile de serviettes-éponge et une rangée de douches. Exactement ce qu'il lui fallait. Mais avait-il le temps ? Une pendule murale indiquait vingt et une heures trente. Bond se décida. Il pouvait se doucher et voler des vêtements propres. Cela lui prendrait cinq minutes, mais le bénéfice, physique et psychologique, en vaudrait largement la peine.

Il se débarrassa avec plaisir de ses vêtements souillés, puis il entra dans la première cabine de douche et ouvrit les robinets en grand. Un puissant jet chaud le lava de la terre avant même qu'il eût pris le savon. La plomberie américaine dans toute son efficacité. Une eau brunâtre tourbillonna dans le siphon entre ses pieds et, une fraction de seconde, comme si un rideau était tombé devant ses yeux, Bond se revit dans le cercueil enfoui sous terre. Il se frictionna furieusement les épaules et le visage pour chasser non seulement la crasse, mais aussi le souvenir.

Soudain, la porte des vestiaires se rouvrit et quelqu'un entra. Derrière le rideau de douche, Bond n'était pas visible, mais le bruit de l'eau trahissait sa présence.

— Jack, c'est toi ? lança une voix.

Bond garda le silence.

— Jack ? insista la voix.

Bond poussa un grognement indéfini, espérant décourager l'intrus. Mais celui-ci, sans doute intrigué, approcha. Bond vit sa silhouette derrière le rideau plastifié.

— Qui est là ?

Bond savait ce qu'il lui restait à faire. Fermer le robinet d'eau, tirer le rideau et sortir de la douche, déjà prêt à l'attaque qui se solderait par la mort d'un homme. Il lui suffirait de le déséquilibrer d'un balayage du pied avant pour lui faucher les jambes. Une fois l'homme à terre, un coup violent porté du tranchant de la main sur le larynx l'achèverait. L'homme n'aurait même pas le temps de pousser un cri. Cette technique était tout droit issue du manuel, même si les auteurs n'avaient pas pris en compte la possibilité que l'attaquant fût nu comme un ver. Bond avait déjà jeté son adversaire au sol mais, juste avant de lui asséner le coup de grâce, il arrêta la course de sa main.

L'homme qui venait d'échapper à un coup fatal était très jeune. Il n'avait pas vingt ans. Il avait des cheveux blond sable et de grands yeux effarés et innocents. Il était venu prendre une douche avant de se coucher. Il portait un maillot de corps blanc sans manches. Sa trousse de toilette et sa serviette étaient tombées à côté de lui. Il avait un prénom féminin tatoué sur l'épaule. Tout en lui criait à Bond de l'épargner.

Bond l'avait reconnu. Une heure plus tôt, cet homme manœuvrait la pelleteuse qui avait creusé sa tombe. Il faisait partie de l'équipe qui avait préparé son ensevelissement.

— Ne me faites pas de mal, monsieur ! hoqueta le jeune homme.

Il eut le bon sens de ne pas crier et de parler doucement.

— Je vous en supplie !

Il levait les mains dans le geste universel de capitulation.

Bond le lâcha, le temps de ramasser la serviette et de la nouer autour de ses hanches.

— Je te connais, dit-il, avec une fureur contenue. Tu étais dehors, tout à l'heure. Donne-moi une bonne raison de ne pas de tuer.

— Je vous jure que je ne fais pas partie de leur bande, monsieur. Je fais juste ce qu'on me dit.

Le jeune homme fouilla dans sa poche pour sortir son laissez-passer avec sa photo, comme si c'était un talisman qui le protégerait de Bond.

— Je m'appelle Danny. Je suis du Queens. Ne me faites pas de mal. J'ai une femme et un enfant...

— Tu m'as enterré vivant.

— Non, monsieur. Je le jure devant Dieu. Ils m'ont juste dit de creuser un trou.

— Ne mens pas.

La voix de Bond était glaciale. Sa main toujours prête à frapper.

— Tu as vu ce qu'ils faisaient.

— Écoutez... C'est vrai, je sais qu'ils font des trucs dingues. J'ai vu des choses... atroces. Mais qu'est-ce que je peux faire ? J'avais besoin de travail. J'ai eu des ennuis. J'ai un casier judiciaire. Personne ne voulait m'embaucher. Ici, ils m'ont offert un boulot bien payé. J'ai ma famille à ma charge. Mais je ne participe pas à leurs saloperies, je vous le jure. Je fais profil bas. Si je pouvais, je partirais. Tout de suite. Je ne peux pas. Personne ne quitte cet endroit. Je le sais. (Il était au bord des larmes.) Je jure devant Dieu que j'ai détesté ce qu'il vous ont fait. Ça m'a rendu malade. Seulement, je ne pouvais rien faire.

Bond abaissa la main, mais son regard était toujours aussi féroce.

— Tu vis ici ?

— Pendant la semaine. J'ai une chambre.

— Où est la fille ?

— Quelle fille ?

— Elle s'appelle Jeopardy. Elle a été capturée avec moi.

Danny s'apprêtait à mentir. Du moins à nier être au courant de quoi que ce fût. Bond le vit dans ses yeux. Le jeune homme savait qu'il devait se taire. Il avait très peur de Sin. Mais il avait autant peur de l'homme que Sin avait voulu tuer. Alors il lâcha prise. Il changea d'avis.

— Elle est au bout du couloir. Après la double porte. La dernière pièce à droite. Nous n'avons pas le droit de l'approcher.

— Elle est surveillée ?

— Je ne crois pas. Et il n'y a pas de clé. Juste des verrous. Vous pourrez l'ouvrir.

— Il me faut des vêtements.

— Il y en a dans mon casier. Prenez mes clés. Prenez aussi mon laissez-passer. Prenez tout. Ne me faites pas de mal. (Le jeune homme sortit de sa poche un trousseau.) Je ne le dirai à personne. Je raconterai que vous m'avez volé mes affaires pendant que je prenais ma douche. J'ai un bébé de six mois. Il s'appelle Frankie. J'ai une mère… elle est malade. Je ne suis pas un mauvais gars, monsieur. Ce qu'ils voulaient vous faire… je n'y suis pour rien.

— Ton numéro de casier ?

— Soixante-quatre. Vous trouverez une chemise et un pantalon. Et aussi un peu d'argent. Prenez tout.

Bond savait qu'il devait le tuer. C'était la seule option sans risque. Il n'avait pas le temps de l'attacher et de le bâillonner (combien de temps avait-il déjà perdu ?). Pourtant, devant le jeune Danny, pâle et tremblant, une question s'imposa. Était-ce à cela qu'il en était toujours réduit ? Le garde du corps du Chiffre qui l'avait préparé à la torture, les disciples de Mister Big, ces minaudières de Sister Lily et Sister Rose qui l'avaient accueilli dans l'univers de Dr No, tous les employés de l'usine de Goldfinger en Suisse… il ne leur avait jamais demandé d'où ils venaient, s'ils exécutaient avec plaisir les basses œuvres de leur patron. Faisaient-ils ça simplement pour gagner leur vie ?

Avaient-ils des mères malades, des enfants en bas âge ? Bond en avait tué beaucoup, sans même penser à eux comme à des êtres humains. Et ce Danny, maintenant, qui travaillait pour trois dollars de l'heure. Danny Slater, indiquait son laissez-passer. Il pleurait. De vraies larmes embuaient ses yeux bleus et roulaient sur ses joues. Méritait-il de mourir ?

Pourtant c'était ce même Danny Slater qui avait creusé un trou de six pieds sous terre, sachant qu'un homme vivant, dans une boîte, allait y être enseveli. La main raidie de Bond s'abattit sur sa gorge en un éclair. Le jeune homme n'eut pas le temps de crier.

Bond l'examina, puis il ramassa les clés et chercha le casier soixante-quatre. Il y avait en effet des vêtements à l'intérieur. Il n'avait pas menti. Bond s'habilla rapidement, remit ses chaussures, puis il tira Danny dans l'une des cabines de douche. Si quelqu'un arrivait, il penserait qu'il avait glissé sur la savonnette. Muni des clés et du laissez-passer, Bond éteignit les lumières et courut dans le couloir.

Tout au bout, après une double porte, il se retrouva à l'endroit qu'il avait quitté quelques heures plus tôt. Sa cellule était maintenant ouverte et vide. Jeopardy devait être dans celle située en face. Il tira les verrous, ouvrit la porte et fit un pas en avant. Il eut le réflexe de se baisser en voyant une chaise s'abattre sur lui. La chaise manqua sa tête de peu et s'écrasa contre le mur. Jeopardy tenait encore le dossier. Son visage blanc de fureur changea brusquement d'expression quand elle le reconnut.

— James ! (Elle lâcha la chaise et se jeta dans ses bras.) Bon sang, j'aurais pu vous...

— Ça va ?

Elle avait reçu d'autres coups. Un hématome lui bleuissait la pommette.

— Je me suis mise en rogne après votre départ, et je me suis débattue comme une damnée. J'ai cassé de la vaisselle, je leur ai jeté à la figure tout ce qui me tombait sous la main. Ça m'a coûté ça, dit-elle en montrant sa joue. Mais je m'en fichais. Je ne voulais pas qu'ils comptent les couteaux sur la table. Et je crois que ça a marché.

— Vous avez eu une idée lumineuse en m'aidant comme vous l'avez fait.

— J'étais morte d'inquiétude. Est-ce qu'ils vous ont réellement enterré ? Non, ne me dites rien. Je ne veux pas le savoir. De toute façon, il faut filer d'ici en vitesse.

Bond lui montra le trousseau de clés et le laissez-passer.

— Ceci pourra nous être utile. À combien sommes-nous du dépôt de Coney Island, à votre avis ?

— On peut y être en moins d'une heure.

— Vous pouvez contacter vos supérieurs ?

Bond avait déjà son plan. Le meilleur moyen d'arrêter Sin était de couper le courant dans l'une des centrales électriques et de priver d'alimentation l'ensemble du métro. S'il ne pouvait pas transporter la fusée, c'en était fini de Sin. Mais n'était-il pas déjà trop tard ? Le temps de trouver un téléphone, d'appeler le FBI ou les services secrets, de prouver leur identité, d'expliquer la situation et de parler avec une personne ayant l'autorité nécessaire pour agir, tout serait terminé. D'après les calculs de Bond, Sin devait déjà être dans les entrailles de New York avec sa bombe et sa fausse fusée.

Jeopardy l'avait devancé.

— Ils sont à Washington. Et c'est la nuit. Je peux toujours joindre l'officier de garde mais je ne suis pas sûre…

— Nous allons devoir régler ça tout seuls.

Dix minutes plus tard, les vigiles de l'entrée entendirent un moteur démarrer, mais ils comprirent très vite qu'il ne s'agissait pas d'une voiture. Intrigués, ils sortirent du poste de contrôle et se mirent à crier quand, au loin, ils aperçurent une pelleteuse mécanique foncer vers la clôture. Deux des gardes sortirent leur arme, en vain : la pelleteuse était trop loin et se déplaçait très vite dans l'obscurité. Aux manettes, Bond écrasa la pédale d'accélérateur et se baissa en entendant une balle ricocher contre le métal de l'habitacle, juste au-dessus de sa tête. Jeopardy était collée à lui sur le siège étroit. La clôture se dressait devant eux. Bond espérait qu'elle n'était pas électrifiée. Trop tard pour s'en inquiéter. Les mâchoires de la pelleteuse étaient levées et tendues vers l'avant. Elles déchirèrent le grillage comme si c'était un filet de coton. D'autres balles sifflèrent mais ils avaient déjà quitté l'enceinte de l'entrepôt, et les premiers arbres n'étaient plus qu'à quelques mètres. Une fois à l'abri de la végétation, ils purent courir sans risque rejoindre la voiture de Jeopardy. Elle avait eu la prudence de laisser la clé dans le pot d'échappement.

Pendant ce temps, dans les vestiaires, Danny Slater rouvrit les yeux. Il avait mal. Il était recroquevillé dans la cabine de douche. Lentement, il se mit debout et tituba jusqu'au miroir au-dessus des lavabos. Sa gorge était enflée et sa peau marbrée. Sa tête tambourinait comme s'il avait reçu un coup de batte de base-ball. Il pouvait à peine déglutir. Mais il était vivant.

En abandonnant la pelleteuse pour s'élancer avec Jeopardy dans le sous-bois, Bond se souvint du changement de trajectoire de sa main au moment de frapper le jeune homme. À la dernière seconde, il avait décidé de l'épargner. Pourquoi ? Il était l'un des trois agents britanniques possédant le double zéro, c'est-à-dire le permis de tuer. Or, permission de tuer ne signifiait pas obligation. Et encore moins le plaisir de le faire. Tout au fond de lui, il éprouvait une certaine satisfaction. Le mal qu'on lui avait fait n'avait pas fait de lui un être malfaisant. Sin pouvait toujours clamer que le massacre de Nogeun-ri l'avait transformé en monstre, ce qu'il était réellement, Bond, lui, avait échappé à l'horreur d'être enterré vivant sans que cela affecte son être profond, ni son humanité. C'était toute la différence entre eux. Et la raison pour laquelle il finirait par gagner.

XI

LE TRAIN À UN MILLION DE DOLLARS

La clôture surmontée de barbelés s'étirait dans les deux directions, point de non-retour pour la ville qui avait rampé jusqu'à sa limite, puis reculé en s'avouant vaincue. De l'autre côté, il y avait une étendue déserte, avec des tas de gravier, des bidons d'huile éparpillés, des blocs de ciment, des poteaux télégraphiques aux fils affaissés, du matériel industriel apparemment abandonné. Et des rails, des kilomètres de rails, un labyrinthe de ferrailles entrelacées qui semblaient jetées là presque au hasard, vaste terrain de jeu dont on avait perdu le contrôle à mesure que de plus en plus d'éléments s'y ajoutaient. Cet espace vide avait quelque chose de choquant à la lisière de Brooklyn. Comme si la clôture divisait deux mondes très distincts. Bond imaginait les immeubles d'habitation bondés de familles entassées dans des pièces exiguës et sombres, les unes au-dessus des autres. Et ces familles en étaient réduites à regarder, derrière des vitres encrassées, l'immense domaine interdit du dépôt de Coney Island. C'était un peu le symbole de la différence entre la vie et la mort, surtout sous cette lune froide et blanche qui les baignait de sa lumière spectrale.

La brèche dans la clôture se trouvait exactement là où Jeopardy se le rappelait. Elle avait été réparée, puis de nouveau ouverte, réparée, rouverte, et finalement laissée en l'état, dans un enchevêtrement de fils de fer superflus. Ils se faufilèrent dans l'ouverture et examinèrent le paysage. Les bâtiments les plus proches étaient à une centaine de mètres : une rangée d'ateliers en briques et tôle ondulée, grands et rectangulaires, à l'intérieur desquels disparaissaient les rails. Il n'y avait personne en vue, mais tandis qu'ils observaient les lieux, accroupis dans la pénombre, ils entendirent un bruit de moteur et virent apparaître un motard solitaire, qui s'arrêta devant un hangar. Bond reconnut les chromes surdimensionnés et l'insigne de réservoir « harmonica » de la Triumph Thunderbird six cent cinquante centimètres cubes. Il ne put retenir un sourire. C'était la moto qui avait enflammé les désirs de toute une génération de GI après la guerre. Il ne suffisait pas à la Thunderbird d'être plus rapide et plus légère que l'ancienne Speed Twin, elle devait aussi être plus clinquante, visible de loin avec ses couleurs vives et ses chromes. Le motard descendit de sa Triumph et se dirigea d'un pas nonchalant vers la porte coulissante du hangar. Était-ce un cheminot ou un homme de Sin ? Bond aurait préféré un cheminot. Un homme aux plaisirs simples qui, son travail terminé, rentrerait en moto chez lui retrouver sa femme ou sa petite amie. Il y aurait assez de morts cette nuit sans y ajouter la sienne.

— Ces hangars appartiennent à des entrepreneurs privés, expliqua Jeopardy à voix basse. Et toutes les personnes qui travaillent ici à cette heure sont forcément à la solde de Sin.

— Je vais entrer, dit Bond. Vous, faites demi-tour et essayez de trouver un téléphone.

— Je ne vous laisse pas.

— Nous n'avons pas le temps de discuter, Jeopardy. Vous avez été formidable. Sans vous, je ne serais pas ici. Mais maintenant c'est mon tour. Je dois absolument empêcher le train de Sin de partir d'ici.

— Comment ? Vous n'avez même pas une arme.

— Je trouverai un moyen. Si j'échoue, contactez les services secrets pour qu'ils arrêtent tout le réseau du métro. Quelles sont les sous-stations ? 59ᵉ Rue ? Long Island ?

— James, je vous l'ai dit. C'est trop tard, dit Jeopardy en regardant sa montre. Le lancement est prévu dans cinquante minutes à Wallops Island.

— Téléphonez à vos supérieurs pour les prévenir.

Il avait filé avant qu'elle eût le temps de répondre. Il courut vers l'atelier dans lequel était entré le motard. Les rails allaient jusqu'aux portes coulissantes puis, probablement, continuaient de l'autre côté. Au moins, il n'y avait pas beaucoup de surveillance. Mais pourquoi y en aurait-il eu ? Ce n'était qu'un dépôt ferroviaire, sale et sans intérêt, sauf peut-être pour les gamins du coin qui aimaient s'y aventurer, comme Jeopardy autrefois. Personne ne le vit arriver au pied du mur de brique, avec ses fenêtres à intervalles réguliers, dont les vitres dépolies empêchaient de voir à l'intérieur comme à l'extérieur. Bond ne voulait pas risquer de passer par les portes coulissantes – du moins pas tant qu'il ignorait ce qui se déroulait derrière. Un escalier extérieur métallique montait en colimaçon jusqu'à une plate-forme et une petite porte en bois dans un renfoncement. Il longea le mur et gravit l'escalier.

La porte était fermée, mais le cadenas était vieux et rouillé. Bond décida de le forcer d'un coup d'épaule. Il y avait assez d'activité dans le hangar pour couvrir le bruit. Il jeta un dernier regard en arrière. Il ne voyait pas Jeopardy, et il espérait qu'elle avait eu le bon sens de filer pendant qu'elle le pouvait. L'heure n'était plus à la délicatesse : Bond se jeta contre la porte et il sentit le cadenas céder. Le battant s'ouvrit. Aussitôt il entendit de la musique – sans doute une radio –, un cliquetis métallique, des voix d'hommes, le vrombissement d'un moteur électrique. D'en bas, quelqu'un pouvait l'apercevoir en levant les yeux, mais personne n'avait pu l'entendre. Il se faufila à l'intérieur. La première personne qu'il vit était Jason Sin.

Il était entouré de ses hommes, un véritable escadron, en très grande majorité coréens. Il fallait être un Américain très spécial pour vouloir participer à la destruction d'un des emblèmes de New York, et à la mort de centaines, voire de milliers de compatriotes. Tous portaient une tenue de cheminot. Ils écoutaient les ultimes instructions de Sin dans l'immense hangar traversé par des voies ferrées. Les néons suspendus à des chaînes diffusaient un éclairage cru et impitoyable. Chacun des hommes projetait cinq ombres, qui s'étoilaient sous leurs pieds. Tous étaient armés. Bond n'entendait pas ce que disait Sin. Une centaine de mètres le séparaient de lui, et il se dissimulait derrière un entrelacs de poutrelles en acier. En réalité, personne n'aurait pu l'apercevoir lorsqu'il avait enfoncé la porte. Sin termina son laïus, et le groupe se dirigea comme un seul homme vers le train en attente.

Bond reconnut immédiatement les wagons. Les R-11, fabriqués à la fin des années quarante, comptaient parmi les plus beaux trains qui aient jamais circulé sur le réseau du métro new-yorkais. Avec leur carrosserie en acier soudé par points et leurs hublots caractéristiques, leur éclairage fluo et leurs sangles suspendues en acier, les rames R-11 reflétaient l'esprit et le dynamisme de leur époque. Chaque voiture avait coûté la bagatelle de dix mille dollars, ce qui expliquait le surnom de Train à Un Million de dollars. Bien entendu, celui-ci avait été modifié par Sin qui l'avait entièrement remodelé – voiture locomotrice et voitures de voyageurs – pour son opération. Aucun train semblable n'avait jamais circulé sur le réseau. Et n'y circulerait jamais.

En premier lieu, la locomotrice. Le conducteur coréen était déjà en train de monter dans la cabine avant. Et Sin s'apprêtait à l'accompagner. Sans doute réalisait-il là un rêve d'enfant – qui n'avait jamais rêvé de conduire un train ? Venait ensuite un wagon à fond plat, qui ressemblait à une semi-remorque sur rails, sans toit. Une série de piquets en acier entouraient le chargement recouvert d'une bâche. La fausse fusée Vanguard, bien sûr. Bond remarqua qu'on l'avait arrimée avec des dizaines de filins légers. Ceux-ci étaient sûrement voués à fondre lors de l'explosion, afin de ne laisser aucune preuve. Le wagon plat était attelé à un R-11, qui contenait la bombe. Bond en apercevait les contours derrière les fenêtres. Deux hommes allaient l'accompagner pendant le trajet – un petit sec, l'autre obèse, tous deux également habillés en cheminots, et tous deux coréens.

Juste derrière, venait un autre wagon R-11, dans lequel prit place le reste des hommes de Sin. Bond en compta sept. Ce qui faisait onze en tout, avec Sin et le conducteur. Onze contre un. La cote n'était pas à son avantage. Enfin, en queue de convoi, venait une autre voiture locomotrice. Bond s'en étonna, mais il comprit vite son utilité. Les hommes de Sin armeraient la bombe et dételleraient son wagon. Ensuite, tout le monde prendrait place dans la seconde voiture locomotrice pour faire le trajet inverse. Ni vu ni connu.

Comment l'empêcher ? Du haut de son perchoir, Bond évalua froidement la situation. Il ne restait que quarante minutes avant le lancement de la Vanguard à Wallops Island. Sin supervisait lui-même l'opération. Bond était désarmé et seul. Jeopardy avait peut-être réussi à alerter les autorités compétentes. Il y avait donc une chance, mais bien mince, car rien n'assurait que lesdites autorités auraient le temps d'agir. Le train allait traverser Brooklyn avant d'atteindre le réseau souterrain qui passait sous East River et remontait vers le cœur de Manhattan. À quelle station le train s'enfonçait-il sous terre ? 15e Rue ? Septième Avenue ? Plus loin ? Si Bond parvenait à y monter et à désactiver la bombe pendant qu'il était encore en surface, à Brooklyn, les dégâts seraient réduits (sauf peut-être pour lui-même). Mais une fois le convoi dans Manhattan, les jeux seraient faits. Il fallait donc passer à l'action tout de suite.

Or il avait pris du retard. Sin et une partie de ses hommes étaient à bord du train. Les autres l'attendraient dans l'atelier. Ils avaient déjà ouvert les larges portes coulissantes, de l'autre côté, et Bond découvrit les rails qui sortaient du dépôt. Soudain, sans avertissement, le train s'ébranla. Bond jura entre ses dents et courut vers l'escalier en colimaçon. Il n'y avait plus qu'une chose à faire. Rattraper le train avant qu'il ne prenne trop de vitesse.

Il aurait pu réussir. Mais en arrivant au bas de l'escalier, il vit surgir un grand Américain chauve, tatoué dans le cou et sur les épaules. Ils se trouvèrent brusquement face à face. Le grand chauve l'avait probablement aperçu. Il était armé d'un couteau, et même si Bond s'était mis d'instinct en posture de défense, la lame lui passa tout près. Avec une simple clé à l'avant-bras, il saisit le poignet de son adversaire et le tourna. L'os se brisa. Le tatoué hurla. Bond enchaîna avec un coup sec sur le menton. Les yeux du tatoué vacillèrent et il s'effondra. Bond récupéra le couteau, regrettant que ce ne fût pas un revolver. Il glissa la lame dans sa ceinture, contre sa peau.

La scène n'avait duré que trente secondes, mais c'était déjà trop. Le train avait franchi les portes et prenait de la vitesse.

Ses feux arrière scintillaient dans la nuit. Bond s'élança. La voiture locomotrice de queue – qui servirait pour le retour – était à une centaine de mètres, et la distance augmentait de seconde en seconde. Au moins la cabine était vide. Personne ne risquait de le voir courir le long de la voie ferrée. Une partie de son cerveau avait vaguement conscience du troisième rail – surélevé et sur le côté droit de la voie – où passait l'alimentation électrique. Si, par accident, il marchait dessus, il mourrait dans la seconde. Bond transpirait dans la chaleur de la nuit. Les vêtements volés n'étaient pas à sa taille et le tissu synthétique l'irritait. Le dépôt de Coney Island semblait s'étirer à perte de vue, et il avait beau courir vite, il n'arrivait pas à combler son retard. Sa gorge était en feu. Il trébucha, faillit tomber. Il passa devant un véhicule d'entretien surmonté d'une grue. Il ne pouvait pas aller plus vite mais il s'entêtait à continuer, mû par sa volonté d'atteindre le train. Et le train accéléra encore. Bond suffoquait, assailli par l'odeur âcre de la poussière et de la défaite.

La distance se creusait de plus en plus, et il finit par s'arrêter, les jambes flageolantes. C'était sans espoir. Sin lui avait échappé. Sans le tatoué au couteau, il aurait eu une chance, mais les trente secondes perdues avaient tout gâché. Et maintenant ? Il était vaincu. Il devait accepter l'inévitable. Il avait la sensation angoissante que la nuit se refermait sur lui. Comment réagir autrement ? Il n'était qu'un homme. Tant de missions accomplies au cours des dix dernières années. Avait-il vraiment cru qu'il gagnerait à chaque fois ? Courbé en deux au milieu de la voie, hors d'haleine (toutes les cigarettes fumées se faisaient soudain sentir), il regardait disparaître les feux arrière du train, et voyait des points noirs devant ses yeux. La colère. Il s'imaginait déjà à Londres, assis devant son bureau. « Ayant pris la décision de ne pas alerter les autorités, j'ai tenté d'arrêter Sin Jai-Seong au dépôt de Coney Island. Mais, en dépit de mes efforts, je suis malheureusement arrivé trop tard. L'explosion qui s'en est suivie, les dégâts considérables infligés à Manhattan et les nombreuses victimes sont le résultat de mon échec. » Quelle que fût la formulation, il ne sortirait pas de cette histoire indemne. Allait-il taper son rapport ou une lettre de démission ?

La nuit avait avalé les feux arrière du train. Après une douzaine de stations – sans aucun arrêt bien sûr –, il plongerait dans un tunnel. Tout à coup, Bond se redressa. Le rugissement d'un moteur déchirait l'obscurité derrière lui. Il se retourna et vit la Triumph Thunderbird filer vers lui sur les graviers, et s'arrêter dans un dérapage savamment contrôlé. Jeopardy tenait le guidon.

— Montez !

Bond ne discuta pas. Il glissa ses bras autour de sa taille, sentit son corps tiède contre le sien, et ils démarrèrent, non pas dans la direction prise par le train, mais en diagonale, vers la clôture du dépôt. Il était clair que Jeopardy maîtrisait parfaitement la moto, et Bond se souvint qu'elle lui avait parlé de son expérience dans l'attraction « Le Mur de la Mort », à la fête foraine de Coney Island. Eh bien elle n'avait pas perdu son temps ! Quelle femme !

Mais où allaient-ils ? Sans casque ni lunettes, avec le vent qui lui fouettait les yeux, Bond trouva plus confortable de s'abriter derrière les épaules de Jeopardy et de se fier à son bon sens. Ils débouchèrent devant un portail ouvert. Le gardien de nuit, qui somnolait dans sa guérite, eut à peine le temps de pousser des cris bien inutiles en les voyant passer à toute vitesse devant lui. À présent qu'ils étaient dehors, loin des rails, ils filaient sur une quatre-voies déserte, bordée ici et là de massifs rabougris et d'immeubles bas, principalement industriels. À cette heure, il n'y avait quasiment pas de circulation, les trottoirs étaient déserts. Jeopardy mit les gaz et la moto bondit en avant. Plus loin, le ciel était entrecoupé par une construction en fer, une sorte de tunnel posé sur des piliers et filant dans le lointain en ligne droite. Ce tunnel surélevé supportait une voie ferrée et Bond leva les yeux, espérant apercevoir le R-11. Mais son sens de l'orientation lui rappela qu'ils étaient beaucoup trop à l'est du dépôt. Le plan de Jeopardy était probablement de l'intercepter plus loin. Et ensuite ? Que feraient-ils ? Une moto ne faisait pas le poids contre un train en marche. Le faire dérailler ? Pour cela, il faudrait accéder aux rails. Tout dépendait donc de la connaissance que Jeopardy avait du tracé de la ligne de métro.

En tout cas, elle n'hésita pas sur la direction. Ils laissèrent le tunnel métallique derrière eux et virèrent à droite dans Bay Parkway, une avenue plus résidentielle, avec des maisons cossues et des voitures convenables garées devant. Jusqu'ici, tous les feux de croisement avaient été verts, mais Bond doutait que Jeopardy les aurait respectés s'ils avaient été rouges. Au carrefour suivant, un camion poubelle leur barra le chemin. Jeopardy se pencha sur la droite pour contourner l'obstacle puis redressa la moto, juste à temps pour éviter les voitures arrivant en sens inverse. Bond sourit. Il avait instinctivement resserré ses mains autour de la taille de Jeopardy mais, une fois le danger passé, il ne relâcha pas son étreinte.

Les immeubles étaient encore bas. Le ciel était dégagé, délavé par une lune pâle. Ils traversèrent une sorte de village, nettement plus animé que les autres quartiers. Un vieil homme sur un banc, une épicerie ouverte tard le soir, un couple promenant un chien. Jeopardy fit un écart pour doubler un roadster déglingué. Bond eut le temps d'entrevoir le conducteur : un type obèse, coincé derrière le volant. Arrivée au feu rouge de la 60ᵉ Rue, Jeopardy continua sur sa lancée et se faufila entre les voitures venant des rues perpendiculaires, au milieu d'un concert de klaxons. Soudain, Bond vit des centaines de tombes érigées en contrebas d'une autre section surélevée de la voie ferrée. *Gardez-nous deux places*, songea-t-il, alors que Jeopardy évitait de justesse un autre camion. Ensuite ils rejoignirent Ocean Parkway, un boulevard à six voies beaucoup plus emprunté.

Devant eux, des travaux sur la chaussée provoquaient un embouteillage. Un policier s'efforçait de régler la circulation. Jeopardy fut obligée de ralentir, et Bond en profita pour lui crier dans l'oreille :

— Où allons-nous ?

— Quatrième Avenue. Il y a une station de métro en réfection. On peut y arriver avant eux.

— Et ensuite ?

— À vous de me le dire !

Le policier leur fit signe d'avancer. La Triumph bondit.

Ils enfilèrent Ocean Freeway, puis la nouvelle Prospect Expressway, encore inachevée, en direction du nord. C'était la dernière portion avant Manhattan. Quelle que fût la vitesse du train, la Triumph Thunderbird devait rouler plus vite. Le R-11 n'avait aucun obstacle devant lui. L'avaient-ils devancé ? Ils fonçaient sur la voie express, arc-boutés contre le vent, aveuglés par les phares. Ils quittèrent Prospect Parkway, évitèrent le parc, et bifurquèrent dans la 10ᵉ Rue, une artère étroite bordée d'entrepôts et dominée par une imposante structure en acier qui se dressait au-dessus des maisons sur la droite. En levant les yeux, Bond vit la voie ferrée. Et le R-11 ! Il était reconnaissable, avec sa carrosserie lisse en aluminium. Ils l'avaient rattrapé. Ils roulaient à son niveau. Mais où était la station ? Il suffisait du moindre problème sur la route, d'un croisement embouteillé, et il serait trop tard. C'était une question de secondes.

Ils traversèrent la Cinquième Avenue. Une voiture fit une embardée pour les éviter. Bond gardait les yeux fixés sur la droite, mais la voie ferrée avait disparu. Où était-elle ? Où était le R-11 ? Ils dépassèrent un horrible bloc d'appartements et là, subitement, la station de métro apparut. Un mur en ciment gris, avec les rails au-dessus, et une rampe d'accès provisoire spécialement construite pour les ouvriers qui rénovaient la station. Jeopardy quitta la rue, traversa le trottoir, et s'engagea sur la rampe. Il y avait une petite barrière, fermée par un cadenas. Jeopardy mit les gaz à fond et, emportée par son élan, la Thunderbird bondit par-dessus l'obstacle.

Les roues retombèrent sur le sol, et la moto garda miraculeusement son équilibre. Cette fois, ils étaient à l'intérieur de la station, sur le quai bordé par un mur de brique et protégé par une verrière. Le R-11 à côté d'eux, éclair argenté traversant la nuit. Bond vit des lumières derrière les vitres. Le moteur de la locomotrice rugissait dans leurs oreilles. Des étincelles jaillirent au moment où le convoi passa sur un point de contact, comme si un orage allait éclater. Jeopardy avait ralenti. Elle n'avait pas le choix. Le quai était étroit, jonché de détritus laissés par les ouvriers. Et le quai avait une fin. Le train les dépassa. Bond se prépara. Il savait ce qu'il avait à faire. Un dernier coup de dés désespéré. L'extrémité de la station approchait. La dernière voiture et la cabine du conducteur allaient les doubler.

Bond lâcha Jeopardy, se dressa en équilibre sur la pointe des pieds. Ils roulaient encore à vingt kilomètres-heure. Jeopardy avait sûrement deviné son plan. Elle se rapprocha du bord de quai. Le train n'était plus qu'à une quarantaine de centimètres. Elle continua tout droit et Bond se jeta sur le côté, en utilisant tous les muscles de ses cuisses pour se propulser vers les rambardes argentées qui formaient une barrière de sécurité devant la porte arrière du conducteur. Un bref instant, il resta suspendu en l'air. S'il manquait son coup, il tombait sur les rails et se brisait le cou... ou s'électrocutait. Mais ses mains agrippèrent la rambarde. Il ressentit un choc violent dans les bras, crut s'être démis les épaules. Le dos plaqué contre la cabine, il se laissa emporter. Il eut une dernière vision de Jeopardy, qui s'arrêtait in extremis au bout du quai. Puis elle disparut de sa vue. La station s'éloigna, et finalement il fut englouti, irrévocablement, dans la bouche du tunnel.

XXII

LE TUNNEL

Le train, avec Bond agrippé à l'arrière, fonçait dans le tunnel avec un bruit de tonnerre. Sa vitesse semblait avoir augmenté, mais c'était sans doute une illusion causée par les parois qui l'enfermaient – toutefois le R-11 allait plus vite que n'importe quel autre, car il ne s'arrêtait à aucune station. C'était le seul à parcourir la ligne F depuis Coney Island avec tous les signaux au vert, grâce à un régulateur de trafic payé par Sin. De la lisière nord de Brooklyn jusqu'à l'Empire State Building, il allait presque en ligne droite. Il était comme un boulet de canon. Rien ne pouvait l'arrêter.

Pendant la première minute, Bond ne bougea pas, les bras écartés, accroché à la rambarde. Il se faisait l'effet d'un insecte sur un pare-brise. Il avait besoin de reprendre des forces, et il en profita pour se remémorer ce qu'il avait vu et effectuer quelques calculs. Cinq voitures. Celle avec la loco, sur laquelle il était épinglé, destinée au trajet de retour. Puis celle avec l'équipe de choc de Sin : sept hommes armés. Bond n'avait que le couteau, coincé sous sa ceinture contre ses reins. Insuffisant. S'il parvenait à éviter les sept hommes, il arriverait à la voiture contenant la bombe. Deux hommes la gardaient. Venaient ensuite la voiture plate-forme avec la fausse fusée, et enfin la voiture avec la première loco, où se tenaient Sin et le conducteur. *Réfléchis, Bond. Réfléchis. Suppose que l'explosif C-4 soit sur minuteur. Sin a parlé de détonateurs mais ça peut signifier n'importe quoi. Oublie Sin. Pense à la bombe. Il te reste une demi-heure. Au moins vingt minutes. Débrouille-toi pour rejoindre la bombe, désamorce-la, sauve New York, et ensuite occupe-toi des hommes de Sin. Dix contre un. Tu as connu pire.*

Le train surgit du tunnel pour s'engouffrer dans une station. Des lumières crues éblouirent Bond. Il vit du carrelage blanc, un quai désert, un panneau : CARROLL STREET, des bancs, des tourniquets métalliques. Puis, tout aussi subitement, l'obscurité revint. Bond jeta prudemment un coup d'œil sur le côté, et reçut en plein visage une bouffée d'air chaud et de suie. *D'accord. Il est temps de bouger, mon vieux.* Se tenant d'une seule main, il pivota sur lui-même et testa la poignée de la porte de ce qui serait la cabine du conducteur au retour. Verrouillée.

Il allait devoir sortir le grand jeu – ce que Moneypenny lui reprochait souvent – et passer par le toit. Lentement, Bond se hissa le long de la cabine. Derrière le train, il était protégé, mais il savait qu'il serait pulvérisé par la force du vent dès l'instant où il essaierait de se mettre à quatre pattes sur le toit. De toute façon, il n'aurait pas assez d'espace pour cela. Lors de la construction du métro, on avait presque partout utilisé la méthode de la tranchée couverte. Autrement dit, on creusait la terre meuble aussi près que possible de la surface de la rue, puis on couvrait la galerie. Moins c'était profond, moins ça coûtait cher, et les promoteurs s'ingéniaient à ne pas gaspiller l'argent. Les trains mesuraient quatre mètres, et le plafond des tunnels était à peine plus haut. Même s'il était difficile de discerner quoi que ce fût, Bond avait conscience de la présence des poutrelles en acier soutenant le plafond, de véritables armes mortelles. S'il redressait la tête au mauvais moment, elle lui serait arrachée des épaules. Même en se plaquant sur le toit pour ramper, il courait le risque qu'un câble affaissé ou n'importe quel objet saillant le projette vers une mort sanglante. Le visage fouetté par le vent, Bond examina prudemment le toit de la voiture. Oui, il y avait peut-être une solution.

Le toit des voitures R-11 était incurvé. C'était ce qui rendait leurs lignes plus épurées, plus aérodynamiques. Si Bond avançait sur le bord arrondi, la moitié de son corps serait sur le côté du train, juste au-dessus des fenêtres, et donc moins exposé. En revanche, il lui serait extrêmement difficile de s'accrocher. Heureusement, le toit en aluminium était côtelé, ce qui procurait des prises. Bond serait entièrement dépendant de la force de sa main droite. Si le train ballottait un peu trop, il serait éjecté. S'il se relâchait une seconde, il disparaîtrait dans le néant. Et que se passerait-il si un train venait en sens inverse ? La force de l'air comprimé entre les deux masses le délogerait du toit. Il s'imagina tombant entre les monstres argentés. Un éclair. Un hurlement métallique. Et lui, haché menu entre les roues.

Mais il ne voyait pas d'autre solution, et il avait déjà perdu assez de temps. Les ténèbres du tunnel explosèrent de nouveau à l'entrée dans la station suivante : Bergen Street. Il y avait un autre point à considérer. Si un voyageur, sur un quai, levait les yeux, il verrait quelqu'un avancer sur le toit des voitures. Mieux valait donc commencer tant qu'il était dans le noir. Dès que le train retrouva l'obscurité du tunnel, Bond se hissa sur le toit en prenant soin de rester sur l'extrémité de la partie courbe, soit une dizaine de centimètres en dessous du point le plus haut. Il crocheta les arêtes avec sa main droite et plaqua la paume gauche sur la paroi verticale de la voiture. Cela lui procurait un minimum de soutien. Ensuite, il commença à avancer, les yeux fermés, la tête et les épaules soumises à la force du vent qui s'acharnait à le repousser. C'était plus dur qu'il ne s'y attendait. S'il avait pu s'étirer sur une surface plate, il aurait rampé à un rythme régulier. Mais son corps était incliné, presque au-dessus du vide. Il devait progresser à la seule force de son bras droit, et concentrer toute son attention pour ne pas tomber. En levant les yeux, il distinguait le toit du tunnel qui filait à une vitesse folle. Soudain il se produisit un grésillement, suivi d'un éclair électrique aveuglant. Pendant quelques secondes, Bond ne vit plus rien, comme si ses yeux avaient été irradiés. Indifférent, le train semblait décidé à accélérer encore.

Bond se hissait vers l'avant. Sa progression était douloureusement lente. Quelque chose de dur lui gifla le haut du crâne. Sans doute la boucle d'un câble détaché. S'il avait eu la mauvaise idée de lever la tête à ce moment-là, il aurait été étranglé. Une autre question se fraya un passage jusqu'à sa conscience. De combien de temps disposait-il ? Combien de stations avant que le train ne plonge sous la rivière et entre dans Manhattan ? Comme pour lui répondre, ils jaillirent dans Jay Street. Bond lut le nom en lettres noires sur un panneau blanc. Ils roulaient de plus en plus vite. Et ce n'était pas son imagination. À peine avaient-ils débouché dans la station qu'un autre tunnel les avalait déjà.

Il atteignit l'extrémité de la première voiture et franchit l'espace réduit qui le séparait de la suivante. À présent il devait redoubler de prudence. Les hommes de Sin se trouvaient juste en dessous, et même si le vacarme du train couvrait presque tous les autres bruits, il restait le risque qu'un faux mouvement, un raclement de son pied sur le métal, le trahisse. L'effort qu'il devait faire pour se maintenir sur la surface en pente sapait ses forces, et sa main droite, qui supportait l'essentiel de son poids, le faisait souffrir. La douleur gagnait son épaule. Il avait du mal à respirer. Il avait l'impression d'absorber autant de suie que d'air, et ses yeux le brûlaient. Il tirait. Se traînait. Tirait encore. Deux autres stations défilèrent avant qu'il eût enfin atteint le deuxième intervalle entre les voitures, après celle où étaient les hommes de Sin.

L'espace mesurait environ quarante centimètres. Bond se contorsionna pour s'y faufiler. Il y avait un seul hublot au centre des portes et il prit soin de les éviter pour que les hommes de Sin ne l'aperçoivent pas. Il regarda les rails qui défilaient sous les roues, puis il posa le pied sur l'attelage. L'écart entre les voitures était très réduit. Il était coincé entre deux parois de métal secouées de vibrations qui semblaient vouloir l'écraser. Il trouva la poignée de la porte suivante et appuya. Une chance, celle-ci n'était pas verrouillée. Il jeta un rapide coup d'œil par le hublot et vit les deux gardes assis à peu près au milieu de la voiture, face à face, avec l'air morne de deux banlieusards rentrant du travail. La bombe était dans l'allée, tout au bout. Il vérifia que le couteau était toujours dans sa ceinture. Il poussa la clenche, ouvrit la porte d'un coup et sauta à l'intérieur.

Il n'eut que vaguement conscience de ce qui l'entourait. Un sol rouge, des sièges vides et gris, trois rangées de néons. Des publicités. Des barres verticales argentées. Les deux gardes ne l'avaient pas entendu entrer. Le vacarme du train était assourdissant. Mais ils le virent et se levèrent d'un bond, en cherchant fébrilement leur arme.

Bond s'occupa du plus mince en premier, supposant qu'il serait le plus rapide des deux. Il sortit le couteau de sa ceinture et, au moment où l'homme dégainait le revolver de son holster d'épaule, il lui plongea la lame en plein cœur. Le sang gicla et l'homme tomba à la renverse, emportant le couteau dans sa chute. Le second garde avait lui aussi sorti son arme. Il se mouvait étonnamment vite pour un homme de sa corpulence. Il visa et fit feu. Bond plongea en avant mais sentit la balle passer au-dessus de sa tête. Son épaule percuta l'homme dans l'estomac. Le garde pivota, essaya de se dégager. Emportés par leur élan et la vitesse du train, ils entamèrent une sorte de danse macabre, en tournoyant vers la porte par laquelle venait d'entrer Bond.

Ils heurtèrent violemment la paroi métallique. Le garde tentait de braquer le canon de son revolver sur Bond mais l'angle était mauvais et Bond était trop près. Alors il tenta de lui donner un coup de crosse sur la nuque. Bond choisit son moment et se redressa brusquement. D'une main, il saisit le poignet du garde, de l'autre il lui enserra la gorge. Ils étaient coincés dans une encoignure, la porte dans leur dos. Apparemment, les gardes dans la voiture précédente n'avaient pas entendu le coup de feu, mais il y avait fort à parier que l'un d'entre eux finirait par lever les yeux et apercevrait les deux hommes lutter à travers les hublots. Bond tenta de s'emparer du revolver, tandis que son autre main cherchait le larynx derrière le triple menton de son adversaire. Trouvé ! Il serra de toutes ses forces. Paniqué, le garde essaya de se dégager. Aussitôt, Bond lâcha le bras qui tenait le revolver pour lui assener un coup violent du tranchant de sa main libre, doigts tendus. Le gros homme s'écroula. Bond doubla sa frappe pour faire bonne mesure. Cette fois, son adversaire ne se relèverait pas.

La poignée de la porte s'agitait, et le visage furibond d'un Coréen apparut derrière la vitre. Les hommes de Sin avaient fini par se rendre compte de ce qui se passait. Ils avaient ouvert la porte de leur voiture et tentaient d'ouvrir celle-ci. Mais ils arrivaient trop tard. Le corps du garde obèse – mort ou inconscient – avait glissé sur le sol et bloquait la porte. Pour une fois, son poids se révélait utile. Ses coéquipiers pouvaient toujours s'escrimer, jamais ils ne réussiraient à le déloger. Mais le répit de Bond fut de courte durée. L'un d'eux tendit son arme et Bond eut juste le temps de s'écarter avant qu'un flot de verre brisé gicle à l'intérieur de la voiture. Une main passa par l'ouverture, cherchant la poignée. Bond ramassa le revolver du gros homme et tira trois fois. La main disparut. Ça leur apprendrait ! La porte était bloquée, l'ouverture trop étroite pour leur permettre de viser et de tirer en même temps, et dès l'instant où ils montraient leur tête ils devenaient des cibles idéales. Impossible aussi pour eux de se faufiler par le hublot. Ils devraient s'y prendre d'une autre manière pour l'atteindre.

Ils trouveraient un moyen, Bond n'en doutait pas. Mais cela lui laissait quelques minutes pour s'occuper de la bombe, de Sin, et arrêter le convoi. En s'appliquant à rester hors de l'axe du hublot, il traversa la voiture en zigzag et récupéra au passage le couteau dans le corps de l'homme qu'il avait poignardé. Les publicités placardées sur les cloisons le narguaient avec leurs slogans stupides et incongrus.

VOUS SERIEZ MIEUX AVEC UN CHAPEAU !
84 femmes sur 100 préfèrent les hommes en chapeau.
WHISKEY SUNNY BROOK, *aussi chaleureux que son nom.*
CITRONS CALIFORNIENS SUNKIST :
Bien mieux que des laxatifs.

Devant lui, la bombe se dressait tel un autel dans une église. Imposante, dominant l'espace, elle paraissait l'avertir de ne pas approcher.

Bond fit volte-face, le couteau à la main, alerté par un changement de bruit dans la voiture. Les Coréens avaient-ils réussi à ouvrir la porte ? Sin lui-même avait-il entendu quelque chose et décidé de venir voir ce qui se passait ? Non. Ils traversaient simplement une autre station. Ditmas Avenue. Il n'en restait sûrement plus beaucoup avant East River. Bond reporta son attention sur la bombe. Du C-4, avait précisé Sin, trop bavard comme toujours. Que savait Bond du C-4 ? C'était une invention britannique. Cyclotriméthylène-trinitramine. Également appelé RDX. Il avait manié un de ses précurseurs pendant la guerre, et se souvenait de son aspect de mastic, de l'odeur d'amande. Le C-4 était stable et insensible. Bond pouvait l'enflammer ou vider son arme dessus sans aucun effet.

À l'aide du couteau, il coupa la corde qui maintenait la bâche et découvrit entièrement la bombe. La texture du C-4 était d'un blanc sale. Une demi-douzaine de détonateurs étaient enfoncés dedans, avec des fils reliés à une batterie. Ces détonateurs, initialement fabriqués en Allemagne, étaient maintenant utilisés dans le monde entier. Au fond, ce n'était pas autre chose que des allumettes surdimensionnées. Une étincelle déclenchée par la batterie mettait le feu à la charge d'allumage – acétylure d'argent ou styphnate de plomb. Il en résultait une petite explosion, laquelle causait immédiatement une réaction en chaîne, qui faisait tout sauter. Sin n'avait pas besoin de six détonateurs. Un seul aurait suffi. Il ne prenait aucun risque.

Mais pour la première fois depuis longtemps, la chance était du côté de Bond. Sin avait prévu de préparer sa bombe sans être interrompu. Personne n'était au courant de sa présence, le tunnel était désert, et il aurait largement le temps. Il n'avait pas besoin d'un système de mise à feu compliqué, ni d'un condensateur caché à l'intérieur du C-4. En fait, le dispositif était relié à un simple réveil bon marché, placé entre les détonateurs et la batterie. Sin réglerait l'aiguille des minutes de façon à se laisser le temps de fuir, et le tour serait joué. C'était le système le plus basique que Bond eût jamais vu, et le désamorçage était assez facile, à condition de se concentrer et d'avoir la main sûre. L'ennui avec les détonateurs était leur manque de fiabilité. Pendant la guerre, des agents entraînés pinçaient les amorces entre leurs dents avant de les insérer dans l'amalgame. Et il n'était pas rare que certains se fassent exploser la tête.

Bond jeta un regard du côté de la porte. Malgré les assauts des Coréens, elle ne bougeait toujours pas, immobilisée par le corps inerte de leur gros collègue étendu en travers. Un visage apparut derrière le hublot sans vitre et Bond tira une quatrième balle, pas mécontent de voir un cratère rouge se former entre les yeux de l'imprudent.

Il déconnecta rapidement la batterie. Puis, accroupi devant l'autel, il ôta délicatement le premier détonateur et le posa sur le sol. Il aurait préféré que le train ne roule pas si vite. Chaque vibration, chaque secousse, se répercutait dans sa main, et il savait que, même sans une charge électrique, les détonateurs pouvaient exploser facilement. Le train passa York Street à toute vitesse. Le R-11 accélérait-il encore, ou bien les stations étaient-elles plus rapprochées ? Surveillant la porte du coin de l'œil, Bond se concentra sur sa tâche. L'un après l'autre, il ôta les détonateurs suivants et les posa doucement sur le siège le plus proche. Le dernier sortit sans difficulté. Par précaution, il jeta le réveil à terre et le fracassa sous son talon.

Cette fois, les Coréens avaient renoncé à forcer la porte. Il n'y avait plus personne derrière le hublot. Ils étaient sans doute en train d'échafauder un plan. Allaient-ils tirer la sonnette d'alarme ? Non. Stopper le train était la dernière chose qu'ils voulaient faire. Et lui, devait-il la tirer ? Non plus. Si le train s'arrêtait, il deviendrait une cible facile. De plus, démanteler la bombe ne suffisait pas. Il y avait réfléchi tout en déconnectant les détonateurs. Pour mettre Manhattan et l'Empire State Building totalement à l'abri, il devait aussi se débarrasser de l'explosif.

Et il n'y avait qu'une façon d'y parvenir. Par la même occasion, il se débarrasserait des Coréens avant qu'ils ne découvrent un moyen de le rejoindre. Et cela lui permettrait aussi d'infliger à Sin le choc de sa vie. Bond esquissa un sourire en mettant au point sa stratégie. Il n'allait pas seulement neutraliser le C-4. Il allait l'utiliser.

Avec le couteau, il découpa deux morceaux dans l'explosif. La lame glissait facilement dans le mastic tendre. Travaillant aussi vite qu'il le pouvait, il moula chaque morceau en forme de boule, de la taille d'une grenade. Ce qu'ils allaient d'ailleurs devenir. Puis il inséra deux détonateurs dans le mastic. Normalement, ça devait marcher. Pour cela, il fallait le poids de trente-sept tonnes d'aluminium et d'acier roulant dessus... et l'œil acéré d'un tireur d'élite.

Ils étaient sous East River. Bond le devinait au changement de pression dans ses oreilles. Ils avaient quitté Brooklyn et se dirigeaient vers Manhattan. Il découpa une bande de tissu dans la bâche, plaça avec soin les deux boules à l'intérieur, et suspendit le ballot sur son épaule. C'était horriblement dangereux mais il n'avait aucun autre moyen pour les transporter. Il s'assura que les grenades de C-4 ne risquaient pas de tomber, puis il courut vers la porte suivante. Il entendit à peine le coup de feu. La balle se ficha dans le dossier du siège le plus proche. Bond se retourna et fit feu à son tour. Le tireur avait disparu. Il ne lui restait plus que trois balles. Devait-il retourner chercher l'autre revolver ? Il décida que non. Si son plan avait des chances de fonctionner, c'était maintenant.

Bond ouvrit la porte. Cette fois, ce n'était pas un wagon de voyageurs conventionnel qu'il avait devant lui, mais un wagon plat, qui permettait de découvrir le tunnel tout entier, avec ses parois noires, ses câbles, les roues, les essieux, la plate-forme avec la fausse fusée arrimée. Plus loin, il voyait la voiture automotrice de tête où étaient Sin et le conducteur. Très bientôt, si Bond réussissait, ils se sépareraient de leur précieux convoi. Ça le faisait presque sourire d'imaginer Sin arrivant à l'Empire State Building sans rien d'autre que la locomotrice.

Bond avait fourré le revolver dans sa poche arrière de pantalon. Il pourrait en avoir besoin. Il se faufila aussi vite que possible dans l'espace étroit entre la fusée – cachée sous sa bâche – et le bord de la plate-forme. Il venait d'atteindre la locomotrice lorsque le train s'engouffra dans East Broadway, première station de Manhattan. Il en restait encore six jusqu'à la 34e Rue, où Sin avait prévu de mettre en scène le faux crash de la Vanguard. Bond saisit la rambarde qui courait devant la porte. Il fut tenté de jeter un coup d'œil par le hublot, juste pour vérifier que Sin était bien là. Mais c'était trop risqué, et il connaissait la place de chacun à bord du train. Il était de nouveau couvert de crasse. Le vent soulevé par le train faisait voler des années de poussière et de suie accumulées sur les parois. Il en sentait le goût dans sa bouche. Elle pénétrait dans sa peau. C'était sans importance. Il sourit et ses dents blanches étincelèrent au milieu de toute cette noirceur. L'heure des règlements de comptes était venue.

Il se hissa sur le toit et manqua de s'ouvrir le crâne sur une poutrelle basse. Elle lui frôla les cheveux, et il pesta contre cet excès de confiance momentané qui avait failli le tuer. *C'est bientôt terminé. Ne commets pas d'erreur maintenant.* Il pivota de façon à placer ses jambes vers l'avant de la locomotrice, la tête et les épaules dépassant du bord du toit surplombant la fausse fusée. Il sortit prudemment du baluchon l'une des grenades improvisées. Cela ne devrait pas être trop difficile. Tout ce qu'il avait à faire, c'était la laisser tomber sur le rail. Le wagon à fond plat roulerait sur la boule de C-4 et son poids la ferait exploser. S'il avait bien calculé, la petite explosion détruirait l'attelage entre la fusée et la locomotrice. Lorsque le train s'arrêterait, près d'un kilomètre séparerait la voiture de tête des autres. Et les hommes de Sin seraient également hors de portée.

C'était si facile. Le rail était juste en dessous de lui. Mais avant qu'il eût pu faire quoi que ce fût, il y eut une étincelle dans la nuit et une balle ricocha sur l'aluminium à quelques centimètres de sa main. Il leva la tête et vit l'un des Coréens, de l'autre côté de la plate-forme de la fusée, aplati sur le toit du wagon suivant. Il y en avait deux autres derrière lui. Ils avaient compris que le seul moyen de contourner l'obstacle de la porte bloquée était de grimper sur le toit et de ramper vers lui. L'homme le visa à nouveau.

Bond devait choisir. Riposter ou utiliser la grenade ?

Il visa avec soin et jeta la première des boules de C-4 sur le rail.

XXIII

COMPTE À REBOURS FINAL

H – 4. Séquence automatique enclenchée.
Une nuit idéale pour un lancement. Aux yeux des spectateurs qui avaient garé leur voiture et s'étaient alignés sur le rivage dans l'attente du feu d'artifice le plus spectaculaire – et le plus coûteux – du monde, le ciel était noir d'encre et paré de toute une panoplie d'étoiles scintillantes qui se reflétaient à la surface de l'océan, immobile et paresseux, comme s'il attendait lui aussi l'événement. De leur côté, les scientifiques et les techniciens de la base spatiale de Wallops Island l'auraient décrit autrement. Prévisions météo optimales, température : 39 degrés Celsius, vitesse du vent confortable de 18 nœuds avec cisaillement de 4,5 nœuds pris en compte. Petite activité orageuse signalée mais très au-delà de la limite de sécurité de dix miles nautiques. Pas de nuages.

Sur son aire de lancement, la Vanguard se dressait vers le ciel nocturne, petite et provocante, épinglée au sol sur trois côtés par de puissants projecteurs. Un petit fanal brillait au sommet de sa coiffe. À H – 65, les grues de la tour de lancement avaient été lentement retirées et, désormais, seuls les câbles ombilicaux la reliaient – fragilement – à la terre. Un mélange d'oxygène liquide et de kérosène était introduit dans les réservoirs de comburant, et la base de la fusée était enveloppée d'une épaisse fumée blanche qui lui donnait une apparence sacrée et mortelle à la fois. Dans quelques minutes, le moteur s'allumerait, pour atteindre une poussée de mille deux cents tonnes – assez pour propulser la fusée sur sa trajectoire avec une vitesse verticale de 1,20 kilomètre-seconde. Si tout se passait bien. Car, en dépit des multiples contrôles, mille choses pouvaient encore survenir.

H – 3. Télémétrie et récepteurs d'ordre basculés sur alimentation interne.

Une trentaine d'hommes et de femmes se trouvaient dans la salle de contrôle de tir centrale, la plupart assis à des bureaux devant les étroites fenêtres allongées qui donnaient sur l'aire de lancement, entourés de dizaines d'écrans qui affichaient les informations fournies par le synchroniseur de données flambant neuf IBM 709, lui-même relié directement au radar AN/FPS. Chaque donnée relative à la détermination de l'orbite serait instantanément enregistrée et transmise à Washington. En dernier ressort, dans le cas d'une défaillance du système, le lancement serait annulé ou, dans le pire des scénarios, la fusée détruite. Cette décision relevait du responsable de la sécurité des opérations, un homme d'une trentaine d'années, en costume, pâle et silencieux, qui se tenait au milieu de l'effervescence de la salle mais en même temps détaché d'elle. Sur la table, devant lui, il y avait une rangée d'instruments et un interrupteur rouge dans un boîtier gris. Il était étrange que tant d'années de recherche, tant de millions de dollars, pussent être balayés en une fraction de seconde par un objet aussi simple que celui-ci. Car l'interrupteur rouge dans son boîtier gris était le mécanisme d'autodestruction de la Vanguard, baptisé avec un humour macabre Trigger Mortis.

H – 120…

Le décompte se faisait à présent en secondes, et la tension dans la salle de contrôle avait augmenté en proportion. La salle était maintenant plongée dans la pénombre. Les lourdes portes du blockhaus s'étaient refermées et les lumières tamisées. L'essentiel de l'éclairage provenait des écrans et du panneau lumineux DÉFENSE DE FUMER qui s'était mis à clignoter au départ du compte à rebours final. Le capitaine Eugene T. Lawrence était assis, en grand uniforme, aussi près du centre qu'il avait pu s'approcher, indifférent au fait qu'il était la seule personne dans la salle à n'avoir rien à y faire. Il pétrissait entre ses doigts une cigarette éteinte. Non loin de lui, le directeur de la base, Johnny Calhoun, l'observait avec attention. Aucun des deux hommes n'avait reparlé de la visite de Bond, mais ils en avaient l'un comme l'autre été affectés. Et ils en avaient conscience. Un agent secret ne fait pas le déplacement depuis l'Europe pour raconter un tissu de mensonges et, quoi que Lawrence eût pu dire, un nuage d'incertitudes planait au-dessus d'eux, d'autant plus menaçant qu'ils ne pouvaient rien faire. Si un problème survenait, si le lancement échouait, ce serait leur faute. Mais il était trop tard pour l'arrêter. Beaucoup trop tard.

*

Ça n'avait pas marché.

La boule de C-4 avec son détonateur avait heurté le rail, mais rebondi de côté avant que les roues ne l'écrasent. Comme s'il avait compris ce qui se passait, le Coréen perché sur le toit de l'autre wagon tira de nouveau. Bond sortit son propre revolver et riposta à deux reprises. Le Coréen poussa un cri et roula sur le toit avant de disparaître dans les ténèbres. Mais, derrière lui, son comparse s'était redressé afin de mieux viser. Son arme était pointée sur Bond, et Bond n'avait rien pour se protéger. Le temps, alors, parut se découper en une série d'instantanés. C'était une sensation que Bond connaissait bien dans les situations de danger extrême, lorsque l'adrénaline se répandait dans son organisme. Bizarrement, les événements semblaient ralentir, et il était capable de les séparer en moments distincts.

Le Coréen le visa.

Quelque chose heurta Bond à l'épaule. Mais ce n'était pas une balle. Quelque chose qui venait de derrière.

Le Coréen souriait. Il était sûr de ne pas manquer sa cible.

Bond ne bougeait pas. Il savait qu'il s'en sortirait sans dommage. Il savait que le Coréen ne pourrait pas tirer.

Un câble, qui pendillait au plafond du tunnel, prit le Coréen à la gorge et le projeta en arrière, lui brisant le cou et l'expédiant dans le vide. C'était ce câble que Bond avait senti lui heurter l'épaule une seconde plus tôt. Il avait de la chance de n'avoir pas connu le même sort.

Il restait encore trois autres hommes sur le toit. Mais ils n'avanceraient pas. Pas dans l'immédiat. Pas encore.

Bond sortit la seconde grenade de C-4. Une autre station défila à toute vitesse et il n'eut pas le temps de lire le nom. Broadway ? Washington Square ? Le train ne montrait aucun signe de ralentissement, pourtant ils ne devaient plus être loin de leur objectif.

Allongé bien à plat sur le toit, le dos balayé par l'air fétide du tunnel, Bond tenait l'explosif à bout de bras, aussi bas que possible, son corps plié en deux sur le bord du toit. Combien de temps avait-il avant que les Coréens recommencent à tirer sur lui ? Il n'osait pas redresser la tête, mais il les imaginait en train de ramper vers l'avant du toit, puis de descendre sur le wagon à fond plat de la fusée. De là, ils auraient un angle de tir idéal. Il maniait avec beaucoup de soin la deuxième grenade car il n'en avait pas d'autre. S'il manquait son coup, c'en était fini de lui.

Il ouvrit la main et recula très vite, afin que le toit lui serve de bouclier. Il ne vit pas le train écraser le C-4. Il ne vit pas le bord des roues mâcher le mastic et déclencher le détonateur. Mais il entendit, et sentit, l'explosion. Il y eut un jaillissement de lumière cramoisie et, l'espace d'un instant, ce fut comme si le train avait roulé à travers un cercle de feu. L'onde de choc se propagea, rebondit sur les parois du tunnel, et Bond dut se plaquer sur le toit en s'agrippant aux rainures pour éviter d'être éjecté. Le wagon entier se mit à vibrer, puis il y eut une sorte de hurlement terrible, et il comprit que son plan n'avait pas exactement fonctionné comme il l'espérait. L'explosion avait coupé le train en deux. Le wagon à fond plat, avec la fusée et le reste des hommes de Sin, disparaissait déjà au loin. Bon débarras ! Mais la voiture locomotrice de tête avait des ennuis, elle aussi. Le toit eut un soubresaut et s'inclina sur le côté. Un million d'étincelles scintillèrent autour de Bond. Et il se produisit une secousse phénoménale, comme un tremblement de terre.

Le train avait déraillé. Il le comprit seulement lorsque le wagon se déforma et se tordit. Bond fut violemment arraché du toit. Il effectua un vol plané dans l'obscurité, le corps étrangement ramolli. Il entendit un fracas de verre, un déchirement de métal, le mugissement du moteur tournant à vide. Quelque chose le heurta à la tête. Il perdit connaissance avant même de retomber sur le sol.

*

Dans tout Wallops Island, les mégaphones hurlaient leurs ultimes avertissements. Leur son strident s'élevait vers le ciel nocturne. La foule des spectateurs, contenue très loin du site, sut que le moment tant attendu était arrivé. Toutes les personnes susceptibles de courir un danger s'étaient mises à l'abri depuis longtemps.

H – 30. Détachement…

Les câbles ombilicaux tombèrent. À présent, la fusée était seule. Le ciel paraissait plus noir que jamais, comme s'il redoutait l'assaut qui se préparait. Une étincelle soudaine, brillante, élémentaire. Six secondes avant le décollage, l'allumage était activé. C'était l'instant de vérité. Dans la salle de contrôle de tir, personne ne bougeait. Les haut-parleurs s'étaient tus. Les écrans eux-mêmes paraissaient figés.

Décollage…

Une seconde plus tard, l'étincelle atteignit les émanations d'oxygène et de kérosène, provoquant une explosion qui avala les ténèbres, se transforma en une boule de feu aveuglante, aussi puissante que le soleil. Derrière la fusée, l'océan était tout blanc. La tour de lancement, les autres bâtiments, l'île entière disparurent, comme consumés. C'est à peine si la Vanguard elle-même était visible au travers des masses mouvantes de poussière et de fumée qui l'enveloppaient. En même temps s'éleva le rugissement de la plus puissante explosion du monde, pas éphémère mais prolongée, qui palpitait jusque dans les murs de brique, crevait les tympans à trois kilomètres à la ronde. Le sol tremblait. Les vibrations déchiraient le tissu de la nuit.

La Vanguard s'éleva, péniblement, lentement, avec hésitation, flottant au-dessus du sol comme si elle rechignait à entamer son voyage. Dans la salle de contrôle, le technicien des systèmes de sécurité incendie était au garde-à-vous, la main sur le levier du rideau d'eau qui libérerait des milliers de litres si la fusée venait à retomber sur le sol. Pendant ce qui parut une éternité, elle resta en suspens, puis commença à s'élever telle une dague argentée fendant le ciel. La tour de lancement tremblait, se déformait.

Tous les systèmes sont stables. Procédure de vol normale.

Le capitaine Lawrence sourit ; une ligne mince fendit son visage large. Une lueur pétilla dans ses yeux. C'était l'instant qui prouvait qu'il avait eu raison, et donnait tort à l'espion anglais. La Vanguard prenait de la vitesse, sans effort désormais, laissant dans son sillage un tapis ondoyant de fumée et de lumière. Le hurlement des moteurs était plus puissant que jamais. Dans cinquante secondes, ils franchiraient le mur du son. En même temps, la fusée amorcerait un arc prédéfini pour tirer avantage de la courbure de la Terre. Le premier étage s'éteindrait et se détacherait, permettant au deuxième étage de prendre sa suite. La fusée allait effectuer un trajet de cent vingt-deux kilomètres. Ensuite, elle quitterait l'atmosphère terrestre pour pénétrer dans l'espace. Elle était déjà toute petite, à peine plus grosse qu'une étoile étincelante grimpant dans le ciel, belle et silencieuse.

Défaillance du système. État d'alerte. Je répète. Défaillance du système.

Hoquet d'incrédulité dans l'assistance. Le responsable de la sécurité des opérations regardait autour de lui comme s'il avait reçu une gifle. Dans une salle contiguë, les membres de l'équipe de télémesure et d'électronique discutaient à voix basse et fiévreuse, examinaient les données à mesure qu'elles apparaissaient sur leurs écrans de contrôle. Quelque chose n'allait pas. Il y avait une sorte d'obstruction dans les voies de ravitaillement en azote du réservoir à carburant, une quantité insuffisante de propergol était aspirée dans la chambre de combustion. Les instruments indiquaient une poussée d'à peine une tonne. Insuffisant pour terminer le trajet dans l'atmosphère. La fusée n'y arriverait pas. Alors, soudain, elle devint une menace. Huit cents kilos de matériel transportant des milliers de litres de kérosène et d'oxygène liquide. Ce n'était plus une fusée. C'était une bombe, à moins de deux kilomètres au-dessus de la surface de la Terre. Si elle retombait. Si le deuxième étage s'allumait. Si le système perdait le contrôle…

Mission abandonnée.

Les deux mots les plus redoutés par le responsable de la sécurité des opérations. Mais son entraînement l'avait formé à ne pas se poser de questions, à ne pas hésiter. Sa main se posa sur l'interrupteur à bascule du système d'autodestruction. Sa main n'avait aucune émotion. Ses doigts se refermèrent sur l'interrupteur et l'actionnèrent, envoyant un signal radio qui signifiait une mort instantanée. Il y eut une pause très brève, une ultime demi-seconde au cours de laquelle tout aurait pu paraître normal, finalement. Ensuite il y eut une énorme explosion. La Vanguard vola en éclats, les fragments de l'étoile scintillante jaillirent dans toutes les directions avant de disparaître. Puis l'obscurité. Totale, absolue. Dans la salle de contrôle, les ingénieurs étaient pétrifiés, choqués, incrédules. Quelques-uns pleuraient. Calhoun chercha le regard de Lawrence, mais l'officier de liaison détourna les yeux. Il avait la nausée.

Équipe de lancement, équipe de lancement. Prenez note. Restez à vos commandes…

Le long du rivage, les spectateurs témoins du désastre poussèrent des cris. Beaucoup l'immortalisèrent avec leur appareil photo. Tous en parleraient le lendemain et jusqu'à la fin de leur vie. Dans la nuit, aucun d'eux ne vit les morceaux épars de la Vanguard tomber sans causer de dégâts dans l'Atlantique.

Les débris auraient pu, bien sûr, tomber n'importe où. Parmi la foule, les envoyés de Sin s'entassèrent dans leurs voitures et partirent sans tarder avec leurs appareils photo. Les clichés seraient développés pendant la nuit. Tous les journaux du pays en recevraient une copie après la catastrophe qui était censée se produire dans les deux minutes suivantes, en plein cœur d'une grande ville située à cinq cents kilomètres au nord.

*

Bond avait mal. Son corps entier était endolori. Il ne s'était pas brisé le cou mais il avait atterri dans une posture bizarre, une jambe repliée sous lui, la cage thoracique sur un des rails. Sa chemise avait été arrachée. Il avait dans la bouche un goût de sang. Et ça sentait le brûlé. Il y avait un incendie quelque part, qui éclairait un peu le tunnel. Quelque chose de lourd et de dur lui frappa l'estomac. Et son cerveau, qui se remettait doucement en fonction, l'informa que c'était le quatrième ou cinquième coup semblable qu'il recevait, et que celui qui le brutalisait ainsi allait recommencer. C'est ce qui le réveilla.

Il ouvrit les yeux et vit Jason Sin debout au-dessus de lui. Ses cheveux noirs lui tombaient sur les yeux et ses lunettes reposaient ridiculement de travers sur son nez. Il avait le visage maculé de traînées noires et une blessure suintante au front. L'uniforme de cheminot incluait de grosses chaussures de sécurité en cuir à bout ferré, et il donnait des coups de pied à Bond, de façon répétée, délibérée, le visage parfaitement impassible, mais avec deux petites étincelles de folie dans les yeux. Il tenait à la main un revolver Browning .22 Compact, cependant il n'était pas encore disposé à s'en servir. Le Browning pendait mollement au bout de son bras, pointé vers le sol. Toute son attention était focalisée sur le corps à demi nu écroulé devant lui. Bond savait que les coups ne s'arrêteraient qu'avec sa mort.

Ce qui subsistait du train était à une centaine de mètres, couché de côté sur les rails, juste à l'entrée de la prochaine station. Le carénage en aluminium était froissé, le moteur en feu. De la fumée s'en échappait et envahissait le tunnel. Les yeux de Bond le piquaient. Il se tourna de l'autre côté. Aucun signe du wagon plat transportant la fusée ni de celui où était la bombe. Les hommes de Sin avaient probablement péri. Sin et lui étaient les seuls survivants.

Sin l'avait vu ouvrir les yeux. Il lui décocha un nouveau coup de pied et Bond sentit une de ses côtes craquer au contact du bout ferré de la chaussure.

— Pourquoi êtes-vous là ? demanda Sin d'une voix étranglée. Il paraissait au bord des larmes.

— Vous devriez être mort ! Comment êtes-vous arrivé ici ?

— C'est terminé, Sin, dit Bond avec effort. Les services secrets américains seront là d'un instant à l'autre. Votre plan a déraillé. Comme ce train.

— Qui vous a aidé ?

— Vous. Votre ego et votre stupidité.

Tout en parlant, Bond tâtonnait derrière lui. Il se demandait où était passé son revolver. Il lui avait été arraché de la main au moment du déraillement, mais il aurait pu tomber à proximité de lui. Ses doigts rencontrèrent un morceau de chaîne. Il poussa un grognement en tirant dessus. D'où provenait-elle ? Peut-être du train. Peut-être était-ce une des chaînes qui arrimaient la fusée. Il estima qu'elle mesurait environ un mètre.

Bond grimaça sous le nouveau coup de pied de Sin, toutefois il l'avait anticipé et s'était tourné pour le recevoir dans la fesse.

Il en profita pour tirer la chaîne à lui, et se contorsionna pour placer son corps entre les rails, sans en toucher aucun.

— Vous feriez mieux de fuir tant que vous le pouvez, Sin.

Tant pis s'il disait des idioties. Il fallait qu'il parle pour détourner l'attention de Sin.

— Et vous n'aurez pas besoin de vous demander qui des Américains ou des Russes vous arrêteront les premiers. Ce sera intéressant de voir par qui vous serez tué.

— Non ! le coupa Sin, en se souvenant qu'il avait une arme. Ce n'est pas moi qui vais mourir, monsieur Bond. C'est vous.

Il pointa lentement son Browning.

— Même ici, je peux m'arranger pour que votre agonie soit longue. Une balle dans l'estomac, ou dans le bas-ventre. Je vous laisserai crever ici, dans le noir, comme un rat...

— C'est vous, le rat, Sin.

Bond ramena son bras. Il n'avait presque plus de force. Et la position couchée l'empêchait de mettre de la puissance dans son coup. La chaîne s'enroula autour de la cheville de Sin, sans le blesser. Il baissa les yeux et quelque chose qui ressemblait à un sourire se forma sur ses lèvres.

— Vous ne pouvez pas faire mieux, monsieur Bond ?

— Si.

Bond lança l'autre bout de la chaîne sur le troisième rail.

Il n'était pas certain que l'alimentation électrique du métro fonctionnait encore. Elle aurait pu se couper automatiquement au moment du déraillement. Mais il vit tout de suite que, au moment crucial, les dieux étaient de son côté. Il se produisit un grésillement aigu, suivi d'une nouvelle pluie d'étincelles. Au même instant, Sin poussa un hurlement atroce. Une décharge de sept cent cinquante volts lui traversa le corps. Ses doigts s'ouvrirent. La peau de son visage se mit à onduler. Ses lunettes tombèrent et ses yeux, enfin découverts, devinrent blancs. Ses cheveux se hérissèrent. La mort avait été immédiate pourtant son corps était encore dressé, agité de soubresauts, jusqu'à ce que, soudain, comme une prise débranchée d'un coup, le courant électrique relâche son emprise. Un filet de fumée s'échappait de ses lèvres. L'odeur douceâtre de chair brûlée parvint aux narines de Bond. Sin s'effondra sur le côté et ne bougea plus.

Bond se releva, chancelant, en évitant prudemment les rails. Le train était ravagé par les flammes mais, en faisant vite, il parviendrait à le contourner pour gagner la station. Il ramassa le Browning de Sin. En cas de besoin…

Suffoquant, les yeux larmoyants à cause de la fumée, Bond se dirigea vers la sortie.

XXIV

L'HEURE DU DÉPART

La pluie balayait Londres à grandes rafales comme une jeune mariée en colère, elle tourbillonnait dans les caniveaux et jetait sous les portes cochères tous ceux qui avaient eu l'audace de s'aventurer dehors. La circulation allait au pas, quand elle ne s'immobilisait pas totalement. Toutes les lumières – phares, feux arrière, feux de croisements, néons des panneaux publicitaires – se fondaient en une lueur monochrome ondoyante. De lourds nuages, réfléchis par les flaques d'eau, roulaient au-dessus des toits. Il n'y avait aucune échappatoire. Tous les souvenirs d'août étaient effacés. C'était le jour où les oiseaux s'envolent vers le sud, où les feuilles commencent à mourir. Bientôt le froid arriverait. Une année de plus disparaissait dans les bouches d'égout.

Bond aimait le tambourinement de l'eau sur le toit de la Bentley. En regardant les étendues détrempées de Regent's Park derrière les essuie-glaces qui repoussaient vaillamment les rideaux de pluie incessants, il se sentait chez lui. Voilà douze heures que le Super 7 Clipper (l'avion transatlantique le plus rapide et le plus silencieux du monde) de la Pan American l'avait déposé à Heathrow. Voyageant en première classe grâce aux bons soins de la CIA reconnaissante, il avait amplement profité du bar à cocktail, flirté à dix mille mètres avec une hôtesse ravissante un peu trop sérieuse, avant de s'allonger sur la couchette « Sleeperette » et de plonger dans un sommeil confortable. Cela lui avait largement laissé le temps de se remémorer sa dernière nuit à New York.

> *Je n'ai pas envie de te quitter*
> *Pardonne-moi de te faire de la peine*
> *C'est l'heure du départ, je dois m'en aller.*

La chanson de Frank Sinatra flottait dans la cabine avant le décollage. Difficile de trouver plus approprié.

Les choses s'étaient passées très vite à New York, une fois les services secrets entrés en action. Mais Jeopardy avait eu raison, à Coney Island, en prédisant qu'il lui faudrait du temps pour prévenir le bon interlocuteur, dans le bon bureau à Washington, et si Bond ne s'était pas occupé lui-même du R-11, l'histoire se serait terminée tout autrement. L'un et l'autre savaient qu'il s'en était fallu de peu. Le train s'était arrêté juste avant la station 23e Rue et, selon les experts qui l'avaient examiné, il était bourré de suffisamment d'explosif pour causer de sérieux dégâts dans le cœur de Manhattan. L'Empire State Building aurait réellement pu s'effondrer. Un grand nombre d'immeubles résidentiels et de bureaux, d'hôtels, dans le voisinage immédiat, auraient été rasés, causant un chaos indescriptible, des morts innombrables, et des milliards de dollars de dommages matériels. La perte de la fusée Vanguard était regrettable, bien que comparativement moins coûteuse. Quant au capitaine Eugene T. Lawrence, il avait reçu une lettre l'informant que le NRL n'avait plus besoin de ses services. L'enquête n'avait pas encore pu déterminer comment Thomas Keller avait réussi à saboter l'alimentation de la turbopompe sans que cela se remarque. Mais les essais statiques étant très différents d'un véritable lancement, Keller avait trouvé la faille. On découvrirait la vérité lorsque le moteur serait repêché, et comme il avait sombré quelque part au fond de l'Atlantique, cela risquait de prendre du temps.

Jason Sin était mort. Cette issue avait réjoui les autorités américaines – CIA, FBI et autres services secrets. Ils en étaient encore à essayer de régler les détails inexpliqués de l'affaire Goldfinger, et le gouvernement – surtout un gouvernement républicain – aurait eu bien du mal à expliquer pourquoi tant de milliardaires se liguaient subitement contre les États-Unis. Les hommes de main de Sin avaient disparu dans la nature. Une descente au dépôt du Diamant Bleu n'avait rien donné. Les lieux étaient quasiment vides. Mais les enquêteurs y avaient fait une découverte macabre. Deux cercueils enterrés dans le même carré de terre où Bond avait été enseveli. Chacun contenait la dépouille d'un homme qui avait succombé à une mort atroce. Victimes moins chanceuses du sinistre jeu de cartes de Sin.

Jeopardy avait quitté New York pendant deux jours afin de participer à diverses séances de débriefing. Pendant ce temps, Bond s'était reposé pour se remettre de ses blessures. Il était sorti de l'aventure avec de sérieux hématomes, une côte cassée, et il avait la sensation d'être passé dans une essoreuse. Il savait qu'il avait eu de la chance. Au cours des dernières minutes dans le tunnel, Sin avait perdu le sens des réalités, et même la raison. Les coups de pied infligés à Bond avaient été douloureux, bien sûr, mais pourquoi ne s'était-il pas servi de son revolver tout de suite ?

Bond avait apprécié ces deux jours de tranquillité. Il avait invité Jeopardy à dîner en tête à tête, à son retour à Manhattan.

Et il avait tout organisé. Il résidait à l'hôtel Plaza, dans la Cinquième Avenue. Ce n'était pas son choix. Le Plaza était un peu trop ostentatoire à son goût. Combien de vaisselle en porcelaine à fil d'or peut décemment contenir un palace ? Et ces mille six cent cinquante lustres à pampilles de cristal, n'était-ce pas un peu trop ? Mais, là encore, il était l'invité des autorités américaines. (« Tout est à nos frais, monsieur Bond. N'hésitez pas. Nous réglerons toutes vos dépenses. ») Il occupait une suite donnant sur Central Park, et il avait déjà commandé une bouteille de Champagne rosé Veuve-Clicquot dans un seau avec deux verres, en demandant qu'on la dépose près du grand lit garni de draps de lin trois cents fils de chez Frette (les mêmes que ceux utilisés à bord du *Titanic*, avait fièrement précisé le garçon d'étage). Il avait aussi réservé la meilleure table dans la salle « Rendez-Vous » de l'hôtel. Le décor était en place.

Jeopardy arriva en retard. Elle s'était habillée pour l'occasion et elle était éblouissante dans une robe du soir en velours de soie noir – Christian Dior, crut deviner Bond –, avec des épaules carrées, des manches longues, et une taille resserrée presque cruellement par une ceinture de cuir noir. Les bleus sur son visage s'étaient atténués, à moins qu'elle ne les eût dissimulés sous un maquillage savant. Elle portait au cou un collier simple, avec trois saphirs sertis côte à côte. Un petit clin d'œil au Diamant Bleu, peut-être. Bond se leva pour l'accueillir et tira galamment sa chaise. Quand elle s'assit, ses épaules frôlèrent le torse de Bond, et il eut une idée assez précise de la façon dont la soirée se terminerait.

Bond choisit le menu pour deux. Salade César en entrée, suivie d'une sole grillée.

— Je me méfie des cartes rédigées en français quand je ne suis pas en France. La moitié de ces plats sont souvent prétentieux et trop cuits. Mieux vaut opter pour la simplicité.

— Je m'en remets à vous. Mais choisissez un très bon vin. Je ne sors pas souvent dans des endroits aussi chic. Pour ce qui est de la carte, je suis rebutée par tous ces termes alambiqués. C'est un prétexte pour doubler les prix.

Elle sourit et les traits singuliers de son visage se composèrent pour la rendre soudain d'une beauté éclatante.

— C'est bon de vous revoir, James, reprit-elle. Comment vont les côtes ?

— Si vous ne parlez pas de celles qui figurent sur le menu, les miennes se portent mieux.

Le serveur apporta les cocktails que Bond avait déjà commandés. Deux Negroni : vermouth doux, Campari, gin et rondelle d'orange. Il avait renoncé à son habituel martini-vodka pour éviter de rappeler à Jeopardy la fois où ils en avaient bu ensemble. Ils trinquèrent. Dans un angle de la salle, à demi caché derrière une colonne et des plantes vertes, un pianiste commença à jouer.

Ils se sentaient à l'aise ensemble. Ils savaient que c'était un dîner d'adieu. Bond rentrait à Londres le lendemain matin, et Jeopardy à Washington. Elle avait déjà reçu sa prochaine mission : une opération de nettoyage permettant de traquer les règlements en espèces effectués par Sin au cours de l'année passée, pour le cas où d'autres faux dollars Bernhard auraient refait surface. Dans vingt-quatre heures, six mille kilomètres les sépareraient. Cela signifiait : pas d'attaches. Il leur restait la soirée.

Ce fut Jeopardy qui le formula, après qu'on leur eut servi le café. Bond fumait sa troisième cigarette.

— Vous avez une chambre ici, James.
— Une suite. Vos patrons me traitent bien.
— C'est là que nous allons ?
— Est-ce cela que vous voulez ?
— Je suppose, dit-elle en le scrutant. C'est pour ça que vous m'avez invitée, non ? Pas seulement pour le repas.
— Vous êtes une femme merveilleuse, Jeopardy. Vous avez toujours été là pour moi. Sans vous, je me serais fait descendre au motel. Ou je serais resté planté à Coney Island. Nous sommes déjà davantage que des amis.
— Et vous allez m'offrir quelque chose en souvenir de vous ?
— Eh bien…
Il était un peu dérouté par le ton de Jeopardy.
— Je pensais que vous m'achèteriez un bijou chez Tiffany.
— Vous auriez préféré ça ?
— Non. (À nouveau ce sourire canaille.) Je vous taquine. Très bien, monsieur Bond. Conduisez-moi à votre suite. Après toutes les épreuves que vous avons traversées, nous méritons bien d'être heureux, non ?

Au début, Jeopardy se montra presque réticente. Elle laissa Bond lui ôter sa robe et, une fois nue, elle s'allongea sur le lit, les chevilles croisées, une main posée sur le haut de ses cuisses dans une pose de Vénus timide servant de modèle pour une peinture classique. Mais, quand elle regarda Bond se déshabiller, une lueur gourmande s'alluma dans ses yeux. Bond s'inclina sur elle et lui baisa doucement les lèvres. Sa main explora sa poitrine, puis descendit vers son ventre. Sous ses doigts, la peau soyeuse frémit. Elle lui saisit le poignet. Avec une force insoupçonnée, elle le fit basculer sur le côté et roula sur lui. Elle l'empoigna presque farouchement, son corps pressé contre le sien. Puis elle se relâcha et dit dans un souffle :

— D'accord. Fais ce que tu veux.

Plus tard, elle redevint vulnérable. Bond la sentit même un peu triste. Il l'enlaça et demanda :

— Qu'est-ce qu'il y a ? Un problème ?

— Non. Je pensais seulement que c'est ta façon de dire adieu.

— Ce n'est pas une obligation.

— Si. (Elle se nicha contre lui, moulant son corps dans le sien.) C'était un plaisir de te connaître, James. Enfin… pas tout le temps. J'ai cru mourir pendant le repas chez Sin. Pourtant, je sentais que nous allions nous en sortir.

— Nous faisions une bonne équipe.

— Nous avons surtout eu de la chance. Et tu le sais. Mais c'est la fin, n'est-ce pas ? Tu vas t'en aller. Laisse-moi quand même te dire que, sans toi, la vie va être beaucoup moins intéressante.

— On se reverra.

— Je ne crois pas.

Elle resta silencieuse un moment, puis elle reprit d'une voix plus basse :

— Je ne t'en ai pas parlé mais… je connais quelqu'un à Washington. Il travaille au ministère des Finances. Il est gentil, fiable, et on se voit de temps en temps. Il veut rencontrer mes parents et je finirai probablement par l'épouser. Nous aurons deux enfants et nous vieillirons ensemble. Toi, tu ne ferais jamais une chose pareille. Demain matin, le mieux serait que, à ton réveil, je sois déjà partie.

— Jeopardy…

— Tout va bien, James. C'est ainsi que les choses doivent être. Je veux que tu me fasses encore l'amour. Maintenant. Ensuite nous dormirons, et tu n'ouvriras pas les yeux avant que je sois partie. Promets-le-moi.

— Tu vas encore t'éclipser ?

— Oui. C'est exactement ce que je vais faire. (Elle noua ses mains derrière sa nuque et sourit, le regard brillant.) Tu te souviendras de moi comme de la fille qui s'éclipse.

Il fit ce qu'elle désirait. Puis il dormit profondément. Au matin, il l'écouta prendre une douche et s'habiller, et n'ouvrit les yeux que lorsqu'elle eût quitté la chambre.

De retour dans la circulation londonienne, sous la pluie, il entendait encore le bruit de la porte qui se fermait. Après le départ de Jeopardy, il était resté allongé un moment sans bouger, baigné de son odeur. Ensuite il s'était douché, habillé, et il avait pris son petit déjeuner seul. Lorsque le taxi était arrivé, il avait chassé Jeopardy de ses pensées. Elle avait raison, bien sûr. Comment conserver une relation à six mille kilomètres de distance ?

L'immeuble des services secrets était en face de lui. La pluie n'avait pas cessé, et il s'aperçut qu'il serait trempé avant d'atteindre la porte d'entrée. Il utilisait rarement un parapluie ; c'était à ses yeux une invention stupide, encombrante, et quasiment inefficace par un temps pareil. Il gara la Bentley à son emplacement habituel et s'attarda un moment à écouter le martellement de la pluie sur le toit. Une longue journée l'attendait. En premier lieu, il devrait rédiger son rapport. Tous les détails des événements depuis son départ de Londres. Loelia Ponsonby le taperait à la machine. Ensuite, M insisterait pour qu'il passe un check-up sérieux. Le médecin-major le recevrait sans doute dans l'après-midi.

Bond remarqua un homme qui approchait d'un pas traînant sur le trottoir. Il portait un imperméable qui semblait ne pas avoir de boutons. Ses mains enfoncées dans ses poches maintenaient les pans devant lui. Il marchait la tête baissée et, même s'il était difficile de l'affirmer tant la pluie brouillait sa silhouette, il paraissait souffrir. Un clochard ? Il était trop tôt pour un poivrot. Bond ouvrit sa portière. Aussitôt une rafale de vent et de pluie s'engouffra à l'intérieur. Au même moment, le clochard descendit sur la chaussée comme s'il avait l'intention de contourner la voiture. Bond avait laissé ses pensées divaguer. Le mauvais temps avait distrait son attention. Lorsqu'il comprit qu'il était en danger, il était trop tard. Il se redressa. Sa portière ouverte était entre l'inconnu en imperméable et lui. L'homme avait sorti une main de sa poche. Et cette main tenait un automatique. Il leva la tête et Bond découvrit les bandages, sales et mouillés, qui masquaient en partie son visage. La haine qui se lisait dans son regard était accentuée par les brûlures qui entouraient ses yeux. Quelques mèches de cheveux décolorés étaient plaquées sur son front. Il portait des gants, mais ses poignets découverts laissaient voir d'autres bandages. Cet homme sortait visiblement d'un service de soins intensifs d'un hôpital. Bond devina aussitôt qui il était.

Dimitrov. Le pilote de course russe. Numéro Trois.

— Bond, cracha-t-il.

Il était impossible de mettre davantage de venin dans ce simple mot.

Bond ne dit rien. Il avait fait preuve d'une insouciance coupable en se garant là où il se garait toujours, par habitude, alors que la règle numéro un de l'agent de terrain est de ne jamais avoir d'habitudes, de ne jamais adopter un type de comportement prévisible qui pût être utilisé par l'ennemi. Pire encore, il avait regardé l'homme avancer vers lui. Aurait-il pu deviner qu'il ne s'agissait pas d'un passant ordinaire ? Qu'il eût pu le deviner ou pas était sans importance. L'essentiel était d'agir

— toujours — comme si tout était possible. Et maintenant il était sans défense. À moins…

Son esprit galopait, pesait toutes les hypothèses. Le Walther PKK était dans le compartiment secret de la boîte à gants de la Bentley. Tout près de l'endroit où il était, donc, et le dispositif était conçu pour libérer l'arme directement dans la main. Feignant de reprendre son équilibre, il posa le bout des doigts sur le tableau de bord en noyer.

— Arrêtez ! Laissez-moi voir vos deux mains, s'énerva Dimitrov en levant son arme.

Il ne bougeait pas, implacable, indifférent à la pluie.

Pourquoi n'y avait-il personne dans la rue ? Non, c'était mieux ainsi, se ravisa Bond. Si Dimitrov avait vu approcher quelqu'un, il aurait tiré. Fin de l'histoire. Mieux valait prolonger un peu la discussion. De toute évidence, Dimitrov avait envie de vider son sac. Ce qu'il ignorait, c'est que Bond avait activé un bouton miniature sur le tableau de bord. Le compartiment secret s'était ouvert électroniquement. Bond apercevait le PKK du coin de l'œil. Il était du côté droit de la voiture. Donc il devrait saisir l'arme de sa main gauche. Mais son instructeur de tir lui avait toujours conseillé de s'entraîner à tirer des deux mains. Des heures et des heures d'exercices au champ de tir avaient porté leurs fruits : Bond tirait presque aussi vite de la main gauche que de la droite. Talent dont il allait avoir besoin dans l'immédiat… à condition qu'il pût atteindre le PKK.

— C'est à vous que je dois ces brûlures, dit Dimitrov.

Il parlait un anglais scolaire. Le genre d'anglais que tous les agents du SMERSH apprenaient dans quelque salle de cours glauque au fin fond de Moscou. Dans le cas de Dimitrov, les mots sortaient déformés entre ses lèvres boursouflées. Son accent était aussi épais que la pluie.

— Je vous ai sauvé la vie, objecta Bond. J'aurais pu vous laisser rôtir.

— J'ai rôti ! s'emporta le Russe. Mon corps entier est brûlé !

— Vous avez perdu le contrôle de votre voiture. C'était un accident.

Quoi que dise Bond, Dimitrov était venu pour le tuer. Mais un échange de paroles, quel qu'il fût, était bénéfique. Cela permettait à Bond de gagner du temps. De préparer sa riposte.

— Je sais qui vous êtes, monsieur James Bond, poursuivit le Russe.

Il prononçait « Chems ». L'instant de vérité approchait à grands pas. Bond le sentait. Le Russe pointa le revolver sur son estomac. L'eau ruisselait sur le canon.

— Est-ce que le SMERSH sait que vous êtes là ? demanda Bond.

C'était peu probable. Les Soviétiques envoyaient rarement leurs agents dans les rues de Londres, et son instinct lui disait que c'était une vengeance personnelle qui avait conduit Dimitrov jusqu'ici.

— Ils ne vont pas être contents.

— Ce n'est pas pour le SMERSH. C'est pour moi.

C'était la fin. Terminé. Bond le savait. Mais il savait aussi ce qu'il allait faire. Tout en parlant, il s'était baissé imperceptiblement, centimètre par centimètre, en pliant simplement les genoux. La pluie l'avait aidé. Elle gênait la vision de Dimitrov. Il n'avait pas vu ce que faisait Bond.

Le Russe tira à bout portant, en plein torse.

Mais Bond était derrière la portière. À l'instant où Dimitrov fit feu, sa cible était de l'autre côté d'une vitre. Or le Russe ne pouvait pas savoir que celle-ci était blindée – une des quelques modifications que la section Q avait tenu à apporter à la Bentley en dépit des réticences de Bond. La vitre se fendilla mais résista. Aussitôt Bond se pencha pour saisir le PKK de la main gauche. Le bas du corps protégé par la portière, il pivota et plongea sur le côté. Le temps que Dimitrov comprenne ce qui se passait, il était trop tard. Il voulut tirer à nouveau, mais Bond l'avait devancé. Trois balles crachèrent leurs vilains mots d'adieu dans la poitrine et la gorge de Dimitrov. Bond était allongé sur le sol trempé ; la douleur de sa côte cassée s'était réveillée. Une voiture passa à côté de lui et l'éclaboussa d'une gerbe d'eau. Le conducteur ne s'en aperçut même pas et poursuivit sa route.

Bond finit par se relever, endolori. Il glissa le PKK dans sa poche et s'approcha du Russe mort, gisant sur la chaussée. Il tenait encore son pistolet Makarov 9×18, une arme sophistiquée mais laide utilisée par l'armée et la police. Il avait manqué de peu tirer une seconde balle. Son doigt, enroulé autour de la détente, commençait déjà à se raidir sous l'effet de la contraction musculaire.

Trigger Mortis.

L'expression entendue au centre spatial de Wallops Island était restée gravée dans sa mémoire. Il trouva naturel que l'histoire s'achève ainsi. Debout devant Dimitrov, il calcula que, même avec la vitre blindée, il s'en était fallu de quelques microsecondes entre la balle qui avait tué le Russe et celle que celui-ci s'apprêtait à tirer sur lui. Il avait peut-être été un peu plus rapide. Plus chanceux, aussi.

Les choses ne se passeraient pas toujours ainsi. Bond savait que viendrait un moment, au cours d'une mission, où sa chance l'abandonnerait. C'était une certitude mathématique. Aucun agent n'avait survécu longtemps dans la section double zéro. Un jour, quelqu'un, quelque part, prendrait l'avantage. Et ce serait lui, Bond, qui serait alors à terre, sous la pluie, mort.

Un jour. Pas aujourd'hui.

REMERCIEMENTS

J'aimerais vous expliquer comment ce livre a vu le jour.

J'ai sauté de joie lorsque les héritiers de Ian Fleming ont pris contact avec moi au cours de l'été 2014 pour m'inviter à suivre l'exemple de distingués auteurs et écrire un nouveau roman de James Bond. Mais, dès le départ, j'ai eu un avantage que mes prédécesseurs n'avaient pas.

En fouillant dans les archives de Ian Fleming à l'occasion du quinzième anniversaire de sa mort (le 12 août 1964), sa famille avait découvert un certain nombre de synopsis destinés à une série de télévision en projet aux États-Unis. Le succès international du premier film de James Bond, *Dr No*, en 1962, avait rendu la série télévisée superflue, et Fleming avait alors utilisé certaines de ses histoires dans deux romans ultérieurs : *Rien que pour vos yeux* et *Octopussy*. Mais il en restait cinq. J'ai eu l'autorisation de les consulter et l'une d'elles m'a aussitôt enthousiasmé.

L'épisode s'intitulait « Meurtre sur roues » (j'ai utilisé ce titre pour le chapitre 7) et il plaçait Bond dans l'univers extrêmement dangereux des Grands Prix automobiles. En le lisant, j'ai été très surpris de découvrir que Bond, qui avait joué au bridge dans *Moonraker*, au golf dans *Goldfinger*, et au baccara dans *Casino Royale*, n'avait jamais, dans aucun des romans, pris part à une course de voitures. Mieux – et cela m'excitait d'autant plus – le canevas de Fleming contenait une scène où Bond rencontrait Bill Tanner et M au quartier général des services secrets. Cela signifie qu'une partie de la description et du dialogue du chapitre 2 sont de la main même de Fleming. Cela représente tout au plus quatre ou cinq cents mots, mais ce fut pour moi à la fois une source d'inspiration et un tremplin. En vérité, essayer de saisir le style de Fleming n'était pas aisé et j'étais reconnaissant de l'aide que ces lignes m'apportaient.

L'histoire originale de Fleming fait de Stirling Moss la cible du SMERSH sur le circuit de Nürburgring. « *Embrayer sur un circuit de course automobile anglais. Bond est formé par Moss, et on voit plusieurs scènes de conseils dispensés par lui, où quiconque sera choisi pour le rôle, afin de donner un réel aperçu de ce qu'est la course automobile de haut niveau.* » Malgré mon admiration pour Sir Stirling, j'ai décidé ne pas l'utiliser dans l'histoire. Les célébrités existantes n'apparaissaient pas dans les romans de James Bond, et Moss Stirling n'aurait peut-être pas apprécié.

Un grand nombre de personnes m'ont aidé pour l'écriture de ce roman. Sans le temps précieux qu'ils m'ont consacré et leur expertise, la tâche aurait été impossible (cela étant, bien entendu, toutes les erreurs techniques sont de mon fait.) Tout d'abord, mon ami Nick Mason m'a introduit dans le monde des Grands Prix, donné accès à sa superbe bibliothèque, et permis d'admirer son étonnante collection de voitures anciennes à Ten Tenths, près de Cirncester. Là-bas, j'ai été pris en charge par Mike Hallowes et Ben de Chair, qui m'ont montré la Maserati 250F personnelle de Nick en action, et m'ont aidé à comprendre ce qui a fait de cette voiture un si grand classique.

Je me suis rendu au Nürburgring avec Mario Franchiti, l'un des pilotes de course les plus rapides du monde et vainqueur des Douze Heures de Sebring, réputée pour être la course la plus difficile après Le Mans. Il m'a fait découvrir la course professionnelle et m'a fait parcourir deux fois le circuit de 20,8 kilomètres... Une expérience que je ne suis pas près d'oublier.

Doug Miller, au National Science Museum, et Dave Wright, spécialiste des aspects techniques des missiles de défense et codirecteur de l'Union of Concerned Scientists, m'ont initié à la science des fusées. Le Dr Tony Yang, de l'université de Colombie-Britannique m'a communiqué ses réflexions sur le génie structurel et parasismique. J'ai visité l'impressionnante exposition au Transport Museum de New York City, où l'on m'a gentiment permis de consulter les archives.

Et puis il y a les livres. Je me demande souvent si les auteurs d'ouvrages de non-fiction et les universitaires s'agacent de voir des gens comme moi se servir de leur savoir pour écrire des romans policiers. Le moins que je puisse faire est donc de citer certains des titres qui m'ont aidé.

War and Peace in the Space Age – James Gavin
Countdown: A History of Space Flight – T.A. Heppenheimer
Vanguard: A History – NASA Historical Series
Space Race: The Battle to Rule the Heavens – Deborah Cadbury
The Limit – Michael Cannell
Maserati 250F, Owner's Manual – Ian Wagstaff
The Technique of Motor Racing – Piero Taruffi
Remembering Korea 1950: A Boy Soldier's Story – H. K. Shin
The Bridge at No Gun Ri – Charles J. Hanley

The Korean War – Max Hastings
Working Class New York – Joshua B. Freeman
Ian Fleming – Andrew Lycett
James Bond: the Man and his World – Henry Chancellor
The James Bond Dossier – Kingsley Amis

Pour finir, quelques remerciements personnels.

Dans une vente de charité destinée à lever des fonds en faveur du London's Air Ambulance, deux enchérisseurs : Nigel Wray et Bernardo Hertogs, ont chacun payé une somme importante pour prêter leur apparence physique à des personnages du livre, le montant des recettes étant destiné à l'achat d'un second hélicoptère. Il est d'ailleurs choquant que cet extraordinaire service, qui sauve tant de vies, ait besoin d'une vente de charité. Nigel Wray m'a ainsi servi de modèle pour Henry Fraser, qui apparaît au chapitre 2.

Je suis évidemment très reconnaissant à Ian Fleming Publications Ltd et au Ian Fleming Estate pour m'avoir fait confiance, tout particulièrement Corinne Turner, qui m'a contacté en premier. Ce fut une heureuse collaboration, soutenue par Jonny Geller, chez Curtis Brown, qui les représentent, et par le toujours vigilant Jonathan Lloyd, qui me représente. J'ai la grande chance d'avoir ma propre Miss Moneypenny en la personne de Lauren Macpherson, mon assistante, et je remercie une fois de plus mes éditeurs, Orin Brooks, Kate Miller, Jon Wood et Malcolm Edwards.

Ceux qui ont lu mes livres savent à quel point James Bond a compté dans ma vie. Aussi, pour terminer, je dois remercier le génie de Ian Fleming qui a captivé le jeune lecteur que j'étais et enflammé mon imagination, et qui m'a, depuis lors, toujours influencé. En écrivant *Déclic mortel*, j'ai essayé de rester fidèle à la vision de Fleming et de présenter son personnage tel qu'il l'avait conçu dans les années cinquante, tout en espérant ne pas froisser les sensibilités modernes. Je dois l'avouer, ce fut pour moi un plaisir de l'écrire.

Composition Nord Compo

*Impression réalisée par
CPI Brodard et Taupin
La Flèche
en août 2015*

calmann-lévy s'engage pour l'environnement en réduisant l'empreinte carbone de ses livres. Celle de cet exemplaire est de :
1 kg éq. CO_2
Rendez-vous sur
www.calmann-levy-durable.fr

PAPIER À BASE DE FIBRES CERTIFIÉES

N° d'éditeur : 1556261/01
N° d'imprimeur : 3012196
Dépôt légal : septembre 2015
Imprimé en France